C HC

DAVID CREEM

1 – La Confrérie de l’Invisible

RICHARD

TALEMAN

DAVID CREEM

1 – La Confrérie de l'Invisible

À mes filles.

PROLOGUE

Les arbres étaient en fleurs.

Du blanc, du rose, du jaune, de l'indigo. Une palette flamboyante, donnant l'illusion de contempler un coucher de soleil.

David se concentra. Même lumière, sensations similaires, et encore ce parfum d'herbe mouillée. Ce cadre lui en rappelait vaguement un autre. Comme s'il était déjà venu ici. Pourtant, pas moyen de se souvenir.

C'était sans importance.

Seul comptait le présent.

Et à cette seconde, il le comblait.

Il avança, mains dans les poches, dans un état de décontraction totale. Au bout de ce jardin d'Éden, il découvrit un promontoire et s'y arrêta.

De là, on pouvait embrasser tout ce que la nature offrait de plus merveilleux. La mer, en contrebas, dont les reflets vif-argent s'ordonnaient en une multitude de miroirs minuscules. Les falaises, tout autour, masses de roches blanches qui venaient mourir dans les flots. Et au-delà, aussi loin que portait le regard, l'étendue verdoyante d'un paysage de collines.

David remarqua un sentier qui partait sur sa gauche. Poussé par la curiosité, il s'y engagea.

La pente était raide, le chemin large, émaillé de cailloux. Fendant les cieux, des oiseaux blancs chassaient par groupes de deux ou trois. Ils survolaient les vagues, puis piquaient brutalement avant de plonger sous la surface en émettant des cris aigus.

Captivé par ce spectacle inattendu, David ne fit pas attention à la souche placée en travers de sa route.

Il trébucha et fut projeté vers l'avant.

Dans un réflexe, son pied gauche trouva un appui. Le droit suivit tant bien que mal, sans lui permettre de retrouver son équilibre.

Emporté par l'élan, le jeune homme fit plusieurs enjambées. Un cri franchit ses lèvres quand il comprit où l'emmènerait la dernière...

Le chemin s'arrêtait trois mètres plus bas.

Après, c'était le vide.

La chute se déroula comme dans un rêve. Au ralenti. David voyait la falaise défiler, la mer se rapprocher. Autour, le monde devenait sombre. Comme si le soleil s'éteignait.

Curieusement, il n'y eut pas de choc.

Seulement un changement de plan.

De lieu.

David était maintenant assis sur une terre noire, gelée, aux contours irréguliers. Il songea à de la lave, durcie après s'être refroidie. Les murs qui l'entouraient avaient le même aspect. Ils dessinaient une grotte immense, vide, éclairée par une lueur rougeoyante.

Il leva la tête et découvrit un plafond de feu. Du magma en fusion formant un véritable dôme. Il s'écoulait comme une rivière en crue, à plus de trente mètres du sol, sans pour autant tomber sur lui.

David se releva, palpa ses jambes, ses bras, son torse. Aucune blessure. Son corps semblait intact.

Par quel miracle était-ce possible ? Avec la chute qu'il venait de faire, il devrait être en miettes. Et cet endroit qui défiait les lois de la nature ? Comment avait-il pu se retrouver là ?

La panique le saisit.

Est-ce qu'il était... mort ?

Venait-il d'être expédié directement en enfer ?

David contrôla sa terreur. Il y avait forcément une explication.

Il fit quelques pas. S'approcha de la paroi. Tiède. Visqueuse. Il appuya dessus. Sa main s'enfonça comme dans du beurre, provoquant au passage un bruit de succion.

Il la retira à la hâte, par crainte de se voir aspiré. Avalé. Ces murs semblaient vivants. Ils pulsaient lentement, à la façon d'un cœur monstrueux dont le jeune homme captait les ondes mauvaises. Mais pire encore, David éprouvait une sensation de familiarité à leur contact.

Il recula. L'angoisse serrait sa gorge. Il aurait voulu hurler mais aucun son ne sortait de sa bouche. C'était un pur cauchemar et tout semblait pourtant tellement réel.

À cet instant, vibrant dans les profondeurs de son âme, une voix l'interpella doucement :

— David...

Il releva la tête.

— Daddy ?

— C'est moi, mon grand.

Le jeune homme scruta les alentours. Personne.

— Où es-tu ?

— Ici.

— Je ne te vois pas.

— Tu ne peux pas. Pas encore. Je te l'ai déjà dit.

— Tu...

La voix masculine se fit impérative.

— Ne cherche pas à raviver tes souvenirs. Nous n'avons pas beaucoup de temps.

Cette phrase, David la connaissait.

En une fraction de seconde, les pièces s'assemblèrent. L'impression de déjà-vu. Cet endroit improbable. La familiarité des sensations.

La suite ne le surprit pas.

— Ce n'était pas un accident, affirma son grand-père. Il m'a piégé.

— Tu parles encore de Lui ?

Le vieil homme continuait, comme s'il n'avait pas entendu la question.

— Tu dois absolument m'aider. C'est capital et il n'y a que toi qui puisses le faire. Pour ça, il faut que tu me rejoignes. Tu...

Le monologue s'interrompit. David appela, le cœur serré.

— Daddy ?

— N'en parle à personne. Tant que tu ne seras pas capable de savoir à qui te fier.

La même question s'imposa à nouveau.

— Comment je vais faire ?

— Tu en as... le pouvoir... Il faut seulement... que... tu... l'acceptes.

La transmission devenait hachée, comme chaque fois à cette étape du cauchemar. Elle semblait provenir d'une radio dont la fréquence se brouille.

David demanda, avec la sensation qu'il connaissait déjà la réponse.

— Quel pouvoir ?

— Celui de communiquer... avec... l'Invisible.

Le dernier mot était presque inaudible.

Un grésillement suivit.

Puis le silence.

Un silence inquiétant, chargé, dans lequel David pressentait une menace.

Il appela encore. En vain. Il était seul, avec au creux du ventre la conviction d'être en danger.

Alors, les murs changèrent de couleur. Comme si un feu couvait à l'intérieur. Ils se gonflèrent, crépitèrent, projetant des particules rougeoyantes un peu partout.

Dans ce brasier naissant, une forme se matérialisa. Un visage terrifiant, de la taille d'une maison, dont le jeune homme connaissait les contours. Il était dépourvu de lèvres, de nez et de paupières. Des plaques de métal recouvraient front et joues. Un monstre, qui paraissait vouloir sortir des pierres pour se jeter sur lui.

Le Voleur d'Âmes.

Tel était le nom que David avait fini par lui donner.

Le cri qu'il retenait franchit la barrière de ses lèvres. Un hurlement de terreur pure qui résonna au plus profond de son être.

David se tendit. Ses yeux s'ouvrirent d'un coup. Il regarda sa chambre, son lit, le poster de Bono[1] accroché au-dessus de son bureau.

Assis sur ses draps chiffonnés, le cœur battant à cent à l'heure, il mit plusieurs secondes à réaliser qu'il venait enfin de se réveiller.

---

1. Chanteur du groupe U2.

PREMIÈRE PARTIE
CAP ROCK

CHAPITRE 1

L'université de Cap Rock se trouvait sur la péninsule de Palos Verde, au sud de Los Angeles. Un temple du savoir construit en bord de mer, où toutes les disciplines étaient représentées. Droit, médecine, physique, finance. Mais aussi architecture, littérature, cinéma ou journalisme.

Autant de matières nobles qui n'intéressaient David en rien.

Il était venu sur le campus afin d'en étudier une autre, moins populaire, mais surtout bien plus originale. Une matière dont le commun des mortels ignorait l'existence, et à laquelle il s'apprêtait à consacrer les trois prochaines années de sa vie.

La parapsychologie.

Le jeune homme avait quitté le domicile familial le matin même, une coquille vide perdue au fond de la vallée de San Fernando, dans laquelle il passait le plus clair de son temps avec Deefool, un épagneul recueillit à la SPA. Depuis la crise, sa mère tirait le diable par la queue. Élevant son enfant seule, elle cumulait plusieurs boulots pour subvenir à leurs besoins. Elle ne rentrait à la maison que pour y dormir.

Heureusement, il y avait Maude. Éprise de spiritualité asiatique et férue de cuisine bio, cette grand-mère new age refusait qu'on l'appelle autrement que par son prénom. Veuve depuis bientôt huit ans, elle retrouvait en son petit-fils un peu de son mari. Une ressemblance physique troublante, qui l'avait conduite à nouer avec David une relation particulière.

Pour le jeune homme, la disparition de Daddy s'apparentait à un séisme. Son absence lui pesait et le cauchemar récurent qui agitait ses nuits n'avait rien arrangé. Un songe étrange, angoissant, apparut juste après la mort du chercheur dans l'explosion de son laboratoire et qui le réveillait de plus en plus souvent.

Adepte de la métempsychose[1], Maude avait pris la chose très au sérieux. L'âme de son époux s'adressait à son petit-fils. Il fallait l'écouter.

Pourtant, malgré une longue série de tentatives menées avec la complicité de la vieille dame, David n'était jamais arrivé à entrer en contact avec quoi que ce soit. Pas plus avec Daddy qu'avec une autre entité.

Maude l'avait néanmoins convaincu de persévérer, de croire en son don. Puis elle lui avait parlé de Cap Rock – l'université dans laquelle Daddy avait enseigné la physique toute sa vie – et de son cursus unique en sciences paranormales.

Là-bas, elle en avait la conviction, il obtiendrait des réponses.

Sac sur l'épaule, le jeune homme franchit la grille sur le fronton de laquelle était inscrite une devise en latin : *Cogito, ergo sum.* « Je pense, donc je suis. »

---

1. Réincarnation de l'âme après la mort dans un corps humain, ou dans celui d'un animal ou dans un végétal.

Derrière, un panneau donnait la direction de l'accueil.

Il remonta une allée bordée de pelouses, où des étudiants profitaient du soleil de fin d'après-midi. L'ambiance était légère, David se sentit tout de suite bien.

Mais il y avait plus. Une sensation jamais éprouvée. Le jeune homme captait une multitude de signaux invisibles qui émanaient des élèves étendus sur l'herbe. C'était comme contempler des champs d'énergie pure. Il en percevait la densité, la tonalité, et presque la couleur.

Le phénomène dura quelques secondes puis s'arrêta. David, bien qu'étonné, mit cette petite distorsion du réel sur le compte de la fatigue. L'excitation de cette rentrée l'avait épuisé et il n'avait rien avalé depuis la veille.

Cent mètres plus loin, il tomba sur un bloc de briques rouges, de deux étages à peine, sorte de vigie austère qui semblait monter la garde sur le parc. À l'intérieur, c'était le rush. Des dizaines d'étudiants patientaient dans un couloir sans vie, attendant leur tour devant trois guichets vitrés.

David s'inséra dans une file. Après une demi-heure d'attente, il arriva enfin devant un hygiaphone. Un type tout maigre, avec une boucle d'oreille énorme, lui lança d'une voix fatiguée :

— Oui ?

— Je cherche le département de parapsychologie.

Léger haussement de sourcil.

— Vous voulez dire de psychologie ?

— Non. De PARAPSYCHOLOGIE.

L'homme le fixa. Il devait se demander si ce petit con se fichait de lui. Il avait pourtant l'air sérieux, honnête, avec son visage d'ange et ses cheveux blonds coiffés en bataille. Seul truc bizarre, ses yeux. L'un d'un bleu profond, l'autre noir comme du suif. Cette différence de teinte lui donnait un regard dérangeant.

Dans le doute, il martela son clavier à la recherche d'une réponse.

— Effectivement, finit-il par admettre. On a un Institut de Parapsychologie. Il est dans l'immeuble Schwarzenegger.

David ne put retenir un sourire.

— Schwarzenegger, comme l'acteur ?

— Il a aussi été gouverneur.

— Vous pouvez m'indiquer le chemin ?

— Il y a des plans, à l'entrée.

Le ton, tranchant, signait la fin de l'échange. David alla piocher un dépliant et sortit sur le perron.

Cap Rock était une véritable ville, divisée en quartiers, eux-mêmes reliés par des routes. Au loin, couvrant la partie ouest jusqu'à la mer, des bois touffus formaient une tache plus sombre. D'après la carte, le Schwarzenegger Hall se trouvait derrière.

CHAPITRE 2

Le jeune homme se mit en marche.

Trois kilomètres à parcourir, ce ne serait pas de tout repos sous ce soleil de plomb.

Il fut très vite en nage. Il retira son blouson, trop chaud avec sa doublure en mouton, et le fourra dans son sac. S'il avait pu, il aurait même enlevé son sweat-shirt noir siglé U2, son groupe préféré.

Au bout d'une demi-heure, il arriva à un carrefour. Il pouvait continuer tout droit sur l'axe principal, ou prendre à gauche par des allées secondaires qui le feraient couper à travers la forêt.

Un coup de klaxon l'empêcha de décider.

— Hey, Bono ! Tu rêves ?

David se retourna. Une Porsche décapotable lui faisait face, la calandre à vingt centimètres de ses jambes.

Le conducteur l'interpella encore, ne lui laissant pas le temps de répondre.

— Allez, bouge. J'ai pas la journée.

David s'écarta. Le bolide le dépassa dans un crissement de pneus. Au volant, un type de son âge, mais dans une version plus aboutie. Le style brun ténébreux, avec un physique d'homme et une barbe de trois jours. Il portait une chemise en lin clair, manches relevées, qui laissaient voir une multitude de bracelets accrochés à ses poignets.

— Connard, grommela David en reprenant sa marche. Tu te prends pour qui ?

Il exécrait ce genre de frimeur. Un fils à papa, pourri gâté. Sa caisse valait au moins cent mille dollars. Il était peu probable qu'il se la soit payée tout seul. Sans parler du passe-droit lui permettant de la faire circuler sur le campus.

Un changement de luminosité lui fit lever la tête. Des frondaisons de verdure le surplombaient, masquant à présent le soleil. Accaparé par son altercation, David avait pris la direction des bois sans s'en apercevoir.

Il remercia le hasard. La température avait chuté de plusieurs degrés, la rendant à présent tout à fait supportable. Des odeurs de lichen tournaient dans ses narines, mêlées à un parfum d'embruns.

David progressa quelques minutes sur une allée de graviers. Il croisait peu de monde, ce qui au fond ne lui déplaisait pas. Sa grand-mère l'appelait « l'autonome ». Une façon tendre de qualifier son caractère solitaire.

Nouveau carrefour. L'allée se divisait en trois. Il consulta le plan. Cet aiguillage n'y était pas mentionné. Il prit la première route, se fiant à son instinct.

Très vite, le chemin se transforma en sentier. Un lacet à peine visible qui serpentait entre les arbres. David marcha un moment, sans se poser de questions. À présent, il n'y avait plus personne. Seulement des pépiements d'oiseaux en guise de compagnie.

Soudain, le sentier disparut. David ne s'en inquiéta pas, pensant le retrouver un peu plus loin. Mais rien.

Il avait parcouru une bonne trentaine de mètres dans la même direction sans voir l'ombre d'un tracé.

Il s'arrêta, le cœur battant un peu plus vite. Partout, la forêt l'entourait, épaisse, compacte, rendue plus dense encore par l'arrivée du crépuscule. Au même instant, il prit conscience du silence.

Plus un bruit.

Les oiseaux s'étaient tus.

Aucune raison de paniquer, se sermonna David. Je n'ai qu'à tracer tout droit, je finirai bien par déboucher quelque part.

À la seconde où cette pensée lui traversa l'esprit, une onde glaciale le parcourut. Une fois encore, il mit cette sensation sur le dos de la fatigue et enfila son blouson afin de se réchauffer.

Trois mètres plus loin, le phénomène se produisit de nouveau. Avec une dimension supplémentaire : un poids pesait maintenant sur sa poitrine.

David inspira à plusieurs reprises. Des goulées brèves, laborieuses. L'air lui manquait, comme si l'oxygène venait soudain de se raréfier. À chaque battement de cœur, le froid s'intensifiait. Il le colonisait, l'engourdissait. Les formes autour de lui devenaient floues.

Il fit encore quelques pas, chancelant.

S'écroula.

Il resta un moment sur le dos, luttant pour ne pas perdre connaissance. Dans cet état étrange, aux portes de l'inconscience, une intuition terrible monta en lui.

Il n'était pas seul.

Quelqu'un l'observait.

Ou quelque chose.

Une chose mauvaise, négative, dont David percevait la présence sans pour autant la voir.

Le jeune homme eut la conviction que c'était Lui. Le monstre de son cauchemar. Celui qui retenait Daddy.

Le Voleur d'Âmes.

Il s'approchait. Son énergie malsaine occupait à présent tout l'espace, telle une bulle de plastique qui l'isolait du monde.

David sentit la peur couler en lui. Il était seul, incapable de bouger, à la merci d'un ennemi invisible.

Les secondes filèrent, de plus en plus angoissantes. Puis, alors que les ténèbres l'envahissaient, des points brillants dansèrent au-dessus de sa tête.

Il s'accrocha à eux.

La seule bouée qui le reliait encore au monde.

Peu à peu, une sensation de paix l'envahit. Une paix profonde, presque irréelle. Il se sentait comme en apesanteur dans un cocon de bonté.

La vague noire reflua. La vision de David s'éclaircit, il respira mieux. Toute forme de danger avait disparu, mais les brillances étaient toujours là.

Il s'assit, plissa les yeux afin de mieux les détailler. Des lucioles. Un véritable essaim flottant dans l'air. Le groupe formait une sphère parfaite. Immobile. Elle répandait une lumière douce, semblable à une grosse boule lumineuse posée sur un sapin de Noël.

Dans un mouvement très lent, elle commença à se déplacer.

David se leva d'un bond. Cela semblait absurde, pourtant, une voix tapie au fond de son esprit lui chuchotait que les insectes étaient venus à son secours.

Il les suivit pendant plus d'une heure. Les petites bêtes n'étaient pas pressées, faisaient des tours et des détours, mais poursuivaient leur avancée. Plusieurs fois, David eut même la sensation qu'elles l'attendaient.

La nuit était tombée quand il sortit des bois. Il se trouvait à l'extrême ouest du campus, devant une corniche de goudron éclairée par quelques lampadaires. Il devina, en contrebas, la masse furieuse de l'océan vers laquelle fonçaient les lucioles.

Il consulta son plan. L'impasse qui abritait l'immeuble Schwarzenegger était juste à côté. Il jeta ensuite un coup d'œil à sa montre. Le « raccourci » lui avait fait perdre beaucoup trop de temps. À tous les coups, le bureau des admissions serait fermé... et c'était là qu'il devait prendre les clefs de sa chambre.

Il traîna la patte jusqu'au bâtiment, une construction de style néogothique agrémentée d'une tour lui donnant les allures d'une église. Comme il le redoutait, il trouva porte close. Cerise sur le gâteau, une mauvaise surprise l'attendait le long du trottoir.

La Porsche décapotable du frimeur, garée devant une bouche d'incendie.

David détailla les lignes ramassées, le tableau de bord constellé de cadrans, et les deux sièges baquets sur l'un desquels était posé un magnifique sac de voyage en cuir.

L'enfoiré, pensa-t-il. C'est pas avec le salaire de ma mère que j'aurais pu me payer ce jouet.

— Elle te plaît ?

David se retourna.

Le propriétaire du bolide le toisait, un sourire assuré aux lèvres.

CHAPITRE 3

Le type le dépassait de dix bons centimètres. Un physique de footballeur, épaules carrées et avant-bras couverts de poils. Il avait le teint mat, les yeux d'un marron sombre et des cheveux très bruns, coupés court. Une gueule de séducteur latin, virile et acérée.

— Alors ? reprit-il. T'en penses quoi ?

— Pas mal.

— Carrera 4 cabriolet. 345 chevaux sous le capot. De 0 à 100 en cinq secondes pour une vitesse de pointe de 290 km/h. J'aime pas trop la couleur mais c'était la seule disponible.

— Ah…

David n'avait pas fait attention à ce détail. Pour sa part, il se serait très bien accommodé d'une peinture or.

Le garçon s'approcha.

— On s'est pas déjà vus quelque part ?

— Cette après-midi. Sur l'allée centrale. T'as failli m'écraser.

— C'est ça ! Le type au tee-shirt U2. Excuse-moi, je ne t'avais pas remis. C'est à cause du mouton. Enfin, j'veux dire du blouson. Tu le portais pas, tout à l'heure.

David eut la sensation très nette que le mec se moquait de lui. Il l'attaqua à son tour en désignant la Porsche.

— Tu te gares toujours aussi bien ?

— D'habitude, je me mets *sur* le trottoir.

— On ne t'a pas appris qu'il faut laisser l'accès aux bouches d'incendie ?

— J'ai dû oublier.

— Petite mémoire, on dirait. Dommage pour un type qui veut faire des études.

Le brun ricana. David l'avait piqué au vif.

— T'inquiète. J'en ai assez pour assurer dans mon domaine.

— Ah ouais ? Et t'es là pour quoi, au juste ? Photo ? Cinoche ? Ou peut-être le sport, c'est ça ?

L'autre eut une moue méprisante.

— T'y es pas. Mais alors pas du tout.

— Sans blague.

— Je suis inscrit en parapsychologie.

David crut que sa mâchoire allait se décrocher.

— Tu plaisantes ?

— Ça t'épate, hein ?

Il songeait surtout à la perspective de se taper ce naze pendant trois ans.

— T'as pas le profil.

— Parce que tu t'y connais en chasse aux fantômes ?

— C'est bien ce que je disais. T'es complètement à côté de la plaque.

— Facile.

— Lucide. Il se trouve que je vais suivre ce cursus, moi aussi.

Les deux garçons se dévisagèrent. David se demanda s'il n'y était pas allé un peu fort. Ce costaud pouvait l'écraser d'un seul coup de poing.

— T'es branché paranormal ? lâcha finalement le sportif.

— Non. J'ai vu de la lumière. Alors comme je ne savais pas quoi faire...

— Fous-toi de ma gueule.

— Chacun son tour.

Sourire en coin.

— OK. C'est de bonne guerre.

Le brun tendit sa main.

— Robert Vitti. Désolé pour tout à l'heure.

— Ouais... Moi, c'est David. David Creem.

— Cool. C'est tellement rare de rencontrer des gens comme...

Il laissa sa phrase en suspens. David la compléta.

— Nous ?

— En quelque sorte.

— C'est justement pour ça qu'on est ici. Et selon toutes probabilités, il devrait même y en avoir d'autres.

Nouveau sourire. Robert demanda d'un ton dégagé.

— Tu crèches sur le campus ?

— En principe. Je devais récupérer les clefs de ma piaule aux admissions.

— Pas de bol. Ils viennent juste de fermer.

— J'ai vu. Et toi ? J'imagine que t'as un appart en ville.

— J'aurais pu. Mais j'ai préféré loger sur place. Histoire de rester dans l'ambiance.

David opina, sans trop savoir ce qu'il ressentait. Ce type l'exaspérait avec son air suffisant, ses fringues branchées et sa désinvolture. En même temps, il percevait une faille. Une fêlure qui le lui rendait sympathique.

— Bon, lança David. J'ai plus qu'à aller me trouver un endroit pour passer la nuit.

— T'as qu'à venir chez moi.

— Sérieux ?

— Faut se serrer les coudes entre Jedi.

— T'es un marrant, toi.

David posa son sac sur la banquette arrière et grimpa dans le bolide. Robert s'assit derrière le volant.

— J'ai un peu zoné dans le périmètre. Si je ne me plante pas, nos quartiers sont à deux pas d'ici.

La Porsche démarra en trombe, un morceau de David Guetta hurlant dans les enceintes. David boucla sa ceinture, peu rassuré par la conduite sportive de son nouveau copain. De toute évidence, il voulait lui en mettre plein la vue.

CHAPITRE 4

Ils sortirent de l'impasse et s'engagèrent sur la corniche. La route était déserte, Robert accéléra. Plaqué au siège, David cria pour couvrir le vacarme.

— Hey ! T'es obligé d'aller si vite ?

— Non. Mais j'adore ça.

Il dédaigna la rue qui partait sur sa gauche et traça le long du bois, pied au plancher. David ne pensait plus à la vitesse. Il voyait la masse sombre des arbres défiler avec appréhension et se remémorait l'épisode étrange vécu quelques instants plus tôt. Ce froid soudain, cette oppression. La certitude qu'une présence hostile l'observait. L'intuition qu'il s'agissait du Voleur d'Âmes. Puis les lucioles, grâce auxquelles il avait retrouvé ses esprits, son chemin.

Avait-il juste essuyé une méga crise d'angoisse ? Une décompensation, liée à la fatigue, la nouveauté, et la peur de ne pas retrouver son chemin ?

Ou bien s'était-il vraiment passé quelque chose ?

Le hululement d'une sirène le ramena sur terre. David se retourna. Une voiture de vigiles les avait pris en chasse, gyrophare allumé.

— On les sème ? demanda Robert excité.

— Arrête tes conneries. Je n'ai pas envie de me faire virer avant même d'avoir commencé.

— Putain, t'es pas drôle, fit le conducteur en coupant la musique.

— Et toi, t'es carrément inconscient.

La Porsche ralentit et se gara sur le bas-côté. Des portières claquèrent aussitôt derrière eux. Deux lampes torches s'approchèrent et se plantèrent dans leurs rétines.

— Salut les gars. Y a un problème ?

La voix était grave, paisible. Une façade, qui masquait à peine le plaisir du chasseur venant d'attraper une proie.

Robert la joua petit garçon.

— On a fait quelque chose de mal, m'sieur ?

Pas de réponse. Les lampes balayèrent l'habitacle et revinrent les éblouir. Un court instant, David eut la vision de deux silhouettes en treillis sombre. L'une massive et courte. L'autre, plus sèche, toute en nerfs.

— La circulation des véhicules particuliers est interdite à l'intérieur du campus, annonça la voix grave.

— J'ai une autorisation, répondit Robert.

— Vraiment ? Et elle te donne sans doute aussi le droit de te croire sur un circuit ?

Le propos fut ponctué par un ricanement. Celui du second vigile qui, à présent, faisait le tour du bolide.

— Allez ! ordonna le premier. Sortez de là !

— Écoutez... tenta Robert. J'ai peut-être un peu...

— Sors de la voiture, petit con. Magne-toi.

— Ouais, renchérit l'autre. Et laissez vos pognes bien en vue.

Vitti s'insurgea.

— Hey ! Comment vous me parlez, là ?

— Comment je te parle ?

Le maigrichon était en train de sortir sa matraque. Robert allait encore répondre, David l'en empêcha.

— Fais pas le malin. Obéis.

Le brun soupira. Les deux étudiants quittèrent leurs sièges et se retrouvèrent face aux vigiles. Ils pouvaient maintenant distinguer leurs visages, des trognes agressives surmontées de casquettes aux armes d'une société de sécurité.

Robert les dépassait d'une bonne tête. Il s'adossa à la portière et croisa les bras, sourire ironique aux lèvres.

— On fait quoi, maintenant ?

— Tu fermes ta grande gueule et vous mettez tous les deux les mains sur le capot, beugla le costaud de sa voix de basse.

Les garçons s'exécutèrent. Après une fouille au corps musclée, le portefeuille du conducteur fut passé à la loupe. David pria pour que son contenu n'abrite pas des substances illicites. Avec cet énergumène, il s'attendait à tout.

— Robert Vitti, lut le type. 86 Park Avenue. New York. T'en as fait du chemin pour venir ici. Y voulaient pas de toi à la Grosse Pomme ou c'est tes parents qui t'ont payé des vacances au soleil ?

— Je t'emmerde, enfoiré, grinça Robert entre ses dents.

— Quoi ? releva le vigile. Qu'est-ce que t'as dit ?

Lentement, le New-Yorkais se retourna. Il planta son regard dans celui du bouledogue et répéta d'une voix posée.

— J'ai dit : « Je t'emmerde, enfoiré. »

La situation dérapait. David imaginait déjà les matraques fendant l'air pour venir s'abattre sur Robert. Et peut-être aussi sur lui. Mu par l'instinct de conservation, il fit volte-face.

Le bras du costaud s'était effectivement levé. Mais contre toute attente, celui de son collègue le retenait. Il était penché à son oreille et lui murmurait quelque chose.

L'autre eut un rictus. Il abaissa son arme pendant que son coéquipier demandait d'un ton moins assuré :

— Dis-moi, garçon. Tu serais pas de la famille de Carlo Vitti, des fois ?

— Un peu, oui. C'est mon père.

Les gardes se décomposèrent. Ils ôtèrent leur casquette en un mouvement synchrone.

— On est vraiment désolés, monsieur Vitti. On savait pas.

David n'en croyait pas ses oreilles. C'était qui, ce Vitti ? Il habitait à l'autre bout du pays et son nom faisait pourtant trembler ces deux abrutis.

Robert tendit la main.

— Mon portefeuille.

— Bien sûr, monsieur Vitti, fit le costaud en le lui rendant. J'espère que vous ne nous en voudrez pas trop.

— C'est bon, laissa tomber le New-Yorkais sur un ton magnanime. Ce soir, je suis d'humeur généreuse.

— Merci, monsieur Vitti, lancèrent en chœur les deux hommes. Si vous avez besoin de quoi que ce soit...

— Je vous sonne.

— C'est ça.

Les molosses regagnèrent leur voiture. Ils coupèrent le gyrophare et disparurent dans la nuit. Robert se tourna vers David.

— On bouge ?

— Attends une seconde. C'était quoi, ça ?

— Rien. Laisse tomber.

— Tu veux rire ? Ces mecs allaient nous passer à tabac et d'un coup ils s'écrasent. Juste parce que tu t'appelles Vitti.

— Ben ouais. Mon père est un mec important.
— Il fait quoi ?
— Il est dans les affaires.
— Quel genre d'affaires ?
— Variées. Il a un paquet de sociétés dans tout le pays, dont une qui s'occupe de sécurité.

David hocha la tête, à moitié convaincu. Cette activité pouvait justifier la réaction des vigiles. Si Carlo Vitti était un boss du secteur, il valait mieux ne pas toucher à son fils. Pourtant, David avait la conviction que son nouveau pote dissimulait une part de vérité.

— Laisse mon paternel où il est, conclut le New-Yorkais en remontant dans la Porsche. J'ai pas spécialement envie de penser à lui.

David n'insista pas. Robert était imprévisible. Voire ingérable. Un gosse de riches qui n'en faisait qu'à sa tête. Mais la façon dont il s'était opposé aux agents de sécurité avait plu à David. Sans doute aurait-il aimé avoir ce courage-là, cette insolence. Plus qu'à un manque d'éducation, il l'associait surtout à l'idée de liberté.

Il regagna sa place et attacha sa ceinture en souriant. Au fond, cette rencontre avait du bon. Il s'était fait un copain dès le premier jour, roulait en Porsche et transgressait les règles du campus avec la bénédiction des autorités.

Et vu le numéro, David avait la conviction que la suite allait lui réserver encore bien des surprises.

CHAPITRE 5

Après avoir avalé son sandwich, David s'était écroulé sur le canapé. Il avait vaguement écouté Robert lui parler de son don – psychokinèse apparemment – et tenté de le convaincre que la nature précise du sien lui échappait encore.

N'en croyant pas un mot, le New-Yorkais avait insisté lourdement. Voyant qu'il n'arrivait à rien, il s'était rabattu sur un vieux film des années 1980, *L'Expérience interdite,* dans lequel des étudiants en médecine essayaient de percer les mystères de la mort.

David avait suivi le début, les yeux mi-clos. Il avait refusé le joint proposé par Robert, constatant au passage que ses craintes sur la présence de drogue dans la voiture étaient fondées.

Une vague odeur de cannabis avait flotté dans l'air.

Ensuite, le noir.

Un trou sans fond, sans rêves. Comme une anesthésie générale.

Le jeune homme s'était réveillé avec le jour. Il avait pris une douche rapide, avalé un reste de tarte aux pommes acheté la veille, et quitté le somptueux trois-pièces de son nouveau pote sur la pointe des pieds. Un ronflement sonore provenait de la chambre, signe que Robert dormait encore à poings fermés.

À vol d'oiseau, le Schwarzenegger Hall se trouvait à moins de cinq cents mètres. David fut rendu en dix minutes. Le premier cours débutait à 8 heures, il lui restait assez de temps pour accomplir les formalités d'entrée.

Il pénétra dans le bâtiment. Un espace vide accueillait les visiteurs, haut de plafond et percé de vitraux figurant des scènes religieuses. L'hypothèse d'une ancienne église, restructurée en unité d'enseignement, se confirmait. La tour qui s'élevait sur le fronton pouvait très bien être un clocher.

Une poignée d'étudiants patientait déjà, assis sur des bancs de bois sombre ou déambulant sur le carrelage de marbre. Visages fermés, regards fuyants : la tension du premier jour était palpable.

David repéra une porte, près de l'entrée, sur laquelle avait été scotchée une feuille de papier blanc. Le mot « Admissions » y était écrit au feutre noir.

Il frappa trois coups polis et pénétra dans une petite pièce qui sentait la vanille. Assise derrière un comptoir, une Black entre deux âges était penchée sur des papiers. Un panonceau de plastique mentionnait son nom : Emilie Cox.

— Bonjour, lança David timidement. Je suis bien au bureau des admissions ?

La femme leva les yeux. De grosses lunettes octogonales mangeaient ses joues énormes.

— On peut dire ça.

— Je m'excuse, mais je suis arrivé trop tard hier. Je n'ai pas pu faire les démarches nécessaires.

Un sourire plein de bonté illumina les traits épais.

— Tu es là, c'est l'essentiel.

David sourit en retour. L'accueil était chaleureux, enveloppant, très différent de celui qu'on lui avait réservé à la conciergerie. Il eut la sensation d'être en famille.

Mme Cox se tourna vers son ordinateur et demanda :

— Tu t'appelles comment ?

— David Creem.

La Black martela son clavier. Puis elle laissa tomber d'un ton intrigué :

— Alors c'est toi ?

Le jeune homme s'étonna.

— Vous connaissez mon nom ?

— Le professeur Wiseman m'a demandé de le prévenir quand tu te présenterais.

— Qui est le professeur Wiseman ?

— Le directeur de l'Institut. Et accessoirement, mon boss.

L'inquiétude envahit le jeune homme. Il songea aussitôt à sa bourse d'études, accordée par l'université, mais dont il n'avait pas encore perçu le montant. Il se justifia, gêné.

— J'imagine que c'est à propos des droits d'inscription ?

La secrétaire consulta son écran.

— Non. Ma fiche mentionne qu'ils ont été directement réglés par le service comptable.

Un poids en moins. Mais la question restait entière. Que lui voulait le directeur ?

— Ne t'inquiète pas, mon lapin, affirma Mme Cox pour le tranquilliser. Le professeur Wiseman est un homme bon. Original, il faut le dire, mais bon. S'il y a un quelconque souci, il fera en sorte de le régler.

La porte s'ouvrit à la volée, l'empêchant de poser davantage de questions. Un garçon d'une vingtaine d'années, entièrement vêtu de noir, vint s'accouder au comptoir et demanda d'un ton désagréable :

— Daniel Storm. Je viens chercher ma clef.

Mme Cox le toisa. Puis elle répondit d'un ton calme :

— Tu attends ton tour, Daniel.

L'autre ricana. Quand ses yeux se posèrent sur David, ce dernier eut l'impression physique d'une agression. Storm transpirait la méchanceté, la sournoiserie. Un crâne entièrement rasé, façon skinhead, allongeait un peu plus son visage en lame de couteau. Le teint pâle, les cernes bleutés lui donnaient un air maladif. Complétant la panoplie, des piercings constellaient ses arcades sourcilières et déformaient le lobe de ses oreilles.

Mme Cox s'adressa de nouveau à David, comme si Storm n'existait plus.

— Voilà. Tu es enregistré.

Elle lui tendit un classeur.

— Toutes les informations importantes sont là-dedans. Notamment l'emploi du temps. Prends le temps de l'étudier.

Puis elle sortit une enveloppe.

— Ta carte d'étudiant et le passe magnétique qui te donnera accès à ta chambre. Elle n'est pas très loin du Nid, dans Lincoln Road. Tu ne pourras pas te tromper. C'est une petite rue qui donne sur la corniche. L'immeuble dans lequel sont logés les étudiants de première année est au bout, en bord de mer.

David connaissait déjà l'endroit. Il l'avait découvert la nuit précédente en dormant chez Robert.

Un détail, pourtant, l'intrigua.

— Le Nid ? Qu'est-ce que c'est ?

La secrétaire eut un sourire bienveillant.

— Ah oui. Je ne t'ai pas dit. C'est le surnom donné à notre Institut. Ne me demande pas qui l'a trouvé. C'est tellement vieux que je ne m'en souviens plus.

L'image allait bien à David. Elle confortait la sensation qu'il avait eue d'entrer dans une famille.

Avant de quitter le bureau, il croisa une dernière fois le regard de Daniel Storm. Celui-là n'avait rien de chaleureux. C'était un concentré de négativité dont il allait falloir se méfier.

La branche pourrie que toute famille doit assumer...

CHAPITRE 6

L'amphithéâtre était déjà rempli.

C'était une salle en demi-lune, au design résolument moderne, qui comportait huit travées descendant en pente douce jusqu'à l'estrade. Baptisée Paracelse, du nom d'un alchimiste célèbre versé dans l'occultisme, elle se trouvait dans ce qui avait dû être une crypte construite sous l'édifice principal. En serrant bien, elle pouvait contenir une cinquantaine de personnes, soit la totalité des effectifs de première année.

David avisa une place libre, tout en haut, près de l'entrée. Il s'installa à côté d'une fille légèrement enveloppée, aux cheveux d'un roux sombre sagement noués en queue de cheval. Son visage de madone était barré par des lunettes très fines. Derrière, brillaient des yeux d'un vert intense.

— Salut, lança le jeune homme. Je m'appelle David.

— Louise.

Les deux étudiants s'adressèrent un sourire. Ils restèrent un instant silencieux avant que David ne brise la glace.

— Ça ne devait pas démarrer à 8 heures ?

— En principe.

— Qu'est-ce qu'ils foutent ?

— Je ne sais pas.

Nouveau silence. David n'insista pas. Il n'était pas d'une nature expansive et la fille ne l'aidait pas. Il s'adossa à son banc, laissant son regard dériver sur la salle.

L'ambiance était électrique. Comme lui, la plupart des élèves étaient de toute évidence des nouveaux. Mais ce qui le frappa surtout, c'était l'étonnante diversité qui régnait dans le département de parapsychologie. Il y avait des Asiatiques, des Africains, des Indiens, des Hispaniques et même des Maoris. Un véritable melting-pot évoquant l'image d'une tour de Babel moderne.

Le regard du jeune homme s'arrêta sur une blonde magnifique, assise trois rangs plus bas. Elle portait les cheveux courts, une coupe à la garçonne qui dégageait sa nuque avec grâce et soulignait la pureté de son profil. Il y avait chez elle quelque chose de fragile, de touchant. Pourtant, il émanait aussi du personnage une impression de dureté, comme une révolte contenue.

David sentit son cœur cogner dans sa poitrine. Des petites copines, il en avait déjà eu. Mais cette fille l'attirait de façon étrange, totale, comme s'il la connaissait depuis toujours.

Il sentit une présence dans son dos, se retourna. Storm venait d'entrer dans l'amphi. Le skin passa près de lui et alla s'installer un peu plus loin, poussant ses voisins au passage afin de prendre ses aises. Vu sous cet angle, un détail immonde rendait le personnage encore plus inquiétant. Un tatouage de tête de mort couvrait tout l'arrière de son crâne, comme un second visage incrusté sous sa peau.

Au bout de quelques minutes, les lampes s'éteignirent. Rires et exclamations fusèrent dans le noir, très vite couverts par une voix chaude montant d'un haut-parleur.

— Un peu de silence, s'il vous plaît.

Le brouhaha persista une poignée de secondes. Quand le calme fut revenu, une musique angoissante envahit la salle, digne d'un film d'horreur. Dans le même temps, une fine fumée bleutée se matérialisa au centre de l'estrade.

À présent, plus personne ne parlait. Tous les regards étaient rivés sur le phénomène.

La fumée s'épaissit. Elle ressemblait à un organisme vivant qui se serait développé en produisant sa propre lumière. Une créature étrange, informe, venue de l'au-delà ou surgie des profondeurs de la terre.

Peu à peu, ses contours flous s'ordonnèrent.

Des bras musclés, un torse puissant greffé sur deux longues jambes se terminant par des... sabots.

Une tête, enfin, mais sans visage.

Lentement, des traits masculins se dessinèrent. Nez, bouche, joues, ordonnés sous un front impérieux sur lequel pointaient deux courtes cornes. Une chevelure épaisse cernait le tout, flottant dans l'air comme en apesanteur.

Un satyre, songea David. Moitié humain, moitié bouc. Une chimère improbable aux relents infernaux. Pour une entrée en matière, c'est du lourd.

Le son s'amplifia. Un éclair blanc illumina l'estrade, semblable au flash d'un stroboscope. Les paupières de David se fermèrent par réflexe. Des cris jaillirent autour de lui.

Quand il ouvrit les yeux, l'amphithéâtre était de nouveau éclairé. Au centre de l'estrade, là où s'était déroulée la scène, se tenait maintenant un homme.

Un silence médusé plana un instant dans les travées. Puis une salve d'applaudissements explosa.

Le type leva les mains pour obtenir le calme. Il avait la cinquantaine athlétique, portait un jean, une cravate jaune nouée sur une chemise bleu ciel, le tout s'accordant à la perfection avec son blazer sombre. De là où il était, David distinguait mal les détails de ses traits. Il remarqua seulement la haute taille, les cheveux poivre et sel, mi-longs, et les lunettes rondes posées en équilibre au bout de son nez.

— Mesdemoiselles, messieurs, annonça-t-il dans un micro, je suis le professeur Martin Wiseman et je vous souhaite la bienvenue à l'Institut Californien de Parapsychologie.

Second tonnerre d'applaudissements. David adressa un sourire enthousiaste à sa voisine.

— Ça démarre fort.

— Un peu trop, répondit Louise à moitié convaincue.

L'enseignant poursuivait.

— Avant toute chose, je voudrais vous expliquer ce que je viens de faire. Et surtout, pourquoi je l'ai fait.

Il laissa planer un silence, afin de ménager son effet. Puis il reprit sur un ton didactique.

— Chacun de vous a très certainement une vision toute personnelle de la parapsychologie. Autant de points de vue, allant du plus rationnel au plus délirant. L'expérience démontre cependant que les étudiants intégrant l'Institut partagent au moins un espoir. Celui de l'existence du « merveilleux ». Du « magique ». À l'image de toutes les représentations proposées par la littérature, le cinéma ou la télé. Ou plus simplement par n'importe quel prestidigitateur se produisant à Las Vegas.

Il ébaucha un sourire.

— Seulement tout ça n'est pas réel. Je viens de vous en offrir une illustration. Un petit tour de passe-passe, orchestré par une technologie rudimentaire et une bonne dose de savoir-faire.

La déception se lut sur les visages. Wiseman fit quelques pas et dévoila un projecteur, dissimulé sous une bâche.

— Une simple projection holographique. Pour la fumée, je ne vous ferai pas l'insulte de vous montrer le diffuseur.

David ricana. Il s'était fait avoir, comme la plupart des élèves. La mine déconfite de sa voisine le confirmait.

— Ce que je souhaite vous faire comprendre, enchaîna le professeur, c'est que nous allons aborder cette science avec toute la rigueur qu'elle requiert. Certes, vous assisterez à des manifestations étranges, parfois même spectaculaires. Mais n'espérez pas pour autant que des créatures mythologiques ou des monstres crachant le feu viendront vous rendre visite. Pas plus que vous ne développerez des pouvoirs de superhéros. J'en suis le premier navré, croyez-le bien, mais c'est ainsi. Le surnaturel et le paranormal ont leurs limites, et la meilleure façon de les étudier consiste à le faire la tête froide.

Un murmure parcourut l'amphithéâtre. Wiseman le fit taire d'un ton léger.

— Ne perdez jamais de vue l'essentiel. La parapsychologie n'est pas de la magie et vous n'êtes pas à Poudlard, dans le monde de Harry Potter. C'est l'étude rationnelle, approfondie, et pluridisciplinaire de faits semblant inexplicables en l'état actuel de nos connaissances scientifiques. Ces faits mettent en jeu le psychisme, ou plus exactement l'énergie qu'il véhicule, ainsi que son interaction avec l'environnement. Maintenant, si vous avez des questions, je suis prêt à y répondre.

Louise leva aussitôt la main.

— Oui, fit le professeur.
— Quand aborderons-nous la décorporation ?
Wiseman sourit.
— Ce sujet vous intéresse ?
— Beaucoup, oui.
— Pour quelles raisons ?
David sentit sa voisine mal à l'aise. Tous les regards s'étaient tournés vers eux, il n'en menait pas large non plus.
— C'est... c'est personnel.
— Je comprends. Mais je crains qu'il ne vous faille attendre un peu, mademoiselle. Nous n'évoquerons pas ce thème avant le deuxième trimestre.
Louise se rencogna dans son siège. Elle paraissait déçue.
— Comme vous le savez déjà, enchaîna Wiseman, nous travaillerons autour de trois grands axes. Perceptions extra-sensorielles. Psychokinèse. Et décorporation. Le programme est réparti entre cours théoriques et travaux pratiques auxquels il est impératif d'assister. J'insiste sur ce point. Les enseignants feront l'appel et toute absence non justifiée sera sanctionnée par une exclusion temporaire. Voire même définitive si ça se reproduisait trop souvent.
— Ça ne rigole pas, commenta David à voix basse.
— Normal, murmura Louise. On a de la chance d'être ici. Suivre les TP est bien le minimum.
Elle avait dit ça d'un ton sérieux, celui d'une petite fille bien sage, soucieuse de respecter les règles. Ne sachant trop comment réagir, David haussa les épaules et se concentra sur le discours du professeur.
— Avant de vous libérer, il me reste un dernier point à préciser. Le test de validation aura lieu demain matin, à 10 heures précises. Les groupes seront constitués dans cet amphithéâtre.
Une clameur de surprise s'éleva dans l'assistance.

— De quoi il parle ? demanda David à sa voisine.

— Aucune idée, répondit Louise.

Wiseman observait les réactions avec un petit sourire. Après un temps, il précisa.

— Ce ne devrait être qu'une formalité. Nous devons juste nous assurer que chaque étudiant est bien en mesure de suivre le cursus.

Une main se leva. Elle appartenait à un garçon d'origine indienne, filiforme, dont la peau couleur cuivre tranchait avec sa chemise blanche.

— Je croyais que nous avions été acceptés sur dossier.

— C'est le cas. Mais il y a une chose que nous n'avons pas pu contrôler. Une chose essentielle : la réalité de votre don.

Le climat s'allégea. Deux ou trois visages restèrent néanmoins fermés. Parmi eux, celui de David. Même s'il était en mesure de communiquer avec l'Invisible, ce dont Maude était parvenue à le convaincre, il n'avait pu pour l'heure vérifier l'existence de cette capacité. Qu'allait-il se passer quand il serait au pied du mur ?

Wiseman lança en guise de conclusion :

— À demain, donc. Et je vous prie d'être ponctuels.

Les étudiants quittèrent leurs places aussitôt. David se leva également et se dirigea vers la sortie. Louise, en revanche, n'avait pas bougé d'un pouce.

— Tu comptes dormir ici ? lança-t-il sur le ton de la plaisanterie.

— J'arrive dans une seconde.

Le jeune homme franchit la porte sans faire de commentaire. Il venait d'avoir une intuition étrange. Celle qu'un truc clochait chez Louise. Il ne savait pas quoi au juste, mais c'était l'évidence.

CHAPITRE 7

Dans le hall central, la cohue battait son plein. Les première année, en quittant l'amphithéâtre Paracelse, s'étaient mêlés aux élèves des cycles supérieurs venus les accueillir en fanfare. Ces derniers, déguisés comme pour Halloween, jouaient de la corne de brume et brandissaient des banderoles sur lesquelles on pouvait lire : « L'esprit n'a pas de limites » ; ou encore : « Plus haut, plus loin, jusqu'à l'infini » ; ou plus simplement : « Le Nid ».

David plongea dans la foule, sourire aux lèvres. Ce folklore potache, sans rapport avec ce qu'il était venu chercher à Cap Rock, avait un côté sympathique qui lui allait droit au cœur.

Après plusieurs minutes de bousculade, il quitta finalement l'agitation pour rejoindre la sortie. Sur son chemin, il remarqua une grosse porte en bois noir, à double battant, ornée de frises et d'inscription latine. Elle semblait hermétique. Pourtant, pas de serrure pour en condamner l'accès. Juste un boîtier métallique installé sur le côté.

C'est quoi, ce plan ? songea-t-il en s'arrêtant devant. Vu l'emplacement, elle ne peut mener qu'au clocher. Pourquoi l'avoir verrouillée à double tour ?

Il allait reprendre sa route quand il aperçut Wiseman. Le directeur de l'Institut souhaitait lui parler, autant savoir tout de suite de quoi il retournait.

— Professeur !

— Oui ?

— David Creem. Vous vouliez me voir, je crois ?

L'enseignant le dévisagea avec curiosité.

— C'est vrai qu'il y a une ressemblance.

— Avec qui ? demanda le jeune homme sans trop savoir où il mettait les pieds.

— Mais avec votre grand-père ! Vous êtes bien le petit-fils de Georges Creem, n'est-ce pas ?

David n'en croyait pas ses oreilles. Il s'entendit répondre.

— Tout à fait.

Wiseman avança une main chaleureuse.

— Ravi de vous rencontrer, monsieur Creem. J'avais hâte de mettre un visage sur ce nom familier. Quand j'ai vu passer votre dossier, j'ai fait ma petite enquête et j'ai découvert qui vous étiez. Je ne vous cacherai pas que pour votre admission, ça a pesé dans la balance.

David se sentit plus léger. La poigne ferme du professeur, son regard franc et son visage de baroudeur lui semblèrent aussitôt plus sympathiques.

— Je ne savais pas que vous connaissiez Daddy, relança-t-il. Je veux dire, mon grand-père. Il y a tellement de monde à Cap Rock...

— Nous avons pas mal échangé à une époque. Il était très intéressé par les travaux que je menais dans mon département.

Daddy curieux de parapsychologie ? s'étonna David. Première nouvelle. En bon rationnel, il avait toujours traité les croyances de sa femme avec mépris.

— Ça à l'air de vous surprendre, ajouta Wiseman.

— Un peu. Il était physicien. C'est carrément un autre monde.

— Oui et non. Son terrain de jeu était la physique quantique. Vous l'ignorez sans doute, mais les passerelles avec ce que nous étudions ici sont très nombreuses.

David connaissait vaguement l'existence des théories quantiques. Un champ de recherches encore très flou fondé sur l'étude des quanta – des particules élémentaires existant à l'échelle subatomique – qui donnait une explication de l'univers en rupture avec la physique classique. Quant à savoir comment ça fonctionnait et à quoi ça servait, le jeune homme, comme la plupart des gens, n'en avait pas la moindre idée.

— Wiseman changea de sujet.

— Votre lettre de motivation indiquait que vous êtes en mesure de communiquer avec l'Invisible. Vous pourriez m'en dire un peu plus ?

David se sentit à nouveau sur la sellette. Il essaya de noyer le poisson.

— C'est difficile à expliquer.

— Essayez tout de même.

— En fait, je ne sais pas exactement comment ce don se manifeste dans la pratique.

Le professeur devint plus grave.

— Vous ne l'avez jamais expérimenté ?

— Pas vraiment.

— Alors comment pouvez-vous être certain de l'avoir ?

— À cause de mes rêves. Enfin, un surtout. Qui revient souvent.

Wiseman hocha la tête d'un air intrigué.

— Vous pouvez me le raconter ?

David hésita. Daddy lui avait ordonné de se méfier de tout le monde, tout au moins pour l'instant.

— C'est flou. Je me souviens juste de la fin. Avant que je ne me réveille, *on* me dit que j'ai ce pouvoir.

Le professeur tenta de faire préciser.

— *On* ? De quoi s'agit-il exactement ?

— Aucune idée.

Wiseman le scruta par-dessus ses hublots. Il paraissait perplexe.

— Bien, dit-il. De toute façon, nous en saurons plus demain matin.

— Avec le test ?

— Exact.

— Et ça consiste en quoi ? demanda le jeune homme avec une pointe d'angoisse.

— Rien de bien méchant, rassurez-vous.

Le directeur de l'Institut lui adressa un sourire entendu et s'éloigna. David resta les bras ballants, perdu au milieu de cette foule à laquelle il se sentait soudain étranger. Au lieu de le rassurer, Wiseman venait de faire flamber ses inquiétudes.

Et si Maude se trompait, songea-t-il ? Si mon rêve n'avait aucun sens et que je ne possède aucun pouvoir ?

— Un café, ça te dit ?

David se retourna. Louise se tenait face à lui, un sourire timide illuminant son visage doux.

Il eut un léger temps d'arrêt et se reprit aussitôt.

— Avec plaisir.

Il s'effaça pour la laisser passer, espérant que la jeune fille n'avait pas remarqué sa surprise. Il venait de comprendre pourquoi sa voisine avait tardé à quitter l'amphi. Pourquoi il avait eu l'intuition que quelque chose n'allait pas.

Les mains collées sur de grosses roues de plastique, Louise se dirigeait vers la sortie dans un fauteuil roulant.

CHAPITRE 8

Robert avait enfin daigné se lever.

Assis nonchalamment sur le capot de sa Porsche, il observait les étudiants qui s'égayaient devant le bâtiment.

David demanda à Louise de l'attendre et rejoignit son pote.

— Tu t'es décidé à bouger ?

— J'avais besoin de récupérer.

— Tu m'étonnes. Avec ce que tu as fumé.

— Un pet'. Le tarif syndical.

— En tout cas, t'as loupé un grand moment.

— Sans blague.

David lui raconta la mise en scène concoctée par Wiseman. Puis il l'informa pour le test, prévu le lendemain matin. Robert l'écoutait d'une oreille distraite. Ses yeux scannaient toujours la foule.

Soudain, le New-Yorkais l'interrompit en plein milieu d'une phrase.

— Putain... T'as vu la bombe ?

— Où ça ? s'étonna David.

— Là-bas. La blonde. Avec les cheveux courts et le débardeur rouge.

Le jeune homme se retourna. En apercevant la fille sur laquelle il avait flashé dans l'amphi, son cœur fit un bond. Sous ce nouvel angle, sa silhouette sportive et le hâle de sa peau la rendaient plus attirante encore. Elle semblait sortie tout droit d'un univers de plage, de soleil et de surf.

Il répondit d'une voix atone.

— Elle est dans notre promo.

— T'es sûr ?

— Je l'avais déjà repérée.

L'étudiante passait à moins d'un mètre d'eux. Elle croisa le regard de David, s'attarda plus longuement sur le Sicilo-Américain et s'éloigna d'un pas décidé.

— Je crois que j'ai la cote ! lança ce dernier sur un ton de victoire. Elle m'a carrément bouffé des yeux.

— J'ai rien remarqué.

David mentait. Il venait de ressentir une pointe de jalousie, comme si Robert était en train de lui voler quelque chose.

Son copain capta le malaise.

— Attends… Tu serais pas un peu jaloux, là ?

— Jaloux ?

— Tu l'as ciblée en premier. Donc tu estimes qu'elle est pour toi.

— N'importe quoi, se défendit David.

— Allez. Je peux comprendre. Seulement là, t'as tout faux. Avec les meufs, la règle, c'est qu'y a pas de règles. Chacun pour soi et Dieu reconnaîtra les siens.

David ricana.

— La lutte pour la vie…

— N'y vois rien de personnel. Comme dirait mon père, c'est juste du business. Ça n'empêche pas pour autant de rester potes.

David n'avait pas la même conception de l'amitié. Mais il était trop fier pour s'avouer qu'en combat singulier Robert aurait forcément l'avantage.

Il ravala sa frustration et désigna Louise d'un petit signe de tête.

— Tu m'excuses, on m'attend pour aller boire un café.

Son pote détailla la jeune handicapée. Il lança sur un ton dégagé :

— Bonne idée. J'ai pas encore pris mon petit déj.

David soupira en tournant les talons. Sourire aux lèvres, Robert lui emboîta le pas.

CHAPITRE 9

Les trois étudiants s'installèrent en terrasse, dans un snack situé devant l'océan, à deux pas du Schwarzenegger Hall. L'endroit, dénommé le *Serpent Rouge*, était sans prétention. Un simple bungalow, semblable à ceux des îles du Pacifique, autour duquel régnait une ambiance conviviale. Vu sa proximité avec le Nid, il accueillait essentiellement les élèves de l'Institut. Une sorte d'annexe gérée par un biker sur le retour, au crâne coiffé d'un bandana et au sourire jovial.

— Vous voulez quoi ?

Robert était resté debout et prenait la commande.

— Café, répondit Louise.

— Deux, compléta David.

— C'est parti.

Ils regardèrent le New-Yorkais disparaître à l'intérieur de la gargote.

Louise commenta.

— Sympa, ton copain.

— Ouais.

— Il s'aime, c'est sûr. Mais il a un bon fond.

Après l'épisode de la blonde, David en était moins convaincu. Il garda ses impressions pour lui et changea de conversation.

— Tu viens d'où ?

— Montréal.

— Canadienne ?

— Pur jus. Les Dampierre descendent des émigrants du *Mayflower*. Et toi ?

— J'ai jamais connu mon père. D'ailleurs je porte le nom de ma mère. Elle a toujours vécu en Californie. Mes grands-parents aussi.

— Elle fait quoi ?

— Rien de passionnant. Et les tiens ?

— Ma mère était mannequin et mon père est joueur de poker professionnel.

David hocha la tête, admiratif. La famille de Louise était plus glamour que la sienne. Il comprenait aussi de qui la jeune fille tirait son visage magnifique. Par contre, la jupe plissée et le chemisier blanc ne collaient pas dans ce cadre marginal.

— En tout cas, on est là, reprit-elle. C'est quoi, ton truc, toi ?

— Tu veux parler de mon... don ?

— Ben oui.

— Compliqué, biaisa le jeune homme.

— Ça l'est toujours un peu, non ?

Elle avait dit ça avec une sorte de tendresse dans la voix, de celle qui invite aux confessions. David eut l'impression très nette qu'elle cherchait à entrer dans sa tête.

— Sans doute. Mais dans ton cas, on dirait que c'est plus simple. T'as pas hésité à annoncer la couleur devant tout le monde.

— Il ne faut pas se fier aux apparences.

— Ça veut dire quoi ? T'as bien dit que tu étais branchée décorporation, non ?

— Je le suis. Mais c'est un autre sujet. Mes facultés psi ont plus à voir avec la télépathie.

David eut un sourire entendu. La sensation qu'elle pouvait lire en lui s'expliquait mieux, à présent.

— Pratique, ironisa-t-il.

— Pas toujours.

L'arrivée de Robert l'empêcha de développer.

— Room service !

Il posa trois cafés sur la table, ainsi qu'un sac contenant des beignets. À peine assis, il attaqua les pâtisseries à pleines dents.

— Le bonheur, lança-t-il la bouche pleine. Ça ne vous tente pas ?

— Sans façon, répondit Louise d'un ton pincé.

David se contenta d'afficher une moue dégoûtée. Sa discussion avec Wiseman lui avait noué l'estomac.

— Tant pis pour vous, surenchérit Robert. Vous ne savez pas ce qui est bon.

Le silence se fit. La jeune fille fixait le New-Yorkais pendant qu'il dévorait son concentré de gras. Elle paraissait mal à l'aise, comme une boulimique qui aurait cherché à se contrôler. Robert se lécha les doigts et demanda :

— Vous disiez quoi ?

— On parlait des facultés de Louise, s'empressa de répondre David.

— Et c'est quoi ?

— Télépathie.

— Sympa. Va falloir faire gaffe à ce qu'on pense.

Louise ne démentit pas. Elle trempa les lèvres dans son café et demanda avec douceur :

— Et toi ?

— Psychokinèse. J'arrive à déplacer des petits objets en métal. Enfin, quand je suis en forme.

— Comme Uri Geller[1] ?

---

1. Célèbre animateur de télévision dans les années 1970, prétendant avoir la faculté de plier le métal par la seule force de sa pensée.

— Un peu. Sauf que moi, c'est pas bidon.

Robert avait réagi avec un peu trop de virulence. La comparaison ne semblait pas lui convenir.

Louise rattrapa le coup.

— J'en suis certaine. Sinon, tu ne serais pas là.

— Effectivement.

Pendant quelques secondes, plus personne ne parla. Les trois étudiants sirotaient leur boisson, visages tournés vers le soleil. Puis Robert désigna le fauteuil et demanda de but en blanc.

— Qu'est-ce qui t'est arrivé ?

— Un accident de voiture, répondit Louise.

— Il y a longtemps ?

— Deux ans.

— C'est toi qui conduisais ?

David n'avait pas osé aborder le sujet. La façon dont son copain mettait les pieds dans le plat le dérangeait. Trop directe. Trop intrusive.

— Fiche-lui la paix, réagit-il.

— Il n'y a pas de mal, s'interposa la jeune fille. J'ai eu le temps de m'habituer. Et puis, je n'ai rien à cacher.

Robert adressa à David un petit sourire narquois. La Rousse continuait, très à l'aise.

— J'étais avec mon copain. On rentrait d'un match de hockey où on était allés avec toute une bande. Les garçons avaient bu quelques bières. Ils ont commencé à faire la course. Pas de chance pour nous, notre voiture a glissé sur une plaque de verglas. Trois tonneaux. Jeffrey est mort sur le coup. Quant à moi...

Elle soupira, résignée.

— J'ai eu de la chance de m'en sortir, finit-elle par reprendre. La carrosserie était tellement compressée qu'il a fallu une heure pour me désincarcérer. C'est ce qu'on m'a dit après.

— Tu ne te souviens de rien ? demanda Robert.

— Le trou noir, pendant plus d'une semaine. Un coma stade III, paraît-il. Quand je me suis réveillée, les médecins m'ont annoncé que je ne remarcherai plus jamais. Ça a été... difficile. Tellement que je me suis posé la question de savoir si je voulais continuer à vivre.

David éprouvait à présent une sensation curieuse. Louise racontait son histoire avec distance. Comme si elle parlait de quelqu'un d'autre. Seule certitude, elle semblait avoir accepté son sort sans aigreur.

— Ce sont mes parents qui m'ont convaincue de m'accrocher. Ils m'ont dit que je n'avais pas le droit de mettre fin à mes jours, que cette option ne m'appartenait plus.

— Pourquoi ? l'interrompit Robert.

— Parce que la mort n'avait pas voulu de moi. Que j'avais donc encore des choses à accomplir ici.

— Tu as du bol, c'est tout.

— Non. La mort m'a *vraiment* prise. Puis elle m'a relâchée. J'ai fait un arrêt cardiaque pendant plus de trente minutes. Ma réanimation tient du miracle.

Le New-Yorkais s'électrisa.

— T'as fait une NDE[1] ?

— Oui.

— C'était comment ?

— Je n'en ai gardé aucun souvenir.

— La sortie du corps, le tunnel, la lumière... Ne me dis pas que t'as rien senti.

— Je t'assure. Mes derniers souvenirs remontent au moment où nous étions dans le stade. Et encore, c'est très flou.

Robert avait du mal à masquer sa déception. Il allait relancer quand David intervint.

1. Near Death Expérience ou « Expérience de mort imminente ».

— Louise te dit qu'elle ne s'en rappelle plus. On peut peut-être passer à autre chose, non ?

— Je ne vois pas où est le problème.

— Justement. Il est là, le problème.

Le grand brun prit conscience d'avoir été trop loin.

— Désolé. C'est la première fois que je rencontre une personne à qui c'est arrivé. J'avais envie de savoir.

— Te bile pas, rétorqua David. Il y a sûrement un cours là-dessus.

Il se leva.

— J'ai hâte de voir à quoi ressemble ma piaule. Tu me déposes ou j'y vais à pied ?

Robert reçu le message cinq sur cinq.

— Je t'accompagne.

Avant de partir, David se demanda s'il devait proposer son aide à Louise. Il renonça aussitôt. Elle paraissait autonome, il risquait de la vexer.

Les deux garçons embrassèrent la jeune fille en lui donnant rendez-vous pour le test du lendemain. À peine le dos tourné, Robert laissa éclater sa joie :

— D'enfer, cette fac. On va s'éclater !

CHAPITRE 10

Une cellule.
Voilà ce que lui évoquait sa chambre.
Une seule fenêtre, un bac à douche, un lit étroit et un bureau minuscule. Les toilettes étaient dans le couloir et bien sûr pas de cuisine.
David songea avec envie à celle de Robert. Elle avait beau être sur le même palier, il s'agissait d'un autre monde. Celui du luxe, du fric, où l'on vit dans des suites, roule dans des Porshe et remballe des vigiles comme s'il s'agissait de simples employés.
Il colla son nez contre la vitre, abattu. Une année dans ce gourbi, sans climatisation et sans frigo, il allait devenir dingue. La bourse accordée par l'université, une fleur due au fait que Daddy y avait enseigné, lui permettrait à peine de survivre. Et encore, dans des conditions minables.
Seul point positif, la vue depuis ce trou à rats était exceptionnelle. Son immeuble n'ayant pas de vis-à-vis, il lui suffisait de sortir sur la coursive pour contempler la masse opaque de l'océan. Un puits noir, mystérieux, qui venait se briser sur la digue protégeant la corniche.

Par ailleurs, s'il voulait s'évader, il y avait aussi Internet. Malgré sa vétusté, l'immeuble était équipé du wifi et tous ses occupants y avaient accès.

Il s'assit en tailleur sur le lit, ouvrit son ordinateur portable – un cadeau de sa grand-mère offert pour son entrée en fac –, et se connecta.

L'écran d'accueil afficha son Facebook. Pas de nouveaux messages, aucune demande d'amitié, zéro notification. Comme d'habitude. Avec quinze amis en magasin, dont sa mère et sa grand-mère, il ne fallait pas espérer que sa page fasse des étincelles.

David consulta ensuite ses mails. Pour un résultat similaire. Quelques spams, des vieux messages, sa dernière facture téléphonique... Rien de sa mère. Elle n'était pas là quand il était parti. Et elle ne prenait même pas la peine de lui envoyer un petit mot d'encouragement.

Il balaya sa déception d'un soupir et attrapa son sac. À l'intérieur, le classeur remis par Mme Cox, au bureau des admissions. Elle lui avait recommandé de l'étudier, c'était le moment idéal.

Classé par rubrique, il fournissait toutes les informations utiles sur le campus. Un peu comme dans un hôtel.

Il survola le document d'un œil distrait. Après un historique de l'université, il déroulait la liste des différentes commodités, bâtiments et lieux de vie, ainsi que celle des multiples associations ou équipes sportives qui fleurissaient à Cap Rock.

Enfin, après la dernière page, il tomba sur ce qui l'intéressait. Des feuilles volantes, insérées dans une chemise plastique visiblement rajoutées à la plaquette originale.

Il les extirpa et entama la lecture.

Sur ces papiers, pas de fioritures, de clichés lénifiants ou de développements stériles. Rien que du concret. Ils mentionnaient la liste des matières enseignées accompagnées d'un bref descriptif, le nom des professeurs qui en avaient la charge, l'emploi du temps et les dates des différents contrôles et travaux pratiques. La mauvaise qualité des photocopies, la simplicité typographique donnaient une impression de bricolage. Comme si l'Institut Californien de Parapsychologie ne disposait d'aucuns moyens.

David fit le tour des disciplines.

Un premier tronc concernait les perceptions extrasensorielles : télépathie, précognition, rétrocognition, clairvoyance. Tout ce qui concernait de près ou de loin l'acquisition de connaissances effectuée en dehors des cinq sens usuels.

Un deuxième traitait de la psychokinèse (PK) ou télékinésie, à savoir de l'action directe du psychisme sur la matière, sans contact physique avec cette dernière. On trouvait dans ce registre les déplacements d'objets, la torsion du métal, l'action sur des particules atomiques, les guérisons paranormales, et bien sûr l'étude des poltergeist.

Enfin, le dernier groupe de matières, un peu fourre-tout, abordait les phénomènes paranormaux ne pouvant pas à proprement parler être classés dans les deux autres catégories. Apparitions, hantises, possession, lévitation, communication avec l'au-delà. Ou encore fakirisme, thanatose (conservation des corps après la mort), inédie (survie sans alimentation) et stigmatisation. Autant de manifestations étranges, dans lesquelles les limites du corps humain étaient repoussées.

David s'arrêta plus longuement sur les deux dernières lignes.

NDE

OBE[1].

1. *Out-of-Body Experience*.

L'expérience de mort imminente et l'expérience hors du corps.

Les sujets qui concernaient Louise au premier chef.

Ils étaient regroupés au sein d'une même unité de valeur, ce qui démontrait l'existence d'un lien intrinsèque les unissant.

Le professeur qui dispensait l'enseignement était Wiseman. À en juger par sa biographie, le directeur de l'Institut était un ponte. Docteur en médecine, en psychologie clinique, mais également spécialiste de la réanimation et des méthodes d'accompagnement thérapeutique.

Une fenêtre clignota sur l'écran de son ordinateur. Sa grand-mère venait de se connecter sur Facebook et entamait un tchat.

`< Hello, t'es là ? >`

David répondit aussitôt.

`< Je viens de me connecter. Tu l'as senti ou quoi ? >`

`< On peut dire ça. ☺ >`

Il regarda l'horloge, en bas de l'écran. Elle affichait 14 h 30.

`< Quelle heure il est, à Bali ? >`

`< Tu sais que je ne porte pas de montre quand je suis là-bas. Le jour est en train de se lever. C'est magnifique. >`

`< Tu es dans ton monastère ? >`

`< Pas un monastère. Un ashram. >`

`< Ah oui… J'ai jamais bien compris la différence. >`

`< C'est sans importance. Dis-toi seulement que c'est un endroit de paix.>`

David imagina Maude vêtue d'une tunique bleu turquoise, la couleur qu'elle préférait, assise en position du lotus face à un astre rouge.

Un autre message arrivait déjà.

< Et toi ? Ca va ? >

< Je suis dans ma nouvelle chambre... Pas terrible ☹ >

< Vraiment ? >

< Le seul truc cool, c'est que je vois la mer. Ça me rappelle chez toi. >

< Donc, tout n'est pas si noir. >

Le jeune homme sourit, sans s'arrêter de marteler les touches.

< La fac est sympa. Je me suis déjà fait un pote. >

< Il s'appelle comment ? >

< Robert Vitti. Il est new-yorkais. >

< Le nom me dit vaguement quelque chose. Son père est connu, non ? >

< Il a l'air. C'est un homme d'affaires. >

< Ça doit être ça. Et les cours ? Tu as commencé ? >

< Pas vraiment. On a juste eu droit au speech d'accueil. Au fait, le directeur de l'Institut s'appelle Martin Wiseman. Il paraît qu'il connaissait Daddy. >

Un temps. Puis la réponse s'inscrivit.

< Je ne savais pas. Ton grand-père ne m'a jamais parlé de lui.>

David ne fut pas surpris. Avouer à sa femme qu'il fréquentait un expert en paranormal aurait remis en cause le discours rationaliste du physicien. En d'autres termes, reconnaître qu'il s'était trompé toute sa vie et qu'elle était peut-être dans le vrai.

Le jeune homme changea de sujet.

< On a un test demain matin. Un genre d'épreuve censée valider l'existence de nos capacités. >

< Ça va bien se passer. >

< Si tu le dis… >

< J'en suis certaine. J'ai confiance en toi. >

Les mots lui allèrent droit au cœur. Maude était la seule personne capable de le rassurer.

Il écrivit :

< J'ai encore fait le rêve. Il y a deux jours. >

< Tu vois. C'est un signe. >

< Il s'est aussi passé autre chose, quand je suis arrivé à Cap Rock. J'avais mis ça sur le compte de la fatigue, mais maintenant je ne suis plus sûr. >

< De quoi s'agit-il ? >

< D'abord, j'ai eu l'impression de capter des ondes. Elles entouraient les gens. Comme des champs d'énergie colorée. Ça n'a pas duré longtemps mais c'était puissant. >

< Tu as ressenti leur aura. C'est très encourageant. >

< Il n'y a pas que ça. Je me suis perdu dans un bois, à l'intérieur du campus, et j'ai fait un malaise. Au moment où je me sentais partir, j'ai eu la sensation qu'on m'observait. Il n'y avait personne mais je percevais très nettement une présence. Et je peux te garantir qu'elle n'était pas amicale. >

L'écran resta vide un instant. Puis une question s'afficha.

< Un peu comme le Voleur d'Âmes ? >

David hésita une seconde avant de répondre.

< Un peu… >

Nouveau silence. Le jeune homme eut l'intuition que Maude réfléchissait. Enfin, des lettres apparurent.

< Que s'est-il passé ensuite ? >

< Des lucioles ont surgi de nulle part. Je me suis senti mieux. Je les ai suivies et j'ai retrouvé mon chemin. >

Cette fois, la suite ne se fit pas attendre.

< À mon avis, ton arrivée sur le campus a dû débloquer quelque chose. Tu es maintenant en mesure de repérer les énergies invisibles pour le commun des mortels. Tout ça me semble aller dans le bon sens. >

< Peut-être. Mais si c'est le cas, ça signifie aussi que je me suis fait attaquer par le Voleur d'Âmes. >

< Le mot est un peu fort. Tu as seulement perçu sa présence et elle a provoqué une crise d'angoisse. De plus, il y a eu une contrepartie. >

< Les lucioles ? >

< Exact. Une force positive qui t'a tiré d'affaire. >

< Aucun rapport. Ces insectes étaient bien réels. Tout le monde aurait pu les voir. >

< Sans doute. Mais tu as dit toi-même ne pas savoir d'où elles venaient. Et comme par hasard, tu as repris tes esprits en les voyant. Sans parler du fait qu'elles t'ont aussi permis de sortir du bois. Tu ne trouves pas ça étrange ? >

David fixait l'écran. Maude n'avait pas tort. Même s'il avait trouvé l'idée absurde, il continuait à penser que les lucioles étaient venues à son secours.

Il demanda, un demi-sourire aux lèvres :

< Tu penses que j'ai un ange gardien ? >

< Appelle-le comme tu veux. Les énergies positives et négatives sont indissociables. Comme le Yin et le Yang. Ou les deux faces d'une même médaille. En t'ouvrant à elles, tu

leur as donné la possibilité de se manifester. Maintenant, il te faudra apprendre à les gérer. L'important, en attendant, est que tu sois enfin capable de les appréhender.>

Le jeune homme relut deux fois le post. Un point le tracassait.

< Je n'ai rien décidé sur ce coup. Comment se fait-il que je m'en sois sorti si bien ? >

< Je n'en sais rien. La puissance qui te protège a sans doute été plus forte que celle qui te veut du mal. >

David n'était pas plus avancé. Il commença à pianoter mais un autre post l'interrompit.

< Il faut que je te laisse, mon chéri. La cloche vient de sonner et je dois me rendre à ma séance de méditation.>

< Pas de problème. >

< Une dernière chose. Je risque d'être difficile à joindre pendant quelque temps. Mais n'hésite pas à me laisser des mails. Même si je ne réponds pas, je les consulterai. >

< D'accord. Bisous. >

< Pareil. >

David coupa la connexion. Il s'étendit sur le lit, les yeux dans le vague. La discussion avec Maude lui avait fait du bien. Elle avait su lui redonner confiance, le convaincre à nouveau qu'il n'avait pas de raison de douter.

Son don était réel.

Il lui fallait juste un catalyseur et Cap Rock semblait avoir joué ce rôle. De quelle façon ? Pour l'heure, il n'en avait aucune idée. Les événements vécus depuis son arrivée lui en apportaient seulement la preuve. Il n'y avait donc plus aucun souci à se faire pour le test du lendemain.

Il fronça les sourcils.

Une ombre assombrissait ce tableau idyllique.

Celle de la force maléfique qui l'avait agressé dans les bois.

Il n'avait rien vu, seulement senti sa présence. Pourtant, il était certain qu'il s'agissait de la même entité que dans son cauchemar.

Le Voleur d'Âmes.

Une créature terrifiante au visage de feu.

Elle avait désormais quitté les territoires du rêve pour s'infiltrer dans la réalité.

CHAPITRE 11

— On y va ?

Un murmure rampa dans la petite salle de cours. Les quinze étudiants assis sur des chaises placées en demi-cercle contenaient mal leur excitation. Désignés de façon aléatoire pour former le premier groupe, ils n'avaient donc aucune idée de ce qui les attendait.

— Bien, reprit l'enseignante. Voilà comment nous allons procéder. Vous passerez un par un, dans l'ordre qui vous convient. Le plus important est que vous vous sentiez prêt. En confiance.

David n'avait plus peur. De là à dire qu'il se sentait à l'aise, il y avait de la marge. Mlle Troy, la prof chargée d'évaluer leur don, lui faisait une impression bizarre. Il ne parvenait pas à savoir si cette petite poupée rousse, à la peau d'une blancheur translucide, était une alliée ou bien une ennemie. Elle parlait à voix basse, paraissait planer, et dissimulait ses yeux derrière des verres violets. En la voyant, Robert l'avait aussitôt surnommée Vampirette.

— Qui veut commencer ?

Les étudiants échangèrent des regards indécis. David se tourna vers Robert, assis à côté de lui. Le

New-Yorkais fit non de la tête. Calée dans son fauteuil, Louise fixait ses pieds. Un peu plus loin, Daniel Storm jouait avec son smartphone comme si tout ça ne le concernait pas. Il était installé près d'un garçon au visage d'Apache et aux épaules musculeuses, dont les longs cheveux noirs étaient retenus par un bandeau rouge vif. Quant aux autres, ils ne semblaient pas non plus disposés à ouvrir le bal.

— Allez, encouragea Mlle Troy. Il y en a bien un, ou une, qui se sent capable d'affronter la Gorgone.

Pour illustrer l'image, elle leva les mains, doigts recourbés comme des serres, en retroussant ses lèvres à la façon d'un loup.

Tout de suite, des rires fusèrent. Puis une fille se leva. David resta bouche bée en découvrant qu'il s'agissait de « sa » blonde. Celle sur laquelle Robert avait flashé également.

— Ah ! s'exclama Vampirette. Enfin une courageuse.

Deux chaises avaient été placées face à face, au centre du demi-cercle. Mlle Troy prit place sur la première et invita l'étudiante à s'installer sur la seconde. David songea à une séance de thérapie de groupe, menée sous le regard des autres participants.

— Comment t'appelles-tu ? demanda l'enseignante en lui prenant les mains.

— Alice Bolt.

— Détends-toi, Alice. Tout va bien se passer.

La jeune fille sourit. Un sourire sous contrôle, comme toute son attitude.

La prof l'interrogea d'une voix douce.

— Alors ? De quoi es-tu capable ?

— J'ai un sixième sens.

Le ton était assuré, le timbre un peu rauque.

— C'est le cas pour la plupart d'entre nous. Peux-tu préciser ?

— Je ressens les éléments. Du coup, je peux anticiper toutes sortes de manifestations climatiques : orage, tornade, sécheresse... Il m'est possible de capter un départ d'incendie, ou de prévoir un séisme.

— Intéressant.

— En fait, je suis carrément connectée avec la nature. Je perçois non seulement l'énergie du feu, de l'eau, de l'air et de la terre, mais aussi celle des arbres, des plantes, des fleurs et même parfois des minéraux. J'arrive également à entrer en empathie avec certains animaux.

David était fasciné. Le don d'Alice collait au millimètre à l'énergie qu'elle dégageait. Celle d'une amoureuse des grands fonds, des espaces vierges et des neiges éternelles. Autant de refuges où elle devait se retirer quand elle ôtait sa carapace. À présent, il en était certain. Si elle le voulait, il la suivrait au bout du monde.

Robert le ramena sur terre.

— Elle est vraiment d'enfer, chuchota-t-il dans son oreille. Le genre sportive-écolo, ça me fait carrément fantasmer.

— Ferme-la. J'écoute.

— Ça n'empêche pas de mater.

David se détourna, visage claquemuré. Mlle Troy tenait toujours les mains d'Alice.

— Bien. Mon don à moi est de mesurer celui des autres. Ou plus précisément, d'en évaluer le niveau et les caractéristiques principales.

— Une sorte de compteur Geiger ?

Storm avait posé la question avec une pointe d'ironie dans le ton, sans lever les yeux de son téléphone portable. À en juger par sa mine réjouie, son voisin partageait ce genre d'humour.

Mlle Troy se tourna vers le comique, sourire aux lèvres.

— C'est une excellente comparaison. La finesse de mes perceptions me permet d'effectuer une analyse précise des capacités de chacun. Tant en termes quantitatifs que qualitatifs.

Storm eut un sourire en coin. Il lança un regard à l'Apache qui ricana à son tour.

La prof se leva. Elle contourna Alice pour se mettre dans son dos et plaqua ses paumes sur les tempes de l'étudiante.

— Bien. Maintenant, je vais te demander de te relâcher. Tu détends tes muscles, tu fermes les yeux, tu ne penses plus à rien.

La jolie blonde s'exécuta. En dépit de l'apparente relaxation, David percevait une tension. L'armure soudée à sa peau l'empêchait de se lâcher.

— Mieux que ça, insista Vampirette. Si tu veux que je sache, il faut abandonner tes résistances.

Laisse-toi aller, pensait David très fort. Ça va le faire.

Les souffles se suspendirent. Mlle Troy se concentrait, tête baissée. Alice s'était un peu voûtée et respirait lentement. Autour, tout le monde fixait cette scène surréaliste en attendant le déclic.

Il arriva sous la forme d'un long soupir poussé par l'enseignante. Comme si une digue s'était brisée, permettant à une eau claire de couler librement.

— Waouh ! fit Mlle Troy. Magnifique. C'était... rafraîchissant.

Alice décolla ses paupières.

— Je n'ai rien senti.

— Moi si. Et ça m'a fait du bien. Tu peux aller reprendre ta place. Le test est positif.

La jeune fille regagna sa chaise sous le regard envieux des autres. David lui adressa un sourire timide. Robert la dévorait littéralement des yeux.

— À qui le tour ? lança la médium.

Plusieurs élèves se succédèrent. Avec des résultats variables. Tous passèrent cependant l'examen avec succès. Après un tatoué au crâne rasé, qui semblait sorti tout droit d'un gang de Latinos et était pourvu d'un don de psychokinèse, Robert se décida.

— Qu'as-tu à nous proposer ? questionna Vampirette.

— J'agis sur les métaux. Comme Magnéto[1].

Robert s'était tourné vers Alice, toutes dents dehors. Il avait entamé sa parade de séduction.

— Je ne sais pas qui c'est, recadra Mlle Troy de sa voix de soie. On va déjà voir ce que tu sais faire, toi.

Elle réitéra son rituel. Le New-Yorkais se prêta au jeu de bonne grâce, toujours très à l'aise. Très vite, le verdict tomba.

— C'est bien de la PK[2]. Très bon potentiel. Je dirai 9 sur 10.

Robert retourna près de David, tout en lançant une œillade appuyée en direction d'Alice.

— Suivant, lança Mlle Troy.

David hésitait toujours. Il avait l'impression d'être encore au collège, quand il connaissait sa leçon mais n'osait pas pour autant aller au tableau. Louise leva une main sage à sa place.

— Ne bouge pas, répondit l'enseignante en amorçant un pas vers elle.

— Non. Je peux venir.

Elle fit rouler son fauteuil jusqu'au centre du cénacle. Une fois ses capacités exposées, elle se soumit à l'examen.

---

1. Personnage de la série *X-Men*, doué du pouvoir de contrôler l'acier.
2. Psychokinèse.

L'imposition des mains dura plus longtemps que pour les autres. Vampirette forçait. Pour la première fois, elle semblait avoir perdu son assurance tranquille.

Enfin, elle s'écarta.

— Je ne comprends pas. Le fluide est là, je le sens. Mais il y a un écran. Si tu ne me laisses pas passer, je ne pourrai pas savoir si tu es vraiment télépathe.

— Ce ne sera pas nécessaire, répondit Louise.

— Bien sûr que si. Je dois valider tes capacités si tu veux pouvoir les développer.

— Ce matin, vous avez oublié d'éteindre la cafetière en partant.

— Pardon ?

— Vous y avez pensé trois fois pendant que vous me sondiez.

La médium la scruta d'un œil intrigué. Puis elle applaudit lentement.

— Bien joué. Tu es très forte.

— Je m'excuse. Mais j'ai du mal avec le fait qu'on lise en moi.

— Ce n'est pas grave.

— Pour le test, c'est bon ?

— Naturellement.

Vampirette était déstabilisée. Elle ne devait pas s'attendre à ce qu'une élève lui rive son clou. Pendant que Louise regagnait sa place, David songeait qu'en sa présence il lui faudrait vraiment faire attention à ce qu'il pensait.

Quatre étudiants furent encore évalués. L'un d'eux, chemise à fleurs et cheveux longs, fut démasqué par Vampirette. Il affirmait communiquer avec les morts, mais ne possédait pas une once d'énergie surnaturelle dans ses veines de junkie. Il avait l'air tellement défoncé que David n'eut pas de mal à imaginer d'où lui venait l'idée qu'il possédait un don.

David regarda sa montre.

Deux heures avaient filé.

Il ne restait plus que lui, Storm et l'Apache.

Ce dernier s'installa sur la chaise. Il s'appelait Greg Whitous, venait d'une communauté amérindienne installée près de Minneapolis, et semblait plus taillé pour la bagarre de rue que pour la parapsychologie. Son truc était le chamanisme. Il disait pouvoir communiquer avec les esprits de ses ancêtres et prédire l'avenir en lisant dans les entrailles d'animaux sacrifiés.

Vampirette l'évalua avec distance, comme si elle se méfiait. Whitous avait des capacités, pas de doute. Mais de toute évidence, il avait opté pour le côté sombre de l'Invisible. Un mage noir, aux manières brutales, aux yeux méchants. Rien d'étonnant à ce qu'il se soit rapproché de Storm.

Une fois l'Apache expédié, l'enseignante s'adressa aux deux lanternes rouges.

— Messieurs, il n'y a plus que vous. Lequel se jette à l'eau ?

David se dandina sur sa chaise. Plus le moment approchait, plus il se sentait nerveux. Storm discutait avec son acolyte, sans se préoccuper de Mlle Troy.

Elle décida pour eux.

— Pourquoi pas toi ? dit-elle en désignant le skin. Tu me parais particulièrement détendu.

Storm se rendit d'un pas traînant jusqu'à la chaise, s'y laissa choir en soupirant.

Comme chaque fois, Mlle Troy fit préciser nom et prénom du candidat. Puis elle prit ses mains. Tout de suite, son visage changea d'expression. Fermé. Douloureux.

— Un problème ? s'enquit Storm d'un ton dégagé.

La prof paraissait retournée. Elle fixait les yeux noirs avec intensité, comme un lapin pris dans les phares d'une voiture. Au bout de plusieurs secondes, elle demanda d'une voix tendue.

— Quel est ton don, Daniel ?

— Je crois que vous le savez.

— Réponds à ma question.

Il se pencha vers elle, une lueur de défi dans les yeux.

— J'attire les poltergeist. Comme un aimant.

Vampirette rompit le contact et recula. La simple proximité physique de Storm semblait maintenant la terrifier.

— Très bien... Tu peux retourner à ta place.

— Vous ne me faites pas le coup de la transmission de pensées ?

— C'est inutile.

Le tondu alla retrouver son copain. Ils claquèrent leurs paumes l'une contre l'autre et reprirent leur discussion. Dans le groupe, les visages s'étaient assombris.

David se tourna vers Robert. Il se souvenait de sa première rencontre avec Storm, au bureau des admissions.

— Je l'ai jamais senti, ce mec. Faut être taré pour se faire tatouer une tête de mort sur le crâne.

— Attendons de voir. Des esprits frappeurs. Ça peut être drôle.

— Je ne vois pas en quoi. Ces manifestations sont toujours négatives. Même dangereuses.

— Arrête de flipper. Y me fait pas peur, ce type. Quels que soient les démons qui le possèdent.

Mlle Troy les interrompit.

— Bien ! lança-t-elle en essayant de retrouver un peu d'entrain. Passons au dernier.

David sentit son sang refluer dans ses veines. Il se leva, vint s'installer et déclina son identité.

— Enchanté, David, lança Vampirette. Je t'écoute.

Il récita le scénario élaboré depuis la veille. Ni trop précis, ni trop vague. Une version édulcorée de la réalité.

— En fait…

— Oui ?

— J'espérais que vous alliez m'aider.

— Comment ça ?

— Concrètement, je n'ai aucune idée de ce que je suis capable de faire. Je sens juste que je possède des capacités. C'est pour les développer que je me suis inscrit à Cap Rock.

Mlle Troy l'observa. Puis elle passa dans son dos.

— D'accord. Essaie de faire le vide. On va voir ce qui se cache à l'intérieur de cette petite tête.

David abaissa ses paupières. Incapable de juguler le tumulte qui sourdait dans son crâne, il se focalisa sur les mains de la médium. Ses paumes étaient chaudes. La pression agréable. Il eut l'image de la coiffeuse qui lui massait le cuir chevelu avant chaque coupe.

Peu à peu, le jeune homme se détendit. Il oublia Mlle Troy, la salle de cours, le murmure des élèves et les odeurs de cire qui parfumaient la pièce. Aucun de ses cinq sens ne lui apportait plus la moindre information. Il flottait dans une nuit d'encre, sans repères ni balises. Une particule de poussière dérivant au gré d'un vent cosmique.

Pourtant, curieusement, il avait la sensation de percevoir l'univers.

D'en être une part tout en le contenant dans son entier.

— Eh bien ! s'exclama la médium en mettant fin au test. Tu ne sais peut-être pas ce dont tu es capable, mais je peux t'assurer que tu as largement le potentiel pour faire des étincelles.

— C'est vrai ?

— Tes capacités sont de types ESP. Perceptions extra-sensorielles. Je ne veux pas trop m'avancer, mais je crois que tu les possèdes toutes. Télépathie, clairvoyance, précognition et rétrocognition. De plus, elles sont d'une intensité exceptionnelle.

David était aux anges. Il répondit d'un sourire au clin d'œil de Robert pendant que Mlle Troy libérait les étudiants. Avant qu'il ne sorte lui aussi, l'enseignante le retint par le bras.

— Tu as une seconde ?

— Bien sûr.

Le visage de la prof était grave. David eut l'intuition que tout n'avait pas été dit.

— Voilà... dit-elle d'un ton embarrassé. Quand j'ai sondé ton esprit, j'ai perçu un problème.

— Je n'y arriverai pas, c'est ça ? Je ne pourrai pas exploiter mon don.

— Pourquoi penses-tu ça ? Tu vas apprivoiser ton énergie, ce n'est qu'une question de temps. D'ailleurs tu as déjà commencé, n'est-ce pas ?

— Oui. Enfin, je crois...

— Tu vois. Aie confiance. Mais méfie-toi aussi.

— De quoi ?

Elle chercha ses mots.

— Je ne peux pas préciser. J'ai senti une menace. C'était diffus. Je suis seulement en mesure de te dire qu'elle est sérieuse.

Inutile de demander des détails. Cette révélation renvoyait le jeune homme à l'épisode vécu dans le bois. À son rêve.

Au Voleur d'Âmes.

Pouvait-il en parler à cette femme ? Lui faire confiance ?

Dans le doute, il préféra suivre les recommandations de Daddy.

— Merci. Je fais quoi, maintenant ?

Elle secoua la tête avec un air désolé.

— Je n'en ai pas la moindre idée. Reste sur tes gardes, c'est mon meilleur conseil.

CHAPITRE 12

Une brise salée venait de l'océan.

Elle agitait les feuilles des cocotiers, rafraîchissait les peaux et faisait vaciller la flamme des photophores.

David prit son cocktail, aspira une longue gorgée avec la paille. Une saveur de banane, de fraise et de rhum brun se déposa sur ses papilles.

— C'est plus sympa le soir.

— Normal, répondit Robert. La nuit, tous les chats sont gris.

Le *Serpent Rouge* proposait une *happy hour* chaque fin de semaine. De nombreux étudiants s'y pressaient, venus de tous les départements. Ils s'y alcoolisaient dans une ambiance sud-américaine *muy caliente*[1], où les gens dansaient en buvant près du bar.

Ce soir, la terrasse était pleine. David, Robert et Louise s'étaient installés au même endroit que la veille, une table située un peu en retrait, près du chemin d'accès. Son emplacement permettait à la jeune handicapée de rester autonome.

1. « Très chaude. »

Elle avala son mojito, le second depuis leur arrivée, sortit une cigarette et l'alluma. David s'étonna.

— Tu fumes ?

— On est dehors. Ce n'est pas interdit.

— Ouais...

— Qu'est-ce qu'il y a ?

— Disons que t'as pas vraiment la tête à cloper.

— J'ai commencé après mon accident. C'était ça ou compenser avec la bouffe. Comme j'avais déjà commencé à m'empiffrer, ça m'a permis de limiter les dégâts.

L'intuition que Louise souffrait de boulimie se confirmait. David ne creusa pas ce sujet.

— T'as pas peur du cancer ?

— D'après les statistiques, les paraplégiques ont une espérance de vie beaucoup plus courte que la moyenne. Ce n'est certainement pas la cigarette qui me tuera.

Robert applaudit des deux mains.

— Bien dit. On va tous y passer. En attendant, faut vivre. D'ailleurs, je t'en tape une.

Il prit la Camel que lui tendait la jeune fille, creusa ses joues en l'allumant et recracha une fumée translucide. Il se leva dans la foulée et annonça d'un ton conquérant.

— Je pars en repérage. Toutes ces nanas, ça me rend dingue.

David le regarda s'éloigner avec un air réprobateur. Comme beaucoup de ses compatriotes, il se tenait à distance du tabac et des fumeurs. Le fait que ses deux amis affichent ce travers le mettait mal à l'aise. Surtout pour Louise. Elle était si bien élevée, si classique. Il n'aurait jamais pu imaginer qu'elle soit accro à la nicotine.

— C'est pas si grave, lança la jeune fille. Ne me dis pas que tu n'as pas un petit vice.

— Non.

— Pas d'orgie de bonbons, de chocolat ? Pas de jeux vidéo ? De sites porno ?

David n'en croyait pas ses oreilles. Louise se révélait beaucoup plus trash qu'il ne l'avait imaginé. Il mit ça sur le compte de l'alcool et botta en touche.

— Laisse tomber. Tu le saurais si j'étais un pervers. Tu lis dans les pensées.

— Je te crois capable de les dissimuler. Même à une télépathe. Je me trompe ?

Le jeune homme eut l'impression qu'elle jouait avec lui. Avait-elle capté cette onde noire qui l'entourait depuis son arrivée sur le campus ? Voulait-elle l'obliger à abattre ses cartes ?

Puis il sentit autre chose. Juste une vision fugace, comme un flash, une intuition.

Louise le draguait. À sa façon, mais elle le draguait.

Il verrouilla cette pensée. Hors de question de lui montrer ce qu'il venait de comprendre. D'abord parce qu'il n'en était pas certain. Ensuite parce que cela la mettrait en porte-à-faux.

— Tu ne réponds pas ? insista-t-elle avec malice.

— Qu'est-ce que tu veux que je te dise ? De toute façon, tu ne me croiras pas.

— Qui sait ? Essaie toujours.

David était de plus en plus gêné. La pulsion de Louise montait en puissance, il pouvait maintenant la percevoir physiquement.

Par miracle, Robert réapparut à cet instant précis.

— *¡ Hola, compadres*[1] *!* Regardez sur qui je suis tombé.

Il s'effaça. Le cœur de David fit un bond en découvrant qu'Alice se tenait derrière lui.

1. « Salut, camarades ! »

— Salut ! lança la blonde à la cantonade.

— Louise, et David, annonça le play-boy en désignant les deux jeunes gens.

— J'avais retenu. La télépathe et le surdoué.

Elle avait accompagné son commentaire d'une petite moue espiègle qui fit craquer David.

Robert récupéra une chaise. Il la plaça à côté de la sienne et proposa à Alice de s'y asseoir. Enveloppant, prévenant, il se comportait déjà en propriétaire.

— Alice est d'Hawaï. Cool, non ?

— D'où ton contact privilégié avec la nature, en déduisit David pour engager la conversation.

— J'ai appris à surfer avant de savoir marcher.

— Tu dois assurer un max sur une planche.

— Ça va. Maintenant, je me suis mise au kite. C'est plus fun.

Louise se joignit à l'échange.

— C'est quoi, le kite ?

— Un mix entre le surf et le cerf-volant. Tu te fais tracter par une aile de parapente. Ça te permet d'aller quatre fois plus vite qu'en wind[1] et de faire des sauts de malade.

— Ça doit être dangereux, non ?

— Pas si tu fais gaffe.

David allait enchaîner mais Robert le devança. Il devait estimer avoir quitté le devant de la scène depuis trop longtemps.

— Moi aussi, je kiffe l'adrénaline. Mon truc, c'est plutôt la mécanique. Je fais des courses de stock-car.

— Mon père adore ça, rebondit Alice. Je l'ai accompagné une fois ou deux et je dois reconnaître que c'est impressionnant.

— Ouais… Y a pas mal de casse. Vaut mieux avoir les nerfs solides.

---

1. Windsurf ou « planche à voile ».

Je le crois pas, songea David. Il n'a peur de rien ce don Juan de mes deux.

Il ne put s'empêcher de le tacler.

— Je trouve ça débile. Froisser de la tôle pour le plaisir. En plus, tu aggraves l'effet de serre.

— Moins qu'un 777 en phase de décollage. Et pour ta gouverne, ce type de compétition permet aussi de récolter des fonds.

— Pour la retraite des pétroliers ?

— Non, mon grand. Pour l'Unicef.

— N'importe quoi.

— C'est vrai, intervint Alice. J'ai vu les banderoles à Daytona. Une partie de la vente des billets est reversée à cette organisation.

David resta sans voix. Il ne savait pas ce qui l'agaçait le plus. Le numéro de Robert. Ou plus simplement sa propre jalousie. Ce sentiment mesquin avait fourni à son pote une occasion supplémentaire de se faire mousser.

Il se tourna vers Louise, en recherche d'un soutien.

— Tu en penses quoi, toi ?

— Rien, répondit-elle en allumant une nouvelle cigarette. Le sport et moi, ça fait deux.

Le jeune homme regretta aussitôt sa question. On ne demandait pas à une victime de la route ce qu'elle pensait d'une discipline dont l'objet était de fracasser des voitures. De plus, il venait de capter chez Louise une détresse d'un autre ordre. Lancé dans son combat de coqs, il en avait oublié de bloquer ses pensées. En particulier, son attirance pour Alice.

Louise avait intercepté cette vérité et maintenant, elle en souffrait.

David termina son cocktail. Se leva. Il était trop mal pour rester. Surtout, il ne voulait pas que sa gêne devienne visible.

— Je suis naze. Je vous laisse.

Louise ne répondit pas. Alice hocha la tête d'un air indifférent. Quant à Robert, il était trop concentré sur sa proie pour se préoccuper de son pote.

À cette seconde, David eut l'impression d'être seul au monde.

CHAPITRE 13

David n'avait pas eu le temps de faire trois pas qu'une main se posait déjà sur son épaule.

— Tu pars déjà, vedette ?

Accompagné de l'Apache, Storm le dévisageait d'un air goguenard.

David demanda, sur la défensive :

— Qu'est-ce que vous voulez ?

— Te parler.

— De quoi ?

— À ton avis ?

— Je ne suis pas devin.

— Ah bon ? Je croyais.

— Vous étiez là, ce matin. Vous avez entendu ce que j'ai dit.

Storm fit mine de réfléchir. Puis son visage blafard s'éclaira.

— Voilà, ça y est : « Je n'ai aucune idée de ce que je suis capable de faire, blablabla... »

— C'est la vérité.

— Peut-être. Mais d'après miss Je-sais-lire-dans-ton-crâne, tu serais un cador.

— Va savoir.

— Justement. On voudrait en avoir le cœur net.

David se sentit en danger. Whitous le serrait de près. Il émanait de lui une puissance animale.

— Y a un souci ?

Robert avait repéré le manège. Il était venu prêter main-forte à son copain.

— De quoi je me mêle ? répondit Storm. T'es sa nounou ?

Le New-Yorkais fit un pas en avant. Il se planta à quelques centimètres des sourcils constellés de piercings.

— Tu veux vraiment le savoir ?

La situation devenait explosive. L'Apache s'était rapproché, prêt à en découdre. Storm posa une main sur l'avant-bras de son compère et sourit à Robert.

— Cool, mec. On veut juste faire une petite expérience.

— Du genre ?

Le tondu sortit un jeu de tarot de sa poche.

— Ton pote est un crack à ce qu'il paraît. Il ne devrait pas avoir de mal à identifier les cartes que je lui présenterai.

Robert questionna David du regard. Le jeune homme se sentait obligé d'accepter. S'il se dérobait, les autres ne manqueraient pas de mettre ses capacités en doute.

Les quatre garçons rejoignirent Louise et Alice. Un vague salut, deux mots pour expliquer l'enjeu aux filles, et tout le monde prit place autour de la table, comme pour une séance de spiritisme.

Storm tira une première carte, au hasard. Il la regarda longuement, face cachée, et la posa devant David.

— À toi de jouer.

L'étudiant se concentra. En vain. Il voyait un grand désert blanc, une étendue neigeuse sur laquelle dérivaient des grains de poussière noire.

— Alors ? relança Storm.

— Laisse-lui un peu de temps, intervint Louise.

— C'est vrai, surenchérit Alice. Faut qu'il se chauffe.

— OK, les filles. Je ne suis pas pressé.

David poursuivit, pour le même résultat. Il ne percevait rien. Pas même une couleur, une forme vague. Rien, hormis cette sensation de blancheur.

— Tu veux en essayer une autre ? lança Storm d'un ton moqueur.

— J'allais te le demander.

David crânait mais n'en menait pas large. Quoi qu'en dise Mlle Troy, ses capacités extra-sensorielles n'avaient pas l'air d'être une réalité. Et les autres étaient en train de le constater.

Nouvelle carte, placée à côté de la première. Il ferma les yeux, força son esprit à visualiser les motifs. Toujours ce vide. Pas le moindre commencement d'indication.

Il posa sa main sur le morceau de carton.

— Je peux ?

— Je t'en prie, répondit Storm de plus en plus narquois.

Le contact physique n'amenait rien de plus. Au bout d'une longue minute, David se redressa.

— Et merde ! J'y arrive pas.

— C'est bien ce que je pensais, affirma le tondu en récupérant son jeu. T'es un mytho. Et cette médium bidon aussi. T'as zéro pouvoir. Que dalle.

Robert monta de nouveau au créneau.

— Ça prouve rien, ton truc. Personne ne peut garantir un résultat sur commande.

— Non ? Alors mate un peu ça.

Il ferma les yeux. Très vite, le verre de David se mit à trembler. La vibration s'intensifia, comme si le récipient s'apprêtait à décoller. Puis, d'un coup, il alla se fracasser par terre.

Les quatre amis se regardèrent, interdits. Outre le caractère extraordinaire de cette manifestation, ils avaient tous perçu sa charge de violence.

Louise réagit la première.

— Tu peux aussi déplacer les objets ?

— Moi ? Non.

— Bien sûr... déduisit la jeune fille. Ce sont les poltergeist qui le font.

— Mes amis de l'au-delà. Et eux quand je les appelle, ils réagissent tout de suite. Allez, j'en ai assez vu. On se tire.

Storm se leva, suivi comme une ombre par Whitous. David avait la tête baissée, un enfant pris en faute.

Soudain, une vision fugitive traversa sa conscience. Deux rectangles blancs, placés côte à côte, se découpant sur un fond noir.

Ce fut comme une révélation.

— Storm ! Attends !

L'autre se retourna.

— Quoi encore ? Tu veux une session de rattrapage ?

— Tu t'es foutu de moi.

— Qu'est-ce que tu dis ?

— Tes cartes sont vierges. C'est pour ça que je n'ai rien vu.

Storm le prit de haut.

— T'as rien trouvé de mieux ?

— Fais-nous voir ton paquet. On verra lequel des deux est un menteur.

Le skin ricana. À son tour d'être coincé. Il prit les cartes et les jeta sur la table.

Comme annoncé par David, elles ne portaient aucune inscription.

— T'es quand même un gros naze, s'énerva Storm. Tu aurais dû le voir tout de suite puisque t'es si fort.

David se contenta d'un sourire ironique. Il venait de moucher cet enfoiré et de conquérir l'estime de ses amis. Cerise sur le gâteau, il validait pour la première fois, de façon consciente tout au moins, l'existence de ses perceptions extra-sensorielles.

Les deux affreux vidèrent les lieux, le regard mauvais. Robert s'esclaffa.

— Tu l'as dressé, ce taré. Ça devrait le calmer pour un moment.

— J'espère.

Le jeune homme n'y croyait qu'à moitié. L'épisode du verre en disait long sur la mentalité de Storm. Plus que celui du jeu truqué. Il révélait une noirceur profonde, couplée à une violence à peine contenue.

Autant d'énergies négatives qui ne demandaient qu'à exploser.

DEUXIÈME PARTIE
PREMIERS CONTACTS

CHAPITRE 14

— Surtout, ne vous laissez pas déstabiliser. Vous n'avez rien à craindre. Contentez-vous de rester concentrés, et tout se passera bien.

Le professeur Hyppolite Haims, médium spécialisé en hantises et apparitions, semblait sûr de son fait. Il avait donné ses instructions d'une voix calme, raccord avec son physique de bridgeur. Pantalon de toile claire, polo rose pâle, il évoquait ces retraités aisés adeptes des greens de golf et des croisières joyeuses.

David regarda ses amis. Mis à part Louise, coincée dans son fauteuil, le petit groupe avait pris place sur le même banc de bois vernis. Comme tous leurs camarades, ils étaient sur des charbons ardents.

Une semaine qu'ils avalaient des cours théoriques et grattaient du papier. Wiseman leur offrait enfin une expérience pratique. Une sorte d'initiation, dispensée dans une chapelle attenante au bâtiment principal. Toutes les nouvelles promos y avaient droit.

Appuyé à l'autel, une dalle nue ornée seulement d'un cierge, Haims poursuivait :

— Petit rappel du contexte. Il sera utile pour vous aider à visualiser. À la fin du XIXe siècle, quand les jésuites édifièrent l'église qui abrite aujourd'hui notre département, ils y adjoignirent ce petit bâtiment. Une enclave séparée du reste, afin de pouvoir y pratiquer certains rituels un peu particuliers.

David écoutait avec attention. Il adorait ce genre d'histoires mêlant passé et religion. Mais surtout, il voulait s'en pénétrer afin d'être plus efficace.

— Parmi ces rituels, expliquait le professeur, le plus controversé était sans aucun doute celui de l'exorcisme. Par tradition, l'ordre des Jésuites en a toujours eu la charge. Ils ont donc réglé de nombreux cas de « possession » entre ces murs.

Un frisson parcouru l'assistance. Louise se tassa. Alice se rapprocha instinctivement de Robert, qui saisit l'occasion pour lui prendre la main. Quant à David, il observait avec intérêt la réaction de Daniel Storm. Installé à l'écart, avec son pote l'Apache, le skin semblait pour une fois concerné par le cours.

Le professeur fit quelques pas. Il alla s'adosser à une statue grandeur nature de l'archange Gabriel.

— Le dernier religieux en charge de ce ministère était le père Patrick Jordan. Il est mort en 1967, peu de temps avant que l'université n'achète l'église au diocèse. Il avait été prévu de transformer la chapelle en bibliothèque mais, très vite, des manifestations paranormales s'y sont produites. Des bruits inexpliqués, des coupures de courant, des variations brutales de température. Elles ont contraint le recteur à y renoncer, et par la même occasion, ont contribué à la création de l'Institut de Parapsychologie.

— Le malheur des uns fait le bonheur des autres, ironisa Robert à voix basse.

— Tu l'as dit, confirma David.

Haims reprit sa marche. Il arpentait la petite salle voûtée sous le regard captivé des élèves.

— En analysant ces phénomènes, j'ai d'abord pensé qu'il s'agissait de hantises démoniaques, liées aux exorcismes. Puis, peu à peu, j'ai découvert qu'ils concernaient directement le père Jordan.

Une fille aux cheveux pâles et aux traits de souris blanche intervint. Sa voix était teintée d'un fort accent russe.

— Comment l'avez-vous compris ?

— Mais parce qu'il me l'a dit.

— Il vous l'a dit ?

— En premier lieu, j'ai senti sa présence. Comme ça ne prouvait rien puisqu'il avait officié dans cette chapelle à plusieurs reprises, j'ai essayé l'écriture automatique. Le message a été beaucoup plus clair. Nous avons un peu communiqué de cette façon, ce qui m'a permis de comprendre les raisons pour lesquelles il hantait cet endroit.

Un roux énorme, dont le double menton l'apparentait à un rouge-gorge en pleine parade nuptiale, y alla de sa vanne.

— Il avait peut-être du taf à terminer. Ça ne serait pas étonnant, vu le nombre de cinglés qui zonent à L.A.

— Certes. Mais il ne s'agit pas de ça. Jordan ne supportait pas l'idée que l'on utilise cette chapelle à d'autres fins que religieuses. Pas après ce qui s'y était passé. Il avait donc décidé de rester afin de s'en assurer.

Un murmure rampa sous les vitraux. Des têtes pivotèrent, cherchant à repérer les signes d'une présence. Haims laissa l'agitation s'éteindre et reprit la parole.

— Le père Jordan est bien ici. N'en doutez pas. Il m'est même arrivé de le voir quelques fois. Nous allons donc le convoquer et j'espère qu'il viendra, comme ça a été le cas il y a deux ans avec une autre promotion.

Il se plaça au bout de l'allée centrale, prit la main des deux élèves les plus proches.

— Maintenant, je vais vous demander de faire une chaîne d'union. Chacun doit être en contact avec son voisin. Fermez les yeux et pensez au père Jordan.

Le gros roux demanda, ne plaisantant qu'à moitié :

— On y pense comment ? Genre : « Esprit du père Jordan, es-tu là ? Si oui, frappe une fois » ?

— Faites comme bon vous semble, répondit le professeur. L'essentiel est d'être honnête. De vouloir vraiment entrer en communication avec lui.

— Vous ne nous avez pas dit à quoi il ressemblait, releva un autre élève.

— C'est secondaire. Le père Jordan n'a plus d'enveloppe physique. Seule sa conscience existe encore. Il faut vous concentrer sur elle.

Un silence appliqué prit possession de la chapelle. Les doigts s'étaient rejoints, formant un serpentin de chair remontant jusqu'à Haims.

David, paupières closes, laissait venir les sensations. Une image s'imposa tout d'abord. Celle du plus célèbre des exorcistes, immortalisé par le film du même nom. Le jeune homme avait oublié le nom de l'acteur qui l'incarnait. Il se souvenait par contre de sa silhouette décharnée, de son visage hiératique, et surtout de son regard fiévreux pendant qu'il affrontait le diable.

Il s'accrocha à ce dernier détail. Les yeux étaient le miroir de l'âme. La porte d'entrée qui permettait d'y accéder.

Un instant, David resta sur le seuil. Il visualisait deux iris pâles, des lacs gelés dans lesquels il lisait la souffrance. Puis, sans qu'il s'y attende, il eut l'impression que la glace craquait. À la place, une eau claire dont la surface s'irisait par à-coups.

David se laissa couler à l'intérieur. Il flottait à présent dans un bain tiède, dense, qui le portait sans qu'il ait besoin de faire le moindre mouvement. Un sentiment de paix accompagnait cette immersion, comme s'il avait littéralement plongé dans une source de bonté.

À cette seconde, il sut qu'il venait de se connecter avec l'âme du jésuite. Plus qu'une pensée concrète, une construction émanant de son esprit, c'était une certitude immatérielle envahissant chaque fibre de son être.

Un souffle chaud balaya son visage. David sentit la main de Robert serrer la sienne, signe que son ami l'avait sans doute perçu aussi. Dans la foulée, des craquements résonnèrent dans la salle. Ils paraissaient provenir des bancs, comme si une force travaillait le bois de l'intérieur.

Une onde de tension se propagea le long de la chaîne d'union, accompagnée par quelques chuchotements. Aussitôt, les bruits s'interrompirent.

Le professeur renouvela ses consignes d'une voix posée.

— Ne vous laissez pas distraire. Restez bien concentrés.

Les élèves s'appliquèrent. Partout, les fronts étaient baissés, les sourcils froncés. De son côté, David appelait l'ecclésiastique de toutes ses forces.

Les manifestations reprirent. De plus en plus nettes. Bruissements d'étoffe, cliquetis de métal, murmures étouffés. La température dans la chapelle s'élevait progressivement, donnant la sensation qu'une batterie de radiateurs venait de s'allumer.

— C'est vous, père Jordan ? interrogea soudain l'enseignant.

Un calme brutal pour toute réponse. Haims reposa sa question.

— Père Jordan ?

Toujours rien. Puis une odeur d'encens parfuma l'air. Les paupières de David se décollèrent malgré lui.

Le cierge, sur l'autel, s'était mis à brûler.

Spontanément.

— Merci d'avoir répondu à notre appel, lança Haims. Je voulais vous présenter notre nouvelle promotion.

David fixait la flamme, comme les autres étudiants. En entendant le professeur, ils avaient tous ouvert des yeux curieux.

— Ne relâchez pas, restez concentrés, ordonna ce dernier. Le contact est excellent mais peut se rompre à tout moment.

Il s'adressa de nouveau à l'Esprit, sur le même ton respectueux.

— Père Jordan, vous êtes toujours là ?

La bougie brilla plus vivement, puis reprit sa combustion normale.

— Parfait. Comme vous le savez, ces jeunes gens possèdent tous des capacités paranormales. Ils sont ici pour les perfectionner et seront amenés à communiquer avec toutes sortes d'entité au cours de leur scolarité. Je souhaiterais donc vous demander, comme je le fais chaque année, de bien vouloir veiller sur eux quand cela se produira. Êtes-vous d'accord ?

Nouvelle flambée de lumière.

— Je vous en suis très reconnaissant, remercia Haims. Peut-être, afin de mieux les connaître, souhaitez-vous établir un contact plus spécifique avec chacun des élèves ici présents ?

Un temps. Puis la chandelle se mit à scintiller. Cette fois, l'intensité ne baissait pas. Le feu paraissait alimenté par une bombonne d'oxygène pur.

Haims hocha la tête.

— Ils sont à vous.

David avala sa salive avec difficulté. Après la bougie qui s'allume toute seule, que leur réservait le père Jordan ?

La réponse arriva rapidement.

L'air, autour de la flamme, se densifia. Il devenait opaque, brouillant les formes dans ce qui devenait peu à peu une sorte de halo tremblotant. Une masse se constitua, sans forme précise, de la taille d'un ballon de foot. Elle se détacha de la bougie, flottant littéralement dans l'espace, et s'approcha lentement des bancs sur lesquels se trouvaient les étudiants.

David songea au discours de Wiseman. « N'espérez pas que des créatures mythologiques ou des monstres crachant le feu viendront vous rendre visite. La parapsychologie est une science. Elle a ses limites. »

Peut-être, songea-t-il. En attendant, ce truc est carrément hallucinant.

Un à un, les élèves furent sondés. L'ectoplasme s'approchait d'un visage et restait suspendu à sa hauteur. Des filaments blanchâtres s'étiraient alors de la chose pour venir effleurer le front de l'élève. Le processus durait quelques secondes, puis le fantôme du père Jordan passait au suivant.

David observait le phénomène, fasciné. Chaque fois, celui ou celle qui éprouvait ce contact semblait se détendre en profondeur. Comme si une paix divine venait soudain de l'envelopper.

Ce fut aussi le cas pour Louise, Alice et Robert. Et même pour Whitous. L'Apache aux traits de silex était transfiguré. Il avait quitté son masque dur pour laisser transparaître une sérénité presque enfantine.

Seul Storm paraissait hermétique. Au lieu de le rendre heureux, la caresse des pseudopodes lui avait tiré une moue de dégoût.

Puis, ce fut le tour de David. L'ectoplasme se positionna et entama son manège. Le jeune homme sentit d'abord des picotements, là où les tentacules touchaient sa peau. Très vite, ils se transformèrent en une chaleur douce. Elle courait sous son front, irriguait ses joues comme un fluide onctueux.

Il se laissa aller à cet amour, avec la sensation d'être entouré, protégé.

Soudain, des images déboulèrent.

Une forme humaine, tordue en deux sous un drap sale. Des yeux révulsés. Une bouche hurlante, de laquelle coulait une bave noirâtre. Il vit aussi une silhouette de dos, courtaude, trapue, vêtue d'une soutane sombre, d'une aube et d'une étole. Elle brandissait une croix vers le corps agité, murmurait à toute vitesse des mots latins.

David sut aussitôt qu'il revoyait le père Jordan en train de pratiquer un exorcisme. Mais pourquoi cette perception ? Les autres ne semblaient pas l'avoir eue.

Dans le même temps, il capta une émotion.

La colère.

Une colère monstrueuse, dévastatrice. Elle prenait toute la place, contaminait chaque parcelle de la scène à la façon d'un gaz toxique.

Il recula, par instinct. La forme opaque de l'ectoplasme flottait toujours devant ses yeux mais ses filaments se rétractaient. Sa densité diminuait. Il se dissolvait peu à peu, telle une fumée chassée par un courant d'air froid.

Puis il disparut.

David regarda ses amis. Ils étaient toujours concentrés, comme le reste du groupe. Personne ne semblait avoir réalisé ce qui venait de se produire.

La voix du professeur s'éleva dans la chapelle.

— Pardon ? Je n'ai pas bien compris.

La bougie brûlait toujours. Sa flamme vacillait, donnant l'impression qu'elle allait s'étouffer. Au bout de quelques secondes, Haims reprit.

— Très bien... À bientôt, père Jordan. Et encore merci.

Un ultime crépitement.

Le cierge s'éteignit.

Les élèves échangèrent des coups d'œil intrigués. Une dizaine d'entre eux n'avait pas encore communiqué avec le jésuite.

— Le père Jordan a dû s'en aller, expliqua Haims. Une urgence.

La fille à l'accent russe faisait partie des laissés pour compte. Elle demanda, déçue.

— Il va revenir ?

— Je ne crois pas.

— Que s'est-il passé ?

— Je n'en sais rien. Il n'a pas souhaité m'en dire plus.

David, lui, venait de comprendre. Il s'agissait de cette colère, perçue pendant qu'il revivait l'exorcisme. Elle avait d'abord fait jaillir ces images immondes avant de provoquer la fuite du père Jordan.

Une fois encore, ce sentiment négatif le renvoyait à la force maléfique rôdant autour de lui. Au Voleur d'Âmes. Vampirette n'avait pas su préciser quel danger le menaçait. Et pour cause. Ses manifestations évoluaient en permanence.

Sur ce coup, il avait pris la forme d'une émotion.

Fidèle à sa ligne de conduite, David garda ses déductions pour lui. D'autant qu'un nouvel élément l'intriguait. Surtout dans ce contexte où les médiums étaient légion.

De toute évidence, les autres, Haims y compris, n'avaient pas la moindre idée de ce qui se tramait.

Comme si cette entité avait le pouvoir de ne s'adresser qu'à lui. De n'être perçue que par lui.

Comment l'interpréter ?

Le professeur donna le clap de fin.

— Merci à tous. Vous avez été formidables. Si vous continuez comme ça, cette année sera un cru exceptionnel.

La chapelle se vida. David suivit le flot, perdu dans ses pensées. En arrivant devant la porte, il tomba nez à nez avec Storm.

— Alors ? lança le tondu d'un ton entendu. On a des petits secrets ?

— De quoi tu parles ?

— J'ai comme l'impression qu'il s'est passé un truc tout à l'heure, quand tu étais avec ce bon père Jordan.

David se composa un air dégagé.

— Non. Rien de spécial.

— Tu m'en diras tant. Bizarre qu'il se soit barré si vite. Juste après votre petit tête-à-tête.

— Il était à la bourre. Ça peut arriver.

— Peut-être. Mais moi, j'ai senti autre chose.

— Ah oui ?

— J'ai eu la sensation qu'il y avait du monde autour de vous. Et du genre qui me plaît bien, si tu vois ce que je veux dire.

Il bluffe, songea David. Personne n'a réalisé que le Voleur d'Âmes s'est invité à la fête. Il n'y a aucune raison que ce taré fasse exception.

— Tu te goures, affirma-t-il.

— Je crois pas. Ces forces, je les capte. Et je suis certain qu'il y en avait une.

Storm ne lâchait pas l'affaire. Il enfonçait le clou avec méthode, cherchant la faille pour obliger David à se découvrir.

Le jeune homme préféra couper court.

— Crois ce que tu veux. J'en ai rien à battre.

— Ouais… Jusqu'à la prochaine fois. Là, tu viendras me supplier de te donner un coup de main.

— Tu délires, lança David en tournant les talons.

La voix aigre du skin l'apostropha encore, une affirmation en forme de prophétie juste avant qu'il ne quitte la chapelle :

— C'est ça, mon grand. Je délire. Mais tu finiras par venir me voir quand même. C'est juste une question de temps.

CHAPITRE 15

Les semaines défilaient.

On approchait de la fête d'Halloween et le grand hall du Nid ressemblait à un magasin de farces et attrapes. Masques de monstres, mannequins de cire ou vieilles affiches de films d'horreur : les étudiants n'avaient pas lésiné sur les décors. Une façon de prendre à contre-pied la rigueur scientifique associée au cursus. La parapsychologie avait beau s'appuyer sur des procédures d'analyses rationnelles, le merveilleux et la magie restaient ancrés dans les esprits.

Après l'épisode de la chapelle hantée, toute la promo s'était imaginé que ce type d'expérience constituerait leur quotidien. Les élèves s'attendaient à voir apparaître des fantômes à chaque cours, ou à assister à des manifestations spectaculaires de type lévitations d'objets, possessions, et autres communications avec l'au-delà.

Pourtant, comme l'avait annoncé le directeur lors de son speech d'accueil, la réalité se situait bien loin de ces fantasmes.

En premier lieu, l'étude du surnaturel requerait une précision et un recul dignes des mathématiques. Les faits, pour peu qu'ils ne soient pas explicables de façon cartésienne, étaient consignés, répertoriés, disséqués en laboratoire. Pour ça, les chercheurs utilisaient une batterie d'instruments de mesure, de protocoles précis et d'outils empruntés aux statistiques, à la méthodologie expérimentale ou plus simplement à la physique.

Ensuite, l'emploi du temps arrêté par Wiseman laissait la part belle à une solide formation théorique. En plus des matières purement paranormales, les élèves devaient acquérir des notions de sociologie, d'ethnologie, d'anthropologie, de philosophie et bien sûr de psychologie.

Enfin, à l'occasion de nombreux travaux pratiques, ils avaient dû réaliser à quel point leurs propres dons n'avaient rien de « fantastique ». Aucun d'entre eux ne pouvait s'envoler, faire jaillir des flammes de ses mains ou soulever un camion par la seule force de sa pensée.

Certes, ils étaient des sujets psi[1] mais leurs capacités, pour extraordinaires qu'elles fussent, pouvaient passer inaperçues dans le monde normal.

Au rang des plus banales, on trouvait quelques guérisseurs. Ils possédaient une sorte de fluide qui permettait de soigner par simple imposition des mains. Parmi eux, une grande brune à la mâchoire carrée qui venait du Texas et répondait au joli nom d'Ashton. Elle était ce que l'on appelle une « coupeuse de feu ». Elle pouvait, par sa seule pensée, stopper la progression d'une brûlure et en atténuer la douleur. L'hôpital, dans sa petite ville, faisait souvent appel à ses services.

Venaient ensuite les spécialistes de la PK[2], dont l'esprit agissait directement sur la matière. Tran Van

1. Personnes dotées de facultés extra-sensorielles.
2. Psychokinèse.

Loc, un étudiant d'origine vietnamienne, était capable de modifier la marche d'électrons et de transformer ainsi la nature même de certains atomes. Il était encore loin de transformer l'eau en vin mais ne désespérait pas d'y arriver un jour.

Il y avait aussi Ernesto Garail, le Mexicain aux allures de chef de gang, qui parvenait à faire léviter de petits objets. Mais de toute évidence, Robert était celui qui possédait le plus fort potentiel dans ce domaine. Il pouvait déplacer des petits morceaux de métal, rien qu'en se concentrant. Il les faisait glisser jusqu'à sa main, comme si elle contenait un aimant. Une fois, il avait même réussi à composer un modèle réduit de Ferrari avec de la limaille de fer.

Ses prouesses amusaient toute la classe. Alice la première. Pourtant, force était de constater que la jolie blonde ne cédait pas vraiment à ses avances. Elle acceptait ses invitations, flirtait un peu avec lui, mais telle une Cendrillon moderne, regagnait toujours sa chambre avant minuit. Jamais le play-boy n'était parvenu à l'amener dans son lit.

Un soir, vautré dans son canapé devant le deuxième volet de *Matrix*, il s'en était ouvert à son copain.

— Elle est en train de me rendre dingue. Si ça continue, je vais péter un câble.

David aurait préféré éviter le sujet. Il en pinçait toujours pour la belle blonde, le rôle de confident lui semblait peu approprié.

Il laissa tomber d'un ton las :

— Tu ne veux pas qu'on en parle une autre fois ? Je suis cassé, et là je me materais bien le film.

Robert ignora sa requête. Il tirait sur un joint, les yeux dans le vague, continuant son monologue.

— C'est vrai, quoi. Elle est toujours collée à moi, et au final, que dalle. Dès que je la serre d'un peu trop près, elle me rembarre. Comment t'expliques ça, toi ?

— J'en ai aucune idée.

— Elle est peut-être lesbienne.

— N'importe quoi.

— Ou alors catho. Genre pacte d'abstinence, pas avant le mariage.

Il se tourna vers David.

— Tu crois qu'elle veut se marier avec moi ?

— Qu'est-ce que j'en sais ?

— T'as un don de clairvoyance. Tu pourrais me donner l'info. Ça me rendrait service.

David soupira. Ce plan pourri commençait à le gonfler.

— T'as trop fumé. T'es lourd.

Robert tira une nouvelle taffe et laissa aller sa tête sur le dossier.

— T'as raison. Et puis à la vérité, je m'en tape. C'est juste une putain d'allumeuse. Elle veut me faire ramper. Mais elle se fourre le doigt dans l'œil, mémère. Je ne me suis jamais traîné devant une meuf. Et ça ne va pas commencer avec elle.

— Bonne idée. On peut regarder le DVD, maintenant ?

Robert opina. Un sourire détaché flottait sur ses lèvres, mais son regard trahissait une profonde déception. Même si ça le dérangeait, David réalisa que son pote éprouvait pour Alice un sentiment très fort.

À partir de cette soirée, il prit de la distance avec la jolie blonde. Un exercice difficile au regard de ce qu'il éprouvait pour elle. Mais le triangle amoureux, ce n'était pas son truc. D'autant qu'il avait caché au New-Yorkais un fait essentiel.

Alice ne jouait pas avec Robert.

Elle avait juste peur.

Peur de craquer pour un play-boy de pacotille et d'en payer ensuite le prix.

Comme l'avait subodoré son ami, David s'était forgé cette certitude grâce à ses capacités extrasensorielles. Il avait ressenti les émotions d'Alice, compris à quel point son apparente dureté dissimulait un gouffre.

Que lui était-il arrivé ? Elle ne parlait jamais de sa vie, de son histoire. Comme si un linceul noir recouvrait soigneusement son passé. Vampirette, pendant les évaluations, n'en avait même pas eu conscience. Quant à David, en dépit de plusieurs tentatives pour essayer de se connecter à elle, il n'avait pas réussi à percer le mystère.

Les dons du jeune homme, à force de les stimuler, se développaient pourtant chaque jour un peu plus. Il pouvait à présent visualiser des événements ayant déjà eu lieu – la rétrocognition –, d'autres susceptibles de se produire – la prémonition –, ou encore des faits en train de se dérouler à des centaines de kilomètres de distance et dans des lieux inconnus.

Ces perceptions prenaient la forme de flashs soudains, ou bien de rêves plus construits, à l'image de celui où son grand-père lui parlait. Le songe fondateur hantait encore ses nuits, toujours le même, comme un message enregistré lancé à travers le néant.

David travaillait aussi son potentiel télépathique. Il égalait maintenant celui de Louise, avec laquelle il s'entraînait quotidiennement.

La jeune paraplégique n'avait jamais avoué au médium son attirance pour lui. Mais à force d'échanger mentalement, elle avait fini par découvrir qu'il s'en était rendu compte. Une situation embarrassante, humiliante, puisqu'elle savait aussi qu'il ne partageait pas ses sentiments.

Pour compenser, Louise avait accepté de nouer avec David une relation basée seulement sur l'amitié. Elle avait réussi à étouffer son désir, afin de le transformer en un cocktail plus doux mêlant respect, admiration et confiance.

David le lui rendait bien. Il aimait sa compagnie, respectait son intelligence, sa détermination et sa curiosité. Car Louise possédait toutes ces qualités. Elles étaient enrobées dans un écrin de douceur qui donnait à David envie de se confier, de se laisser aller. De partager.

Pour autant, il n'avait toujours pas évoqué avec elle les véritables raisons qui l'avaient conduit à Cap Rock. Louise ne connaissait rien de son grand-père, et encore moins du Voleur d'Âmes. Ces sujets étaient classés top secret. Le médium avait érigé autour d'eux une barrière mentale infranchissable, que même le plus doué des télépathes ne pouvait contourner.

Un jour, peut-être, il lui en parlerait.

Il en avait l'envie.

Mais pour l'instant, il devait se taire.

CHAPITRE 16

— Daniel, voulez-vous venir, je vous prie.

Brad Willmore était chargé du cours sur les poltergeist, plus communément connus sous le vocable « esprits frappeurs ». C'était un grand barbu aux épaules de lutteur et aux manières directes, évoquant plus le bûcheron du Montana que le vampire blafard servant les forces obscures.

Storm se leva sans se faire prier. Ce matin, un sourire large illuminait ses traits de craie. Le skin était le héros du jour. Il allait pouvoir montrer à toute la classe l'étendue de ses pouvoirs.

Le professeur le fit asseoir sur un fauteuil anglais, type Chesterfield, placé en point de mire sur une petite estrade. Hormis ce meuble, et des petites balles de mousse entassées à ses pieds, la salle de cours était vide. Les étudiants étaient assis par terre, sur une moquette épaisse qui recouvrait aussi les murs. La pièce ressemblait à un cocon. Une mesure de sécurité pour éviter les accidents.

Willmore annonça :

— Nous allons aujourd'hui mener une expérience toute simple. Daniel va essayer de déclencher un phénomène de RSPK[1]. S'il y arrive, je vous demanderai de vous concentrer afin de le ressentir de *l'intérieur*. Comme vous l'avez compris, l'objet de ce travail est aussi de savoir ce que vous éprouvez.

La démonstration commença. Les élèves fixaient Storm. Ce dernier, tout à son rôle, avait fermé les yeux et marmonnait des paroles incompréhensibles.

Très vite, des miaulements se firent entendre. Des bruits discrets, donnant la sensation qu'un chat rôdait dans la pièce. Puis les balles placées près du fauteuil se mirent à rouler sur le sol, comme si le félin invisible s'amusait avec elles.

David observait la scène en essayant de faire le vide. Il voulait entrer dans l'esprit de Storm. Comprendre le scénario qui s'y jouait. Surtout, il désirait savoir ce qu'il en était réellement de sa capacité à attirer les poltergeist.

Mais pour l'instant, pas moyen. Comme si un cadenas le verrouillait. Les seules images qu'il captait venaient de Louise. Il sentait qu'elle aussi tentait de se frayer un chemin.

Sans plus de résultat.

À cet instant, les miaulements se transformèrent en feulements. On aurait dit des pleurs de nourrisson, agressifs et déchirants. Les élèves ne lâchaient pas Storm des yeux. Une moue de jouissance déformait ses lèvres, attestant qu'il prenait son pied.

D'un coup, les balles s'élevèrent. Une ascension lente, presque laborieuse. Elles vinrent se placer autour de la tête de Storm, formant un cercle parfait qui évoquait une auréole.

Puis elles se mirent à tourner.

De plus en plus vite.

Des particules dans une centrifugeuse.

---

1. Reccurent Spontaneous PK ou « psychokinèse spontanée ».

David avait le front plissé. Son esprit était un dard, pointé vers celui du skin. Il s'enfonçait dans les couches superficielles sans parvenir à percer la carapace qui en protégeait le cœur.

Soudain, il eut la sensation que la paroi se crevait. Il s'enfonça sous la coque comme dans du beurre et ressentit aussitôt une puissante oppression.

Ici, il n'y avait que la nuit. Une nuit épaisse, dense, traversée par des arcs électriques. Les flashs n'éclairaient rien. Ils surgissaient du néant, se découpaient sur la toile sombre et retournaient au vide.

David était à la fois soulagé et déçu. Il s'attendait à tomber sur un « ami » de Storm, un esprit frappeur et maléfique convoqué par ses soins. Ce qu'il découvrait lui fit plutôt songer à un réseau de neurones. Il était dans la tête de ce taré, il visualisait sans doute le trajet de l'information courant de synapse en synapse.

Pourtant, le poids pesant sur sa poitrine s'alourdissait. Il se sentait de plus en plus mal.

Une certitude monta en lui.

Ce qu'il captait dans le cerveau du tondu n'était pas d'ordre mécanique.

C'était autre chose.

Mais quoi ?

Les flashs s'intensifièrent. Un orage d'énergie se déchaînait dans ce monde de ténèbres. David en éprouvait physiquement la morsure.

Une décharge plus puissante éclaira le no man's land, comme si toutes les connexions s'étaient établies en même temps.

Et là, il comprit.

Jusqu'à présent, les éclairs isolés ne lui avaient fourni qu'une vision parcellaire du tableau. En se déclenchant de façon simultanée, ils avaient donné à David une vue d'ensemble.

Un dessin sous-tendu par des milliers de points. Il représentait un garçon d'une douzaine d'années, aux cheveux clairs, aux pupilles fixes. Détail terrifiant, la moitié gauche de son visage était littéralement pelée. Elle évoquait ces traits brûlés par l'acide, un amas de chair à vif au milieu duquel saillaient les os de la mâchoire.

De façon intuitive, David sut que cette apparition était une entité autonome, distincte de Storm. Une entité qui occupait les trois quarts de l'espace, reléguant la conscience de ce dingue dans un recoin de son cerveau.

Le skin avait dit vrai.

Il s'était contenté de servir de catalyseur pour faire surgir un poltergeist des profondeurs de l'au-delà.

Un choc sur sa tempe fit sursauter David. Il ouvrit les yeux. Les balles volaient dans tous les sens. Elles se projetaient avec violence sur les élèves, les obligeant à se protéger de leurs avant-bras.

Le professeur Willmore attendit un peu puis posa sa main sur l'épaule du tondu.

— Merci, Daniel. Je crois que c'est concluant.

Storm ouvrit les yeux d'un coup. Aussitôt, la sarabande s'interrompit. En reprenant sa place, il lança à David un regard de défi. Avait-il saisi ce qui venait de se passer ? Perçu que le jeune médium avait identifié son double ?

David n'en avait pas la moindre idée.

Pendant le débriefing, personne ne fit des étincelles. Les étudiants avaient vaguement décelé une présence, sans pouvoir préciser de quoi il s'agissait. David resta discret sur ses propres perceptions. Il ne souhaitait pas dévoiler ses ressources à son ennemi, surtout après l'épisode du père Jordan.

Ce fut Louise, après le cours, qui mit les pieds dans le plat. Ils étaient dans le grand hall, attendant le début d'une conférence sur les apparitions de stigmates.

— T'as senti quoi, toi ?

— Il y avait une entité.

— Jusque-là, j'avais suivi. Tu ne pourrais pas être plus précis ?

David vérifia que personne ne les écoutait. Il s'accroupit, pour être à la hauteur de son amie.

— OK. J'ai vu le poltergeist.

— La chance ! J'ai pas réussi à passer. Storm bloquait tout.

— C'était un pré-ado. Douze ans, pas plus. La moitié gauche de son visage était arrachée.

— Pas glop.

— Non. Et ce que j'ai éprouvé l'était encore moins.

— Tu as capté ce qu'il ressentait ?

— Et pas qu'un peu. Sa douleur, sa frustration, et surtout une haine terrible. J'avais l'impression d'être branché en direct sur son cerveau.

Louise eut une moue admirative.

— Une connexion télépathique avec un fantôme. Chapeau ! Quand je pense que je ne suis même pas arrivée à contourner les défenses de Storm.

Elle semblait dépitée. Pour David, cet aveu d'impuissance prenait un autre sens.

— Ce n'est peut-être pas un hasard.

— Ça confirme juste que tu es plus doué que moi.

— Ou alors qu'il m'a laissé faire.

— Pour quelle raison ?

David n'était pas encore mûr pour partager son secret, pour confier à son amie ce que Storm avait pressenti sur lui quand ils étaient dans la chapelle.

Il se leva.

— Cette face de lune me cherche depuis le premier jour. Il veut à tout prix me démontrer qu'il est le plus fort.

Elle remonta ses lunettes sur son nez et prit un air sérieux.

— Tu es sûr qu'il n'y a pas autre chose ?

David eut à nouveau la sensation que Louise le sondait. Elle pressentait un problème, il en était maintenant certain. Combien de temps tiendrait-il avant qu'elle ne découvre le pot aux roses ?

Il affirma :

— Je ne vois pas.

— D'accord. Si c'est le cas, ne rentre pas dans son jeu.

— C'était pas au programme. Mais je n'ai pas envie non plus de me laisser faire.

— Ignore-le. Il se lassera.

Une sonnerie résonna dans le hall.

La conférence sur les stigmatisés démarrait.

Louise et David se dirigèrent vers l'amphithéâtre Paracelse sans dire un mot. Les deux télépathes n'avaient plus besoin de parler pour se comprendre. Tout au moins sur les sujets essentiels.

Indifférence ou pas, les problèmes avec Storm n'étaient pas près de se tasser.

Ils en avaient la conviction.

CHAPITRE 17

Robert était un sportif accompli.

Sans doute le seul de l'Institut de Parapsychologie, toutes années confondues. Les sciences paranormales n'attiraient pas les foules. Et encore moins les athlètes. Ils étaient généralement inscrits dans des cursus plus simples qui leur laissaient le temps de s'entraîner.

Des considérations pratiques dont le New-Yorkais se moquait bien. Il dévorait le quotidien sans penser au lendemain, n'avait pas de plan de carrière et imaginait encore moins devenir joueur professionnel.

Pour lui, le sport n'était qu'un défouloir. Il pratiquait la boxe, s'amusait à détruire des voitures dans des courses de stock-car, et avait même remporté la coupe de football intercollèges de l'État de New York. Autant de disciplines chargées d'adrénaline, dans lesquelles il affichait un niveau très honorable.

En découvrant ses qualités, Wiseman avait eu une idée. Il avait convaincu Robert de participer aux sélections en vue d'intégrer les Hurricanes Bowls, l'équipe de football représentant Cap Rock dans le championnat universitaire. Le directeur du Nid y voyait l'occasion de mettre son département en avant. Ainsi, il pourrait améliorer un peu l'image loufoque qu'il véhiculait auprès du conseil d'administration de la faculté.

Flatté, Robert avait accepté sans hésiter. Il s'était préparé avec sérieux, alternant les séances de musculation et les entraînements sur le terrain. Ses concurrents, de beaux bébés stéroïdés et dépassant le quintal, ne l'impressionnaient pas. Il postulait pour une place de quarterback[1] et comptait sur son agilité pour semer ces lourdauds.

Comme d'habitude, le New-Yorkais ne doutait de rien.

On était fin novembre, les épreuves approchaient. La température avait baissé de quelques degrés, rendant les efforts physiques plus supportables. Robert sortait quand même exténué de ses matchs, ce qui ne manquait pas d'inquiéter David.

— T'es sûr que tu vas tenir le coup ?

— Sans problème.

— J'en suis pas convaincu. T'as vu ta tronche ?

Robert était livide. Des plaques rouges mouchetaient sa peau.

— Qu'est-ce qu'elle a, ma tronche ?

— Elle est couverte de taches. Tu ressembles à un dalmatien.

— C'est rien. Ça le fait chaque fois que je force un peu.

David haussa les épaules.

— Si tu le dis. Après tout, c'est ta santé.

Le New-Yorkais lui balança une bourrade amicale dans le bras, façon boxeur.

— T'inquiète, *man*. J'ai la super pêche. Je vais les exploser.

---

1. Sorte de demi d'ouverture, distribuant le jeu pour son équipe.

Le jeune médium se força à sourire. L'assurance de Robert était son atout maître. Il ne voulait pas l'écorner en l'abreuvant d'ondes négatives.

Un événement inattendu l'obligea néanmoins à réagir. David était à son bureau, devant un polycopié du cours de Mme Garfield traitant de l'art divinatoire. Il essayait d'ingurgiter la symbolique des runes, cet alphabet étrange utilisé par les anciens peuples nordiques, dont la maîtrise donnait des indications sur l'avenir.

Il était concentré sur une séquence évoquant le sacrifice, l'épreuve et la purification, lorsqu'un flash se produisit.

David vit Robert, coiffé du casque et harnaché de son équipement de footballeur, en train de trottiner sur un terrain. Dans le même temps, un joueur énorme déboulait de nulle part et le plaquait sans ménagement. La brute, dont le maillot portait le numéro 58, se relevait aussitôt et repartait d'un pas tranquille. Robert restait étendu sur le sol, inerte. Quand on lui retirait son casque, du sang coulait de son nez et de ses oreilles.

Dès le lendemain, David fit part à Louise de sa prémonition :

— Il est en danger. Il faut que je le lui dise.

— Ça ne servira à rien, répondit la jeune fille. Autant demander à un coq de ne pas aller au combat.

— Il me fait confiance. Il m'écoutera.

— Je ne crois pas. Il est allé trop loin. S'il déclare forfait maintenant, son ego ne le supportera pas.

Argument imparable. Le play-boy était devenu le héros de tout l'Institut. Il portait ses espoirs, sa volonté de reconnaissance. Et cette place de champion lui plaisait.

David eut une autre idée.

— Alice. Elle pourra peut-être le convaincre.

Les deux tourtereaux sortaient officiellement ensemble depuis la semaine dernière. La jolie blonde avait fini par céder aux avances de Robert. Un flirt plus poussé, plus charnel, sans pour autant qu'elle accepte de se donner entièrement. Mais l'avancée avait regonflé le New-Yorkais. Il était de nouveau raide dingue de sa surfeuse.

Louise ramena David à la réalité.

— J'en doute. Il est bien trop macho pour écouter une femme, même s'il en est dingue.

— Alors quoi ? On va le laisser se faire éclater sans lever le petit doigt ?

Louise prit un air navré.

— On n'a pas les moyens de le contraindre. Et puis, essayons de positiver. Tu sais comme moi que ce que tu as vu n'est qu'une possibilité. Une configuration parmi d'autres. Rien ne prouve qu'elle se produira.

— Ça, c'est la théorie. Mon intuition me dit qu'il va y avoir un accident. Il faut qu'on fasse quelque chose ou bien ça finira très mal.

La jeune paraplégique fixa David. La détermination du médium était telle qu'elle se laissa convaincre.

— D'accord. Mais quoi ?

Ils restèrent un instant silencieux. Puis Louise proposa :

— On pourrait peut-être tenter un truc.

— Lequel ?

— Changer le cours des événements.

— On ne peut pas.

— Bien sûr que si. Le futur n'est jamais figé. C'est une multitude de possibles qui dépend de la façon dont s'enclenchent d'autres possibles. Un peu comme une chaîne dont chaque maillon influerait sur le suivant. Quand on laisse faire, elle se forge en répondant aux règles des probabilités. La plus importante, au regard de la violence de ce sport et des adversaires qu'il devra affronter, est que Robert se fasse blesser. Mais si on change la position d'un maillon, le destin prendra une autre direction.

L'intelligence de Louise impressionnait David. Il rétorqua quand même :

— Une probabilité n'est pas une certitude. Pourquoi ai-je vu celle-là ?

— Parce qu'une grande partie des événements qui y conduisent sont déjà en ligne. Plus l'épreuve se rapproche, sans que Robert change son plan de route, plus la possibilité de voir les choses mal tourner se renforce.

La démonstration était sans faille. Elle menait néanmoins à une impasse.

— Les sélections ont lieu dans une semaine. Cette tête de mule ne déviera pas d'un pouce. Sur quoi peut-on agir ?

Louise réfléchit. Puis elle lança d'un ton grave :

— On pourrait s'occuper de ce fameux numéro 58. Comme ça, on serait sûr de régler le problème à la base.

— Qu'est-ce que tu veux dire ?

— On fait en sorte qu'il ne soit plus en mesure de rentrer sur le terrain. Une petite blessure, ou une intoxication alimentaire par exemple.

David la regarda de biais. Il n'arrivait pas à savoir si elle était sérieuse.

— Je plaisantais, finit-elle par lancer. De toute façon, on ne sait même pas à quoi il ressemble.

— Tu me rassures. Sinon, tu as une autre option ?

— Une seule, oui. Il va falloir qu'on utilise nos dons.

— De quelle façon ? On peut lire certaines pensées, on ne peut pas pour autant manipuler les esprits.

— Non. Mais on pourra anticiper l'instant où le choc risque de se produire et prévenir Robert.

David rétorqua :

— Robert n'est pas télépathe. Il ne captera rien.

— Qui a parlé de l'alerter mentalement ?

CHAPITRE 18

Le moment fatidique arriva.

C'était une pâle journée d'automne, où le gris se déclinait en longues traînées épaisses dans le ciel de L.A. Malgré le temps maussade, des dizaines d'étudiants étaient massés dans les gradins pour assister aux sélections.

Posté à l'entrée des vestiaires, David regarda les concurrents sortir au pas de course. Une armée de cyborgs, aux muscles bardés de fer et aux cuisses aussi grosses que sa tête.

Robert déboula. Il portait le casque grillagé, des épaulières et une foule de protections diverses. Dans cette tenue, sa carrure déjà athlétique devenait impressionnante.

David le retint par le bras.

— Tout est OK ?

— Ça baigne. Alice est venue ?

— Elle est là. À présent, concentre-toi. T'as l'oreillette ?

— Oui maman... Je l'ai mise en place dans les chiottes. Ces bœufs n'y ont vu que du feu.

— Bien. On fait un petit essai.

David s'assura qu'ils étaient seuls et approcha son bracelet-montre de sa bouche. Un émetteur y était planqué, acheté deux jours plus tôt avec le reste du matos dans une boutique spécialisée du centre-ville.

— Un, deux. Tu me reçois ?

— Cinq sur cinq, répondit le sportif.

— À toi, maintenant. Pense à un truc.

Robert ferma les yeux. David se concentra. Au bout de cinq secondes, il hocha la tête.

— Ça roule.

— T'as vraiment capté ?

— Une bimbo à quatre pattes sur ton canapé. Correct ?

Le New-Yorkais étira un sourire.

— Putain, t'es fort.

— Et toi, t'es un obsédé. Maintenant, garde tes oreilles bien ouvertes. Et je te le répète encore une fois : méfie-toi du 58.

Robert ajusta son protège-dents et opina avec un air blasé. Il avait écouté David, pris ses prémonitions au sérieux et accepté de se plier au scénario élaboré par son ami. Pourtant, une partie de son esprit refusait d'envisager le pire.

Il ne s'agissait que d'une probabilité. Comme l'avait expliqué Louise, sa concrétisation n'était pas certaine. Elle dépendait aussi de ses actes, de la façon dont il se comporterait sur le terrain.

Et aujourd'hui, il avait bien l'intention d'être le meilleur.

Les sélections débutèrent par des épreuves individuelles. Course chronométrée. Lancer de ballon. Plaquage. Interception. La barre était placée très haut, chaque étudiant espérant évoluer un jour en ligue professionnelle.

Robert s'en sortit plutôt bien. Ses concurrents directs, trois types postulant comme lui au rôle de quarterback, se révélaient moins précis dans les passes et plus lents dans les déplacements. Mobile, tonique, le New-Yorkais les coiffait chaque fois au poteau.

David avait retrouvé Louise près des bancs de touche. Le handicap de la jeune fille leur avait permis d'obtenir cette place privilégiée. Alice, quant à elle, rongeait son frein dans les gradins. Le règlement du stade n'autorisait qu'un accompagnateur.

Les deux télépathes scrutaient les footballeurs. Mais pour l'instant, pas moyen d'intervenir. Ils portaient tous des tee-shirts blancs, sans numéro pour les différencier. Impossible d'identifier le 58.

Au bout d'une heure, la première phase s'acheva. Les postulants se répartirent en deux équipes, prêtes à s'affronter à l'occasion d'un match qui s'annonçait brutal. Celle de Robert venait d'enfiler des polos bleus et commençait en attaque.

David prit ses jumelles et chercha son ami. Il était à sa place, derrière les cinq piliers de la ligne offensive. Les mastodontes étaient censés ouvrir des brèches dans la défense adverse, tout en protégeant le quarterback pendant qu'il distribuait le jeu.

Leurs adversaires, à qui la couleur rouge avait été attribuée, les dévisageaient d'un air méchant. À présent, ils étaient tous identifiés par un chiffre spécifique.

Parmi eux, le 58.

David le montra à Louise.

— C'est lui.

— Mon Dieu ! Il est énorme.

— Il a le gabarit normal pour un plaqueur. Son objectif prioritaire est de stopper le quarterback avant qu'il ne passe le ballon.

— S'il se laisse tomber sur Robert, il va l'écrabouiller.

Le jeune médium se contenta de hocher la tête. Une angoisse sourde était montée en lui en découvrant l'adversaire de son pote.

La partie démarra. Un combat de gladiateurs, tronçonné en séquences courtes d'une violence inouïe. David maîtrisait mal les règles de ce sport. Il savait juste que pour gagner des points, il fallait amener le ballon derrière la ligne de but de l'adversaire. Pour y arriver, tous les coups ou presque étaient permis. Les équipes progressaient par sauts de puce, gagnant ou perdant du terrain à chaque nouvel engagement.

De toute façon, le médium n'était pas ici pour apprécier les qualités de jeu des participants. Paupières closes, esprit tendu, il travaillait à se connecter sur le cerveau du 58.

Le lien s'établit rapidement. David constata au passage à quel point il avait progressé. Avec des consciences peu élaborées comme celle de ce troglodyte, l'exercice était un jeu d'enfant.

Une fois dans la place, il rencontra quand même un problème. Ce qu'il voyait s'apparentait à une succession de chiffres, de combinaisons, évoquant une partie d'échecs. Pas moyen de s'y repérer.

L'arbitre siffla la fin du premier quart-temps. Pour l'instant, Robert s'en tirait bien. Et David n'y était pour rien.

Il se tourna vers Louise.

— T'as perçu quoi ?

— J'avais l'impression d'être devant un tableau noir. Avec des schémas dans tous les sens.

— Ce sont les stratégies de jeu. Il devait être tellement concentré pour ne pas les oublier que ça prenait toute la place.

— Sans doute. On devrait y retourner pendant qu'il se repose. Ce sera peut-être plus intéressant.

Les télépathes repartirent à l'assaut. De là où ils étaient, ils ne voyaient du 58 que la silhouette. Le type était assis sur son banc, à côté d'un joueur plus petit. La conscience des médiums, en revanche, se trouvait au plus près de leur proie. Ils entendaient leur conversation avant que les sons ne vibrent dans l'air, quand les mots n'étaient encore que des pensées.

David se contracta en découvrant la teneur de l'échange.

— *Il est rapide, cet enfoiré.*

— *Une vraie anguille.*

— *Tu vas quand même pouvoir le neutraliser ?*

— *On démarre en attaque sur la prochaine reprise. Il ne me verra pas venir.*

— *J'espère. Il sort après le deuxième temps mort. Si tu le rates, c'est foutu.*

— *T'inquiète. Je vais le détruire. Hors de question qu'un de ces putains de voyants entre dans l'équipe.*

David les vit claquer leurs paumes l'une contre l'autre. L'alliance était scellée depuis longtemps, comme le sort de Robert. Il ne manquait plus grand-chose pour que la prémonition du jeune médium se réalise.

Louise avait aussi découvert le complot.

— Préviens-le. C'est le moment.

David s'exécuta :

— Robert, tu m'entends ?

Une pensée résonna aussitôt sous son crâne.

— *Arrête de crier ! J'suis pas sourd !*

— Le volume a dû se dérégler. Si je parle comme ça, c'est bon ?

— *Ouais.*

— Le 58 va te tomber dessus pendant le prochain quart-temps. J'ai intercepté la conversation qu'il vient d'avoir avec son quarterback.

— *Sans blague ? Au cas où t'aurais pas remarqué, ce salopard me court après depuis le début du match.*

— Et il n'est pas arrivé à te choper, je sais. Il compte sur le fait que vous soyez en défense pour te surprendre.

— *Impossible. Je n'aurai pas le ballon. S'il me plaque, il se fera sortir.*

— Ça n'a pas l'air de le gêner. Il est prêt à tout pour t'empêcher d'avoir le poste. Pour eux, c'est une question de principe.

Un silence dans la transmission. David captait une masse d'informations indiscernables, résultante de la confusion qui régnait dans l'esprit de son ami.

— *Très bien,* finit par concéder Robert. *Je te suis. Pratiquement, on fait comment ? Je ne peux pas passer mon temps à surveiller ce gros tas de viande. Il faut que je joue.*

— Je m'y colle. Je te préviendrai.

La partie reprit. Les footballeurs se mirent en position. Une fois encore, David et Louise n'eurent pas besoin de se parler pour savoir comment agir. Tels deux neurones jumeaux, ils fondirent ensemble sur l'objectif.

Pendant de longues minutes, ils restèrent à l'affût. L'esprit du 58 était focalisé sur une unique pensée : trouver une ouverture, anéantir le New-Yorkais.

À plusieurs reprises, David capta une impulsion plus forte, comme si la brute était sur le point de passer à l'action. Le médium alertait son ami mais rien ne se produisait. L'influx retombait, laissant la place à une nouvelle phase d'attente.

Après quatre faux départs, Robert s'énerva :

— *Ça ne marche pas, ton truc. Tu me fous la pression et y se passe que dalle.*

David serra les dents. Il devait changer de stratégie.

— Laisse-moi réfléchir. Je vais trouver une solution.

— *T'as intérêt. Sinon, je laisse tomber.*

Le médium croisa le regard de Louise. Elle avait vécu les échecs en direct et semblait aussi désemparée que lui.

Il fit le point. Lire les pensées de ce bœuf ne le faisait pas avancer. Il changeait d'avis tout le temps et se déciderait certainement à la dernière seconde. Une attaque à l'instinct, qui ne permettrait pas de prévenir Robert à temps.

La seule option consistait à anticiper.

En d'autres termes, à se projeter dans l'avenir.

David n'avait jamais tenté ce type d'expérience. De plus, Louise était dans le vrai. Le futur était en perpétuel mouvement. Instable. Autant de bonnes raisons pour se planter encore une fois.

Mais pas d'autre choix que de se jeter à l'eau.

Il prit la main de la jeune fille.

— On va unir nos forces.

— Pour quoi faire ?

— Je ne sais pas encore. Concentre-toi sur moi. Imagine que tu es un turbo accouplé à mon moteur. Je m'occupe du reste.

— D'accord.

Aussitôt, le fluide de son amie courut sous sa peau. Une rivière chaude, puissante, qui se mêlait à sa propre énergie et faisait bouillonner sa conscience. David n'avait pas la moindre idée de la façon dont il allait utiliser ce potentiel. Il le sentait seulement grandir en lui, se renforcer, à la façon d'un muscle dont il viendrait de découvrir l'existence.

Sans trop savoir pourquoi, le jeune homme eut la vision d'une catapulte. Il se laissa aller à cette pensée. Tout de suite, il se retrouva dans le chariot. L'élastique se libéra d'un coup et il fut propulsé au-dessus du terrain.

De ce point de vue, le match prenait une tournure étrange. Les joueurs étaient figés, comme des statues. De chacun d'eux partait une multitude de traînées colorées, qui s'égayaient dans toutes les directions pour dessiner un grand tableau confus.

Le futur.

Il s'étalait devant David, avec tous ses possibles entremêlés les uns aux autres.

Le jeune homme se sentit pousser des ailes. Il était sur la bonne voie. Il n'y avait plus qu'à isoler la configuration dans laquelle son copain se faisait descendre.

Il se concentra. Dans son esprit, l'image du choc.

Peu à peu, un des circuits se mit à luire plus brillamment. Deux filaments se rejoignaient en plein milieu du terrain pour y former une sphère crépitante.

Celui de Robert.

Celui du 58.

Dans le même temps, les yeux de David se posèrent sur le tableau d'affichage.

L'horloge indiquait 10 h 47.

Dans une minute.

— On y est, dit-il à Louise.

— Tu as vu l'événement ?

— Il aura lieu dans soixante secondes. Branche-toi sur le 58 et surveille-le de près. Je contacte Robert.

Il parla dans l'émetteur :

— Tu me reçois ?

— *Ou... ais...*

Le sportif était en pleine course. David percevait l'essoufflement provoqué par l'effort.

— Cette fois, c'est la bonne. Tiens-toi sur tes gardes, cet enfoiré va passer à l'attaque dans moins d'une minute.

— *T'es... sûr... ?*

— Certain. Je te préviens dès que ça chauffe.

David regarda sa montre. Plus que quarante secondes avant l'impact. Il reprit ses jumelles. L'équipe des bleus, celle de son ami, était toujours en défense.

Le plaquage d'un joueur entraîna un arrêt de jeu. Les footballeurs se placèrent face à face pour la reprise.

Trente secondes.

Robert donnait des instructions pendant que leurs adversaires se préparaient à un nouvel assaut.

Vingt secondes.

David avait maintenant les yeux braqués sur le 58. Il se trouvait sur le côté, un peu en retrait de la première ligne. Son corps était tendu vers l'avant, comme celui d'un sprinter.

Remise en jeu.

Dix secondes.

Les footballeurs se jetèrent les uns sur les autres. Impossible de distinguer quoi que ce soit. Enfin, le ballon apparut, récupéré par le quarterback des rouges. Il le distribua à un de ses équipiers, lançant l'offensive.

Au même instant, Louise cria :

— Maintenant !

Tout alla très vite. David relaya l'information sans lâcher le molosse du regard. Pour l'instant, la scène se déroulait exactement comme dans sa prémonition.

Le 58 se rua sur Robert. Ce dernier, qui trottinait la tête tournée vers l'action, ne pouvait pas le voir venir. En entendant la voix de son ami, il chercha à repérer son agresseur.

L'autre était dans son dos.

À moins d'un mètre.

— Derrière toi ! hurla David.

Le New-Yorkais fit un saut de côté, à l'instinct. La masse de muscle le frôla d'un cheveu. Emporté par son élan, le mastodonte vint percuter un des joueurs de son équipe.

Un choc d'une violence inouïe. Casque contre casque. De plein fouet.

Les deux footballeurs s'écroulèrent.

Aussitôt, l'arbitre interrompit le match. Des brancards arrivèrent pendant que les deux équipes regagnaient leurs bancs.

Tout en marchant, Robert adressa un message mental à David.

— *Merci, mec. C'était moins une.*

— Laisse tomber, répondit le médium dans l'émetteur. Entre Jedi, faut se serrer les coudes, non ?

— *À charge de revanche, mon pote. Demande-moi ce que tu veux, tu l'auras.*

— On verra ça.

David coupa la communication. Robert était son ami. Il avait trouvé normal de veiller sur lui. Par ailleurs, cette expérience imprévue l'avait encore éclairé sur ses capacités. Elles grandissaient de jour en jour, prenaient des tournures de plus en plus inattendues.

Que s'était-il passé exactement sur ce terrain ? Il le saurait sans doute plus tard. Aujourd'hui, il avait seulement ressenti son énergie mentale d'une façon différente. Plus physique. Comme si son sixième sens venait soudain de prendre corps.

Et là était sa véritable récompense.

Pourtant, l'offre du New-Yorkais l'intéressait. Depuis son arrivée au Nid, un mystère intriguait le jeune médium. Un mystère fermé à double tour, que les dons de son copain pourraient peut-être déverrouiller.

CHAPITRE 19

Chaque matin, quand il venait en cours, David s'interrogeait.

Sur quoi donnait cette porte ?

Placée au pied de la tour, dans le grand hall du Nid, elle semblait toujours close.

À première vue, sa conception devait dater du Moyen Âge. Elle était taillée dans du chêne noir, épais, capable d'affronter les éléments et les assauts des infidèles. Ses deux battants énormes s'ajustaient au millimètre, laissant leurs lignes de fuite se rejoindre en arc de cercle dans la partie supérieure. Une multitude de frises la décoraient, scènes religieuses gravées dans son écorce. Au centre, en caractères gothiques, des mots écrits en latin : *Ad majorem dei gloriam*[1]. La devise des jésuites.

Le plus surprenant était son système de fermeture. Pas de serrure ni de cadenas. Aucune poignée ou loquet qui aurait permis de l'actionner. Il n'y avait qu'un petit boîtier rectangulaire installé sur le mur comme une verrue de métal.

1. « À la plus grande gloire de Dieu. »

David avait d'abord essayé de se renseigner auprès de Mme Cox. La secrétaire de Wiseman lui avait répondu avec sa gentillesse habituelle :

— Il n'y a rien de mystérieux, mon lapin. Cette porte donne sur l'escalier qui conduit au clocher.

— Alors pourquoi est-elle verrouillée ?

— Pour éviter les accidents. Les marches sont dangereuses et la plateforme n'est pas sécurisée.

David n'en avait pas cru un mot. Il y avait autre chose. Son instinct le lui soufflait, et sa curiosité le poussait à découvrir de quoi il retournait.

Il avait demandé à des élèves plus anciens, espérant obtenir une info. Aucun n'avait été en mesure de l'éclairer. Il avait alors tenté d'utiliser son don de clairvoyance. En vain. Une gangue de fer semblait emmailloter la tour à la façon d'une cage de Faraday.

Ce phénomène étrange avait encore renforcé sa conviction. Ces murs abritaient un secret. Pour le découvrir, il était temps d'enclencher le plan de secours.

En ce début de soirée, David et ses amis étaient installés autour d'une petite table ronde, au fond de la bibliothèque. Ils préparaient un exposé sur la thanatose, ce phénomène étrange au cours duquel le corps reste conservé pendant de longues années après la mort.

— Vous ne trouvez pas ça bizarre ? demanda David. Cette porte toujours fermée. Personne qui n'a l'air de s'en inquiéter. Je me demande ce qui peut se cacher derrière.

Robert mima un air terrorisé.

— Des cellules électrifiées. Remplies de créatures immondes.

— C'est ça, soupira Alice. Des trolls ramenés d'une autre dimension.

— Et pourquoi pas ? « L'esprit n'a pas de limites », non ?

— Encore faut-il en avoir un.

— Qu'est-ce que tu insinues ?

— Juste que tu mates trop de films.

Robert se rencogna dans sa chaise, vexé. Depuis qu'ils étaient vraiment ensemble, le New-Yorkais et la surfeuse se chamaillaient souvent. Deux caractères entiers, s'opposant pour conserver le contrôle de leur périmètre.

David recadra le débat.

— Il faut trouver un moyen d'aller jeter un œil.

— Je suis d'accord, confirma Louise. Moi aussi, je n'arrête pas d'y penser.

Elle se tourna vers Alice, l'interrogea du regard.

— OK, dit l'Hawaïenne.

Il ne restait plus que Robert. La pièce maîtresse. Sans lui, l'opération ne pourrait pas se faire.

— Et toi, demanda David ?

— Je ne vois pas trop l'intérêt. Rien ne prouve qu'il y ait vraiment un truc louche là-dessous.

Toujours partisan du moindre effort. Le jeune médium insista. Il avait déjà un plan, mais voulait recueillir l'adhésion de son ami avant de le lui exposer.

— Je le sens. Ça devrait te suffire.

— Désolé, mec. C'est un peu court.

— Franchement, tu me déçois. Je te pensais plus curieux.

— Ben tu t'es trompé.

Pas moyen de le convaincre. David décida d'abattre ses cartes.

— J'ai besoin de ton aide.

— Tu me flattes mais ça ne change rien. Ce truc ne me branche pas.

— Alors fais-le pour moi. Tu m'en dois une depuis le match.

Robert ricana.

— Tu tiens les comptes ?

— Je te rappelle juste ta promesse.

— Je vois... Et on va s'y prendre comment ? Cette porte est barricadée. Tu comptes entrer par le clocher ?

— J'y ai pensé. Mais il y a de fortes chances pour que l'accès soit condamné.

— Vu qu'on ne peut pas passer au travers des murs, ça règle la question.

— Il y a une autre solution.

— Laquelle ?

— On va utiliser tes capacités.

CHAPITRE 20

Le commando fut mis sur pied la nuit suivante. David, Robert, Alice, chaussés de baskets et le visage dissimulé sous des capuches. Louise avait trouvé plus prudent de s'abstenir. Un escalier conduisait certainement au clocher, elle n'aurait pas les moyens de le gravir.

À 1 heure du matin, les trois jeunes gens se retrouvèrent devant l'entrée du Schwarzenegger Hall. Le bâtiment plongé dans la pénombre avait des airs de château fort. Une citadelle imprenable dont il allait falloir abattre les défenses.

La première se matérialisa par une serrure toute bête. Robert sortit une clef étrange de sa poche et se mit au travail. Une poignée de secondes plus tard, le pêne cédait.

— Trop facile, chuchota le grand brun.

— T'as appris ça où ? demanda Alice surprise.

— L'école de la rue, ma belle. La plus instructive.

David s'étonna. La réponse de Robert ne cadrait pas avec son statut de gosse de riches. Il remisa ses interrogations à plus tard et suivit ses deux amis à l'intérieur.

Dans ce contexte, le Nid prenait une allure inquiétante. La lune filtrait au travers des vitraux, baignant voûtes et piliers d'une lumière sépulcrale. Pas un chat. La seule présence palpable était celle des statues. Des saints, taille réelle, lovés dans des niches à plus de dix mètres du sol. Ils semblaient observer les intrus d'un œil inquisiteur.

Le petit groupe rasa le mur et s'arrêta devant la porte en chêne.

— On y est, murmura David.

— Tu es sûr qu'il n'y a pas de rondes ? demanda Robert.

— Ça fait quatre fois que tu me poses la question. Ni vigile ni système d'alarme. Je me suis rencardé.

— Alors c'est parti.

Robert ouvrit le clapet qui protégeait le boîtier de commande. Un cadran apparut. Quatre zéros rouges s'y alignaient, inscrits en mode digital. En dessous, des touches. Le New-Yorkais posa ses doigts dessus et se concentra.

En le regardant faire, David se mit à douter. Son plan était tout simplement délirant. Seulement il n'en avait pas d'autre.

Il avait d'abord demandé à Robert d'analyser le petit cube métallique. Une simple photo, prise à l'aide de son smartphone, avait permis au New-Yorkais d'identifier le modèle auprès d'une entreprise de sécurité appartenant à son père. Une fois le schéma technique analysé, il en avait conclu qu'il suffisait d'aligner les contacts internes pour établir la connexion. D'après lui, cette opération se faisait avec le code entré par l'utilisateur. Là, ce serait grâce à ses talents psychokinétiques.

— Alors ? demanda Alice au bout d'une minute. C'est bon ?

— J'y bosse. Au cas où t'aurais pas remarqué, c'est la première fois que je fais ça.

Alice soupira. Programmée pour l'action, l'attente n'était pas son fort. De son côté, David essayait de rester calme.

Soudain, Robert leva la tête.

— Vous avez entendu ?

— Quoi ? demanda Alice.

— Il y a eu comme un clic.

— J'ai rien capté, dit David.

— Moi si, affirma le New-Yorkais. Il est en train de se passer quelque chose.

Il se remit au travail. Tête baissée, genoux au sol, il ressemblait à un pêcheur priant pour son salut.

Des secondes s'envolèrent. Rien ne se produisait et David commençait à perdre espoir. Il avait surestimé Robert. Ses capacités n'étaient pas suffisamment développées pour accomplir ce type de prouesses.

Puis un couinement se fit entendre. Les trois regards se tournèrent vers la porte.

Dans un mouvement très lent, les battants s'écartaient.

Robert se redressa, sourire aux lèvres.

— Alors ? C'est qui le patron ?

— Bien joué, reconnut David. J'avoue que j'y croyais plus.

— C'est ça, ton problème. Le manque de confiance.

Le jeune médium ne releva pas. Il alluma sa torche et se faufila dans l'interstice. Derrière, prenant tout l'espace, un escalier en colimaçon grimpait vers le sommet de la tour.

Ils attaquèrent aussitôt l'ascension. Trois formes sombres guidées par le halo des lampes.

Trente mètres plus haut, ils débouchèrent sur une plateforme rectangulaire. Un plateau nu, entouré de murs lisses percés par de larges ouvertures. Un dispositif de chaînes et de poulies s'accrochait au plafond, vestige de la machinerie qui devait soutenir la cloche.

Robert plaisanta.

— L'antre de Quasimodo. Wiseman vient peut-être y faire des sacrifices humains les soirs de pleine lune.

David n'avait pas envie de rire. Devant cet endroit vide, sa déception prenait toute la place. Comment était-ce possible ? Son instinct l'avait poussé à venir jusque-là. À prendre des risques et à les faire partager à ses amis.

Tout ça pour rien ?

La voix d'Alice le sortit de ses pensées.

— Venez !

Les deux garçons la rejoignirent devant une des trouées.

— Regardez, c'est magnifique.

Le campus s'étendait devant eux. Il ressemblait à un village de poupée, au-dessus duquel scintillaient des centaines de lumières.

— On dirait des fées, commenta Alice.

Robert s'étonna.

— De quoi tu parles ? Je vois que dalle.

— Moi si, affirma David.

Il percevait la manifestation. Des brillances vert pâle s'échappaient des bâtiments, montaient dans la nuit, et coloraient le ciel telle une aurore boréale.

« Tu es capable de ressentir les auras », avait dit sa grand-mère.

Ce soir, David avait la conviction qu'il ressentait bien plus. Il captait l'énergie mentale des rêveurs. La substance même des songes, s'amalgamant sous ses yeux pour peindre une toile diaphane.

Alice l'avait perçu aussi. L'extraordinaire beauté du phénomène avait percé sa carapace. Il lui avait permis de se connecter avec les couches les plus profondes de sa conscience, là où se réfugiait sans doute la petite fille fragile qu'elle prenait soin de cacher.

Ce constat confirmait l'intuition de David. Derrière son apparente dureté, Alice dissimulait une faille. Une faille qui la rendait plus désirable encore.

Robert les ramena à la réalité.

— Je crois qu'on a fait le tour. On se tire ?

Ils firent le chemin en sens inverse. Arrivés au rez-de-chaussée, ils constatèrent avec une pointe d'angoisse que la porte s'était refermée.

— Quelqu'un nous a repérés, affirma Robert.

— Impossible, réfuta David. Si c'était le cas, il serait venu nous choper dans la tour. Le mécanisme de fermeture a dû s'enclencher automatiquement.

Alice s'interrogea, encore plus pragmatique.

— On va sortir comment ?

— Il y a forcément une commande quelque part.

David balaya les murs avec sa lampe. Aucune aspérité. Pas le moindre mécanisme.

— Je ne vois rien.

— Essaie ton œil intérieur, grinça Robert. Il paraît que t'es médium. Tu devrais pouvoir nous tirer de cette galère.

Le médium serra les dents. Il les avait amenés ici, c'était à lui de trouver une solution.

Il se concentra, essayant de visualiser les parois d'une façon différente. Peu à peu, des formes apparurent. Des masses blanchâtres sur un fond noir, semblable à une échographie. David comprit qu'il percevait la densité de la pierre, au niveau de sa structure.

Un rectangle sombre, de la taille d'une carte postale, se matérialisa sur sa droite. Des angles nets, des bords réguliers, une figure géométrique parfaite tranchant avec le flou des autres représentations.

— Je crois que j'ai trouvé, avança-t-il.

Il sonda la zone concernée avec sa main, cherchant à repérer le bloc qu'il venait juste d'identifier. Très vite, il sentit une légère différence de niveau. Comme si une des briques était mal ajustée.

Il poussa dessus.

La pierre s'enfonça.

Aussitôt, le mur se mit à pivoter, révélant un nouvel escalier qui cette fois s'enfonçait dans la terre.

— Un passage secret, souffla Robert. Je le crois pas.

— J'en étais sûr, lança David. C'est pour ça qu'ils ont interdit l'accès au clocher.

— On fait quoi ? demanda Alice.

— On y va. De toute façon, il faut trouver un moyen de sortir d'ici.

Ils descendirent. Dans le faisceau des torches, des marches de pierre aux bords irréguliers, usés par les années. Elles plongeaient dans la nuit, donnant la sensation d'un puits sans fond.

Contre toute attente, la descente fut brève. Ils débouchèrent très vite sur un sol plat, constitué par des pavés aux formes bombées. Une forte odeur d'humidité saturait l'air, mêlée à celle de la poussière et du salpêtre.

David repéra un interrupteur, l'alluma. Une lumière blanche dégueula des néons, dévoilant un corridor au plafond haut, soutenu par des arcs de voûte. De toute évidence, la construction était entretenue. Les murs avaient été repeints dans une teinte ocre, des câbles électriques couraient dans des gaines de plastique.

Ils avancèrent. Ses deux amis ne disaient rien, mais David percevait leur appréhension.

Vers quoi les conduisait ce boyau ? Quel était ce mystère que l'Institut s'évertuait à protéger ?

Le tunnel fit un coude. Dix mètres plus loin, une porte en fer marquait le bout de la route.

Ils s'approchèrent, cœur dans la gorge. David posa sa main sur la poignée. Un ultime regard à l'attention des deux autres, puis il tira vers lui.

Le battant s'ouvrit sur une grande pièce, largement éclairée et d'une blancheur immaculée. Des paillasses en céramique longeaient les murs, jonchées d'appareils de mesure et autres écrans d'ordinateur. Plusieurs portes, fermées, laissaient présager l'existence d'autres salles. Dans le fond, un container énorme recouvert par ce qui ressemblait à des immenses miroirs. Des câbles électriques le reliaient au reste, cordons ombilicaux qui rampaient sur le sol.

Ils firent quelques pas, surpris par cette débauche technologique. Le lieu laissait penser à un laboratoire high-tech conçu pour étudier la physique nucléaire. En comparaison, les salles de classe du Nid dataient de l'âge de pierre.

— Que faites-vous ici ?

Les trois amis sursautèrent. Ils connaissaient cette voix. Et cette nuit, elle n'avait rien d'amical.

Ils se retournèrent lentement, penauds, comme des enfants pris en faute.

Surgi de nulle part, le professeur Wiseman les dévisageait d'un air sévère.

CHAPITRE 21

— Mademoiselle Bolt, monsieur Vitti et monsieur Creem. Il ne manque plus que Mlle Dampierre et le quatuor sera au complet.

Le ton de Wiseman avait la dureté d'une lame. Sous la froideur de façade, la colère bouillonnait.

— Tout est ma faute, avoua David. C'est moi qui les ai entraînés dans cette...

— Taisez-vous, coupa Wiseman. La question n'est plus de savoir lequel d'entre vous est responsable. Vous avez tous enfreint les directives. Vous êtes donc tous coupables.

Le trio était dans ses petits souliers. Robert tenta de détendre l'atmosphère.

— On n'aurait pas dû, c'est vrai. Mais y a quand même pas mort d'homme.

— Pas cette fois, non.

— Que voulez-vous dire ? s'inquiéta Alice.

— Il y a cinq ans, un étudiant a perdu la vie ici. Tout ça parce qu'il n'avait pas respecté mes consignes. Je n'ai aucune envie que cela se reproduise.

Un silence lourd ponctua ses paroles. Wiseman laissa filer quelques secondes avant de les questionner.

— Que cherchiez-vous en pénétrant dans la tour ?

— Rien de particulier, répondit David. On était juste curieux.

— Et le passage ? Comment l'avez-vous trouvé ?

— Ce n'était pas prévu. Robert a réussi à déverrouiller le boîtier électronique en manipulant les contacts par psychokinèse. Ensuite on est montés jusqu'au clocher. Quand on est redescendus, la porte s'était refermée. J'ai cherché un moyen de l'ouvrir en visualisant l'intérieur du mur. Là, je me suis aperçu qu'une brique ne correspondait pas. Du coup, je l'ai poussée.

— Décidément, vous êtes très doué, Creem.

Le jeune médium tenta de minimiser.

— Je vous assure. Je ne l'ai pas fait exprès.

— Ne soyez pas modeste. Ce souterrain est en principe indétectable. Il date de l'époque mexicaine, quand cette église n'était encore qu'une mission isolée soumise à de nombreux pillages. Pour ceux qui l'ont conçu, son invisibilité était une question de survie. De plus, la tour a été équipée avec un isolant censé bloquer toute forme de perceptions extrasensorielles. Vous n'auriez jamais dû ressentir quoi que ce soit.

David encaissait en silence. Dans son for intérieur, il buvait du petit-lait.

Wiseman conclut d'un ton las.

— C'est une chance que j'aie eu du travail à terminer. Sans quoi, je ne me serais sans doute rendu compte de rien.

Robert intervint.

— Vous comptez faire quoi ? Nous renvoyer ?

— Je devrais.

Les jeunes gens se regardèrent, inquiets. Wiseman retira ses lunettes, essuya les verres, et les remis sur son nez.

— Mais je ne le ferai pas.

— Pour quelle raison ? demanda David.
— Parce qu'en dépit de votre inconséquence vous avez néanmoins des qualités. Les circonstances le prouvent. Je n'ai pas envie de me priver d'éléments tels que vous.
Le soulagement se lut sur les visages. Wiseman n'en avait pas terminé pour autant.
— Seulement, il y a une condition.
— Laquelle ? répondirent les fautifs d'une seule voix.
— Ce que vous avez vu devra rester confidentiel. À la moindre fuite, je me verrai au regret de mettre fin à notre collaboration.
— Reçu, affirma Robert. De mon côté, y aura zéro fuite.
— Pareil, renchérit Alice.
David marqua son accord d'un hochement de tête. Mais il n'avait pas pris tous ces risques pour rester sur sa faim.
Il demanda :
— À quoi sert ce labo ?
Wiseman lui lança un regard amusé.
— Vous ne lâchez jamais.
— Un élève y est mort, non ? Maintenant qu'on est là, autant nous éviter d'imaginer les conditions dans lesquelles ça s'est produit.
Le professeur opina. Puis il laissa tomber :
— Vous savez ce qu'est une OBE ?
Alice répondit la première.
— *Out-of-Body Experience* ou « Expérience hors du corps ». Cela consiste à séparer la conscience de l'enveloppe physique pour accéder à d'autres dimensions. À se « décorporer ».
— C'est l'idée. Mon cours comporte des exercices pratiques, comme dans les autres matières. Or, tout le monde ne réussit pas à passer de l'autre côté juste

en se concentrant. Tout au moins au début. Nous avons donc mis au point une technologie permettant de forcer un peu les choses. À l'époque, tous les étudiants y avaient accès, ce qui nous permettait d'atteindre un taux de réussite proche des 95 %.

Une machine infernale, voilà ce que dissimulait Wiseman dans son souterrain.

Il continua.

— Depuis le décès de cet élève, l'université m'a obligé à prendre des précautions supplémentaires. En d'autres termes, à fermer le robinet. Nous avons transféré le laboratoire ici et n'en ouvrons les portes qu'à des sujets sélectionnés avec soin.

— Sur quels critères ? s'étonna David.

— Il y en a beaucoup. Il faut avant tout être positif, serein, et discipliné. Si vous faites un pas de travers, si vous ne respectez pas le protocole, les conséquences peuvent être dramatiques. Ce fut malheureusement le cas avec ce pauvre garçon.

Une peine profonde avait filtré dans sa voix. La disparition de cet étudiant semblait l'affecter en profondeur. Il crispa les mâchoires et poursuivit son exposé.

— L'existence de ce complexe est secrète. Quant aux élus, ils sont astreints au silence. Je ne veux pas prendre le risque de créer des frustrations et de me faire accuser de dispenser une formation à deux vitesses.

L'apparente ignorance des élèves s'expliquait. La plupart n'étaient pas au courant. Quant à ceux qui savaient, ils se taisaient. Une sorte de club, fier de ses privilèges.

Wiseman se mit à arpenter la pièce, sans cesser de parler.

— En ce qui vous concerne, j'ignore encore si vous en serez capables. La seule chose que je vous demande pour l'instant est de vous taire.

Nouvel acquiescement du groupe. Cette fois, David avait eu ses réponses.

— Bien, conclut Wiseman. Je vais vous faire sortir par-derrière. Vous m'avez fait courir suffisamment de risques en entrant par le Nid.

Il se dirigea vers une petite porte fondue dans le mur, l'ouvrit. Derrière, le début d'une galerie qui se perdait dans les ténèbres.

— Suivez le corridor. Il débouche en plein milieu du bois. Assurez-vous de bien refermer la trappe en partant.

Alice et Robert passèrent devant. Avant de partir, David désigna le container.

— Ça se passe là-dedans, n'est-ce pas ?

Wiseman posa une main sur son épaule et le poussa doucement dehors.

— Vous le vérifierez bientôt. J'en suis certain.

CHAPITRE 22

L'aventure du souterrain avait eu un effet bénéfique.

Maintenant, Wiseman et eux étaient liés.

Le petit groupe ne faisait pas partie des élus pratiquant la décorporation, mais le secret qu'ils partageaient avec le professeur leur donnait une place à part.

Wiseman s'intéressait particulièrement à David. Il suivait sa progression de près, le conseillait, et lui fournissait toutes sortes d'ouvrages sur le sujet. Le cours sur les OBE et NDE ne démarrait qu'au trimestre suivant, pourtant le jeune médium commençait à dominer la question.

Tout au moins de façon théorique.

La seule qui en avait une expérience concrète était Louise. Depuis son accident, elle parvenait de temps en temps à quitter son enveloppe charnelle. Elle comptait plusieurs voyages à son actif, dont le récit avait attisé la curiosité de David.

— Et à ce moment-là, il se passe quoi ?

— Tu t'envoles.

— Comme ce qui m'est arrivé pendant le match ?

— Peut-être. Je ne sais pas ce que tu as ressenti exactement.

— Je te l'ai déjà expliqué. J'ai eu la sensation d'être projeté dans les airs par une catapulte. Ensuite je flottais au-dessus du terrain et je voyais tous les possibles.

— Ça pourrait être ça.

— Parce que tu n'en es pas sûre ?

— Je ne suis pas à ta place. Il est aussi possible que ce ne soit qu'une simple vision prémonitoire. Tu as le don de clairvoyance. Ce serait cohérent.

Le jeune médium acquiesça. Sans point de comparaison, difficile de savoir ce qui lui était réellement arrivé.

Il revint en arrière, sur l'aspect plus général de la discussion.

— Donc, quand tu te décorpores, tu décolles.

— D'une certaine façon, oui.

— Explique-moi.

Louise soupira. Pour la troisième fois de la semaine, David était venu la traquer dans sa chambre en espérant glaner des infos.

— Qu'est-ce que tu veux que je te dise ? On en a suffisamment parlé, non ?

— Je sais. Mais je n'arrive toujours pas à saisir le concept. Soit tu t'envoles, soit tu restes cloué au sol. Tu ne peux pas faire les choses à moitié.

La jeune fille s'agaça.

— Tu cherches encore à rationaliser. Il ne s'agit pas de quantifier l'OBE de façon objective, ni de la graduer en termes de tout ou rien. Ce voyage est bien réel, mais il a la particularité de se dérouler dans ton esprit. Un peu comme un rêve, sauf qu'il est concret et que tu le vis vraiment.

David n'était qu'à moitié convaincu. Il avait beau tenter de cerner l'idée, il buttait sur le même paradoxe. Comment pouvait-on concilier une construction mentale et la réalité ?

Il essaya une autre voie.

— Quand tu remarches, par exemple, tu sais que c'est une illusion ou bien tu crois que c'est vrai ?

— Mais *c'est* vrai ! Je ressens toutes les sensations liées au fait d'avoir mes jambes. C'est même mieux qu'avant. Je peux courir plus vite qu'une voiture ou faire des bonds gigantesques, comme si j'avais des bottes de sept lieues.

En l'entendant parler, David se demanda si Louise n'avait pas tout simplement rêvé. Une façon de compenser, de dépasser sa condition, encore accrue par son imaginaire. Ses dessins, punaisés sur les murs, pouvaient accréditer cette thèse. Ils figuraient des volatiles étranges, fait de métal et de plumes, des plantes dont la fleur évoquait un visage, ou encore des paysages de cristal figés sous un ciel noir.

— Le hic, poursuivait-elle, c'est que je n'y suis pas arrivé souvent. Et pas chaque fois que je le voudrais. En plus, je n'ai jamais réussi à aller plus loin que mon périmètre proche. Mais avec Wiseman, je suis certaine de pouvoir progresser.

David préféra laisser tomber. Louise était peut-être victime de ses fantasmes. Mais s'il y en avait une qui méritait de participer au programme, c'était elle.

Il faudrait néanmoins attendre. Les vacances de Noël démarraient quinze jours plus tard, et la dernière semaine serait consacrée aux tests. Des épreuves rébarbatives, sur des matières théoriques, afin de valider les premières unités de valeurs. Psychologie, sociologie et anthropologie en constituaient l'essentiel, ce que le directeur de l'Institut appelait la base.

Une éclaircie eut quand même lieu dans cette période de révisions morose. Elle se présenta sous la forme d'une proposition faite par Wiseman.

— Une maison hantée, monsieur Creem. Ça vous tente ?

Impensable de refuser. Surtout avec un guide comme celui-là. Passionné au-delà du raisonnable, le professeur ne se contentait pas de dispenser ses cours ou de mener des expériences dans son laboratoire. Tel un Indiana Jones du surnaturel, il crapahutait aussi sur le terrain, toujours en quête d'une manifestation étrange à étudier. Il s'était ainsi frotté à de nombreux esprits frappeurs, avait passé des nuits entières, seul, dans des lieux plus ou moins « habités », participé à des rituels chamaniques, à des exorcismes ou encore à des séances de candomblé[1] au Brésil.

Rien ne l'arrêtait. Ne possédant lui-même aucun pouvoir psi, il tentait avec sa seule détermination – et les quelques appareils de mesure dont il disposait – de cerner cet univers surnaturel qui le fascinait tant.

La proposition faite à David n'était donc pas totalement désintéressée. Il comptait sur ses capacités hors norme pour obtenir de meilleurs résultats.

Le jeune médium n'était pas dupe. Il s'en ouvrit à Robert le soir même, devant des plats chinois que les deux étudiants dégustaient chez ce dernier.

— Il se sert de moi. C'est clair.

— Ça te pose un problème ?

— Aucun.

— J'espère bien. Frankenstein manipule tout le monde. Quand t'as compris ça, t'as trois longueurs d'avance sur lui.

Depuis la découverte du laboratoire, et surtout de son caractère secret, Robert avait donné ce surnom à Wiseman. David avala une bouchée de bœuf aux oignons et enchaîna.

1. Culte religieux proche du vaudou.

— C'est pour demain. On part en fin d'après-midi et on passera la nuit là-bas.
— Tu flippes ?
— Disons que je suis un peu tendu.
— Y a de quoi. Une visite privée d'Amityville avec cet allumé. Mieux qu'un film d'horreur.
Les craintes de David ne se situaient pas dans ce registre. Elles se focalisaient sur un mauvais pressentiment dont il n'arrivait pas à cerner les contours.
— J'ai fait une petite recherche sur Internet, reprit Robert. La baraque est inoccupée depuis douze ans. Personne n'a plus voulu l'habiter après ce qui s'est passé.
— Je suis au courant. Wiseman m'a briefé.
— Il t'a dit dans quel état on avait retrouvé la chanteuse ?
— Il ne s'est pas étendu.
— Tu m'étonnes. Elle avait carrément été débitée en rondelles. Quand les flics sont arrivés, ils ont d'abord trouvé sa tête, plantée au bout d'une pique devant l'entrée. Le reste s'étalait sur une grande table autour de laquelle ses potes faisaient ripaille. Et tiens-toi bien, tu sais ce qu'il y avait dans les assiettes ?
— Laisse tomber, j'ai compris.
— Ouais, mon pote. Chrystelle Bank en personne. La chanteuse du groupe de rock le plus destroy des années 1990 : Baphomet. Ses musicos voulaient communier avec elle. Genre Jésus et ses apôtres, sauf que le pain, c'était elle.
David repoussa sa barquette. La viande ne le tentait plus.
— J'imagine qu'ils étaient défoncés.
— Au crack. Et jusqu'à la moelle. Si tu mélanges cette merde avec le trip carrément sataniste du groupe, ça fait un beau feu d'artifice. Malgré tout

ça, les jurés n'ont pas retenu la folie. Ces dingues ont tous été gazés l'année dernière.

— Une explosion de violence dont David n'avait pas pris la mesure. Wiseman avait mentionné un simple meurtre et des phénomènes étranges, de type surnaturel, qui s'étaient produits par la suite à l'intérieur de la maison. Les témoignages, rapportés par les voisins et des agents immobiliers chargés de la faire visiter, concordaient tous. On parlait de déplacement d'objets, de bruits inexpliqués et d'une dame noire aperçue derrière les baies vitrées alors que le lieu était inoccupé.

De toute évidence, Wiseman n'avait pas voulu affoler son élève. À présent, David saisissait mieux la cause des craintes qui lui collaient au corps.

Robert, au contraire, prenait un plaisir évident à relater cette histoire macabre. Il croqua dans un nem et reprit son récit.

— L'endroit a attiré pas mal de déjantés. À une époque, il y avait même des types qui organisaient des fêtes branchées, avec reconstitution de la boucherie, séances de spiritisme et tout le toutim. En fait, de vraies orgies où ça baisait dans tous les coins. Vu le quartier de bourges, ça faisait désordre. Les flics ont fait murer tous les accès et depuis ça s'est calmé.

— La baraque est condamnée ?

— Aux dernières nouvelles, oui. J'ai vu des photos. Ils ont colmaté les fenêtres avec des parpaings.

— Comment Wiseman espère entrer ?

— Aucune idée. Mais ce type est un malin. Il a réussi à reconstituer un labo dans les sous-sols de son département sans que les élèves s'en aperçoivent. C'est pas quelques briques qui vont l'arrêter.

David acquiesça et se leva.

— Je vais me pieuter. Demain sera une longue journée.

— J'exige un compte rendu complet. Enfin, si tu reviens entier.

— Compte sur moi.

— Encore une dernière chose.

— Quoi ?

Robert désigna sa bouteille de bière vide en lui adressant un clin d'œil.

— Avant de te tirer, tu ne veux pas me ramener sa petite sœur ?

CHAPITRE 23

Le rendez-vous était fixé à 17 heures.

David traversa le parvis et rejoignit le parking des enseignants. Comme annoncé, le van l'y attendait, garé sur un emplacement réservé.

Aucune autre voiture.

Personne.

Visiblement, Wiseman ne tenait pas à ébruiter leur escapade.

Le jeune homme s'avança. Il avait cinq minutes d'avance et le professeur ne semblait pas être arrivé. Par acquit de conscience, il s'approcha de la portière du conducteur. Au cas où Wiseman serait déjà au volant.

En découvrant l'avant de la fourgonnette, David se figea. Assis sur le capot, Storm écoutait de la musique sur son smartphone.

— Qu'est-ce que tu fous ici ? demanda le jeune médium.

L'autre retira ses écouteurs d'un geste nonchalant.

— Tu m'as parlé ?

— Pourquoi t'es là ?

— Wiseman ne t'a pas mis au courant ?

— Au courant de quoi ?

— Du fait que je viens avec vous, gros malin.

David eut l'impression que le ciel lui tombait sur la tête. Storm. Associé à l'expédition. Que Wiseman le manipule, ça pouvait passer. Mais qu'il lui impose ce malade, c'était trop.

Le tondu l'observait, un petit sourire aux lèvres.

— Ça n'a pas l'air de t'emballer.

— On ne peut rien te cacher.

— Faudra t'y faire. Et puis, essaie de voir le côté positif.

— Parce qu'il y en a un ?

— La garantie d'un bon spectacle. Dans ce genre de trip, c'est pas donné.

Inutile de développer. Compte tenu de ce qui s'était passé dans la baraque, la présence de Storm pouvait agir comme un détonateur. Si le fantôme de la chanteuse rôdait encore dans le coin, ce taré l'attirerait.

David serra les dents. Wiseman jouait sur tous les tableaux. Deux médiums valaient mieux qu'un. Aucune raison de s'en priver. Il aurait au moins pu lui en parler.

Ce dernier arriva. Il avait troqué blazer et mocassins contre un pull de coton noir et une paire de baskets. Sans ses lunettes, et avec ce look décontracté, son côté baroudeur prenait toute sa dimension.

— Prêts pour la grande aventure ?

David s'avança, tendu.

— Je peux vous dire un mot ?

— Bien sûr.

Ils s'écartèrent un peu, sous le regard goguenard du tondu.

— Je croyais qu'il n'y avait que nous.

— Il ne me semblait pourtant pas avoir évoqué une telle configuration. Cela vous pose une difficulté ?

Le ton ne laissait aucune ouverture. C'était ça ou rien. David n'eut pas d'autre choix que de s'écraser.

— Je ferai avec.

— Alors en route. Je voudrais être sur place avant la nuit.

La maison de Chrystelle Bank se cachait sur les hauteurs de Santa Monica, dans un quartier résidentiel qui respirait l'argent et la célébrité. C'était une grande bâtisse toute blanche, de style espagnol, flanquée de deux ailes en forme de tours. On l'apercevait depuis la rue, au fond d'un jardin mangé par les broussailles.

Wiseman s'arrêta devant le portail. Une chaîne rouillée le verrouillait, assurée par un cadenas. Le professeur fouilla dans sa poche et en sortit un petit trousseau contenant trois clefs.

En le regardant ouvrir, David se remémora les explications fournies pendant le trajet. La maison de disques, propriétaire des lieux, s'était laissé convaincre par Wiseman de lui permettre d'accéder au site. En tant que spécialiste reconnu du paranormal, il pouvait peut-être l'assainir et leur donner ainsi la possibilité de la vendre.

Pour le professeur, l'enjeu n'était évidemment pas là. Mais il avait réussi à leur vendre le concept et pouvait à présent opérer en toute tranquillité.

La fourgonnette roula sur une allée de gravier. Autour, ce qui avait dû être un parc paysager. Il n'en subsistait aujourd'hui que quelques oliviers, le reste disparaissant sous les herbes, les ronces et les plantes parasites. David songea au château de la Belle au bois dormant. Une vision angoissante, accentuée par la pénombre qui unissait cette jungle en un magma épais.

Wiseman se gara sur le parvis. La maison se dressait dans le crépuscule, imposante, lugubre. Elle les dominait de sa stature, semblant les défier.

— On va passer par où ? demanda Storm.

Comme l'avait dit Robert, tous les accès avaient été murés. Porte d'entrée incluse.

— Par-derrière, répondit Wiseman. Il doit y avoir une trappe qui donne sur la cave. Je vais aller jeter un œil pendant que vous déchargez.

Le professeur fit coulisser le panneau latéral du véhicule. Un gros sac de sport attendait à l'intérieur, à côté d'une cantine métallique. Il prit le balluchon puis lança avant de s'éclipser :

— En douceur, les garçons. C'est très fragile.

Les deux élèves s'exécutèrent. Pendant cet exercice, David éprouva une sensation étrange. Uni à Storm dans l'effort, leurs différences s'abolissaient. À cet instant, il n'y avait plus que deux étudiants, dotés de capacités extraordinaires, œuvrant pour déchiffrer les mêmes mystères.

La symbiose ne dura pas. La caisse à peine posée au sol, le skin défia David de nouveau.

— Je me demande vraiment pourquoi Wiseman t'a fait venir.

— T'as qu'à lui demander.

— En tout cas, il va vite comprendre son erreur. Les hantises négatives, c'est ma came. Tu ne fais pas le poids.

David préféra ne pas répondre. Dans cet endroit, Storm avait plus de légitimité que lui. Ils le savaient tous les deux.

Wiseman réapparut.

— J'ai repéré l'accès. Prenez le matériel, on y va.

Les étudiants chargèrent la cantine et contournèrent la bâtisse. La nuit était tombée, Wiseman ouvrait la route avec sa lampe torche. Il s'arrêta devant un mur aveugle, pointa le faisceau sur deux battants de fer posés à même le sol. Ici aussi, une chaîne et un cadenas en barraient l'ouverture.

Le professeur fit jouer une clef, retira les entraves et tira les deux panneaux vers lui. Un puits d'encre apparut, dans lequel plongeait un escalier de bois.

— Bien, fit Wiseman. Je descends le premier. Vous ferez glisser doucement la caisse, je la réceptionnerai.

Sac à l'épaule, il s'engagea sur les marches. Une fois en bas, il posa sa lampe de façon à avoir les mains libres.

— Allez-y !

Les élèves soulevèrent la malle, la maintinrent en équilibre sur le chambranle. Ils tenaient chacun une poignée, l'un d'eux devait lâcher pour la faire pivoter.

— C'est bon, ordonna Storm. Dégage.

David n'avait pas envie de se battre. Pas pour si peu. Il s'effaça, laissant le skin terminer la manœuvre.

Lentement, le colis arriva à bon port. L'un après l'autre, les garçons rejoignirent leur professeur dans la pièce souterraine. Il avait déjà sorti trois casques de type spéléologique, équipés de lampes frontales.

— Le courant est coupé. Avec ça, on devrait s'en sortir.

Ils s'équipèrent. Des casiers vides apparurent dans les cônes de lumière, ainsi qu'un établi où traînaient encore des outils. Des guitares électriques s'empilaient dans un coin, peintes de motifs criards.

Wiseman désigna un second escalier, situé à l'autre bout de la salle. En haut, une porte.

— Je vais ouvrir. Ensuite, on hisse.

Cette fois, l'opération se révéla plus délicate. David ignorait ce que contenait le fardeau mais il pesait son poids. Ils ne furent pas trop de deux pour soutenir sa base, pendant que de son côté, le professeur assumait seul la charge.

Enfin, ils débouchèrent dans la cuisine. Plans de travail en chrome. Vitrines de verre. Fours et cuisinières dernier cri. Sans la fine pellicule de poussière, on aurait pu croire que la maison était sur le point d'être livrée.

— Bien, laissa tomber Wiseman. On va repérer les lieux. On en profitera pour installer les capteurs.

Il souleva le couvercle de son coffre au trésor. L'intérieur, agencé en compartiments, donnait le sentiment d'avoir été conçu à sa demande. Du sur-mesure, comme ces étuis abritant les pièces d'un fusil de précision. Il contenait de nombreuses boîtes en plastique rigide, de tailles différentes, réparties sur des travées. Au centre du dispositif, un cube noir, hermétique, de la taille d'une console de jeux vidéo.

Wiseman fit une sélection et distribua les cartes.

— Storm, vous vous occuperez des caméras. Creem, des micros. Je me charge des détecteurs de mouvement.

David prit sa cargaison. À son contact, il ressentit comme une bouffée d'appréhension. Jusqu'à présent, il n'avait abordé la parapsychologie qu'au travers du cadre rassurant de la fac. Des expériences sous contrôle, encadrées, ne comportant aucun risque.

Maintenant, il était sur le terrain, en situation réelle.

Tout était possible.

Même le pire.

La visite démarra. Salle à manger, salon et bibliothèque, le tout en enfilade. Les pièces du rez-de-chaussée étaient démesurées. Meubles et bibelots contemporains ornaient encore l'endroit, sans doute conservés pour donner l'illusion d'un lieu habité. David frissonna en passant devant une immense table rectangulaire, en marbre gris. C'était sans doute sur cet autel sacrificiel que la chanteuse avait été dévorée.

Les deux étudiants posèrent leurs pièges sous la conduite de Wiseman. Les faisceaux de leur lampe se croisaient, dessinant dans la nuit des arabesques de lumière.

De son côté, le professeur faisait de même. Il installait sur les murs de minuscules boîtiers, maintenus par des ventouses comme tous les instruments de détection. Chaque fois, Wiseman enclenchait un interrupteur. Une lampe rouge se mettait à clignoter, signe que le dispositif fonctionnait.

Quand ils eurent terminé, ils passèrent à l'étage. Des chambres, des salles de bains, baignées par la même obscurité silencieuse. Le petit groupe progressait sans un mot, équipant le moindre recoin de leurs espions électroniques.

David n'en menait pas large. À chaque pas, il s'attendait à voir surgir un spectre. Comme dans le train fantôme de Long Beach. Le visage fermé de Storm montrait qu'il partageait ce sentiment.

Mais pour l'instant, rien. Leur peur tenait juste de l'autosuggestion. Le jeune médium ne captait pas une once de présence surnaturelle et le tondu n'avait pas l'air non plus d'être sur un coup.

Après avoir accompli leur office, les trois explorateurs retournèrent dans la cuisine.

Wiseman s'assit sur la caisse et demanda à David.

— Qu'est-ce que vous en pensez ?

— De quoi ?

— Il y a un endroit qui vous a paru plus chargé ?

— Pour tout vous dire, je n'ai pas senti grand-chose.

Le professeur se tourna vers Storm.

— Et vous ?

— Moi non plus.

Mine perplexe de Wiseman. Il hésita quelques secondes avant de se décider.

— On va s'installer dans la salle à manger. Le meurtre et le rituel s'y sont déroulés, ce sera le plus évident.

Ils transportèrent le reste du matériel jusqu'à l'endroit choisi. Le professeur sorti un ordinateur portable de la cantine, le cube aux allures de console et un projecteur halogène qu'il raccorda à une batterie.

Un torrent de photons se déversa dans la pièce. Tout le monde retira son casque et éteignit sa lampe frontale. Sous cette lumière crue, les visages avaient une teinte cadavérique. Celui de Storm évoqua à David l'image d'un mort vivant.

— Je vais brancher le système, annonça Wiseman. On va déjà voir ce que ça donne.

Il alluma son Mac, le connecta au cube avec une prise USB. Sur l'écran, des icones apparurent. Il cliqua sur l'un d'entre eux. Aussitôt, une mosaïque de carrés se matérialisa, chacun correspondant à une des pièces équipées par le système de caméras. Sur leur bord supérieur, une horloge digitale donnait l'heure, les minutes et les secondes.

Wiseman régla le son avant de mettre le périphérique noir sous tension. L'image se tordit, comme sur une télévision quand le signal se brouille. Puis elle revint à la normale.

— Qu'es-ce que c'est ? demanda David en désignant l'étrange objet.

— Un amplificateur. Il booste les détecteurs de mouvement et convertit les ondes ectoplasmiques en représentation 3D. Avec cette technologie, on peut obtenir une vision fine de la hantise.

— Vous avez trouvé ça où ? lança Storm d'un ton dubitatif. Sur Internet ?

— Je l'ai conçu moi-même. Enfin, pas complètement. Un de mes amis m'a aidé à le mettre au point.

Le skin fit une moue.

— Respect. Mais entre nous, ça vaut pas la bonne vieille connexion naturelle.

— Les deux sont nécessaires, répondit Wiseman sans se démonter. Avec des visuels, on peut obtenir des crédits. Et avec les crédits, on finance vos études.

Storm ricana. Le professeur était déjà passé à la suite.

— Le dispositif est en place. Maintenant, on va manger un morceau.

— Pourquoi on n'essaie pas de se brancher tout de suite ? s'insurgea le tondu.

— D'abord parce que j'ai faim. Ensuite, parce qu'il y a de toute évidence une résistance.

— Une résistance ? s'étonna David. Que voulez-vous dire ?

— Ce lieu est hanté depuis longtemps. De nombreux témoignages l'attestent. Pourtant vous n'avez rien perçu, ni l'un ni l'autre, alors que vous possédez des capacités extra-sensorielles hors du commun. Il se passe donc quelque chose.

— Ou alors, c'est terminé.

— Non. Il faut juste attendre un peu. Le temps que l'entité s'habitue à notre présence.

David n'était pas convaincu. Ses capteurs lui renvoyaient un silence plat. Mais Wiseman voulait que ce lieu soit habité. Pour donner corps à son obsession, il était prêt à toutes les justifications.

Ils dévorèrent les sandwichs apportés par le professeur. Puis ils se répartirent les tours de garde. Wiseman prit le premier, installé devant l'ordinateur, pendant que les deux étudiants se calfeutraient dans leurs duvets.

David était trop excité pour s'endormir. Il sentait également que Storm tentait d'établir un contact et ne voulait pas être en reste.

Pendant plus d'une heure, il se concentra.

En vain.

Épuisé par l'effort, il sombra dans le sommeil sans s'en apercevoir.

CHAPITRE 24

Une caresse sur sa joue.

David ne voyait pas qui la lui prodiguait mais le contact était doux, enveloppant. Il s'abandonna à cette paume délicate, la laissant courir sur sa peau, descendre dans son cou. Le geste, par sa tendresse, le renvoyait à une époque révolue, quand sa mère le prenait encore dans ses bras et le berçait pour qu'il s'endorme.

Soudain, sans qu'il s'y attende, les doigts invisibles crochetèrent sa carotide.

Serrèrent.

Aussitôt une douleur fulgurante lui cisailla la gorge. Il avait l'impression qu'un lacet lui entamait les chairs. Dans un réflexe de survie, le jeune homme tenta de se dégager. Sa main chercha le poignet de son agresseur afin de lui faire relâcher son étreinte.

En vain.

Il n'y avait rien. Aucune présence physique.

Ses bras moulinaient dans le vide.

La pression s'accentua. Comme la panique qui submergeait David. Sa cage thoracique se soulevait par spasmes, cherchant un air qui commençait à lui manquer. Il voulut appeler à l'aide. Pas moyen. Le garrot l'empêchait aussi de crier.

Pendant de longues secondes, il se débattit comme un diable. Ses muscles s'arc-boutaient, chaque parcelle de son corps luttait pour vivre.

Sans résultat. Le gant de fer maintenait sa prise. Il privait son cerveau d'oxygène et l'expédiait peu à peu vers le néant.

Le jeune homme allait abandonner quand un son grave traversa sa conscience.

— Creem...

Qui s'adressait à lui ? Cette voix ne lui disait rien.

— David ! Réveillez-vous !

Le volume sonore était monté de trois crans. Un ordre, hurlé dans ses oreilles, qui le fit sursauter.

Le jeune médium ouvrit les yeux. Wiseman était penché sur lui et le secouait comme un prunier.

— Ça va ?

— Qu'est-ce qui s'est passé ?

— Vous étiez en train de faire un cauchemar. Je n'arrivais pas à vous réveiller.

David se massa la trachée. Il respirait bien, mais toute la zone le brûlait. Comme si quelqu'un avait réellement essayé de l'étrangler. Il n'eut pas l'occasion de chercher une explication. Le professeur enchaînait déjà.

— Venez. Il y a du mouvement.

Le médium se leva avec peine et s'approcha de l'ordinateur. Storm était déjà assis devant, l'air réjouit.

— Elle est passée dans la salle de bains.

Wiseman prit la place du skin. Il ajusta ses lunettes et tapa sur une touche. Aussitôt, la pièce désignée occupa tout l'écran. Une image verte et blanche, contrastée, produite par la perception infrarouge.

David enregistra l'heure qui s'affichait en haut du cadre.

3 h 07.

Dans le même temps, il repéra une forme noire, vaporeuse, postée devant le miroir. Elle se tenait de dos et évoquait la silhouette d'une femme de petite taille, menue, dont les cheveux étaient dressés sur la tête à la façon d'un porc-épic. La représentation ne provenait pas des caméras. C'était une sorte de reflet sombre, en trois dimensions, sans doute obtenue grâce à l'amplificateur d'ondes ectoplasmiques.

— Génial... chuchota David. Elle est là depuis longtemps ?

— Quelques minutes, précisa le professeur tout en zoomant sur l'apparition. M. Storm l'a d'abord aperçue dans la chambre.

Le tondu précisa, l'air satisfait.

— Je venais juste de prendre mon tour.

David ne releva pas. Il regardait le fantôme, fasciné.

— C'est Chrystelle Bank ?

— La probabilité est grande, répondit le professeur. Mais j'attends que vous me le confirmiez.

— Moi ?

— Qui d'autre ? Votre camarade ne capte toujours rien. Et je ne possède pas vos talents.

Storm n'était pas entré en contact avec la rockeuse. Il crânait par dépit. Ce constat emportait une autre conséquence, plutôt rassurante.

L'entité n'était pas négative.

David demanda :

— Il faut que je monte ?

— Ce ne devrait pas être nécessaire, affirma Wiseman en lui cédant sa chaise.

Le jeune médium préférait. L'idée de se retrouver à proximité immédiate de cette chose ne l'enthousiasmait pas. Il s'installa devant l'ordinateur et se concentra sur le spectre. Très vite, une ballade résonna sous son crâne. Triste, langoureuse, chantée par une voix rauque. David connaissait ce thème. Un hit du groupe Baphomet, qui traversait les générations comme certains tubes de U2 ou Van Halen. Quant au timbre, identifiable entre mille, il s'agissait de celui de Chrystelle Bank.

David se laissa aller à la mélodie, sans quitter des yeux la forme qui ondulait lentement au rythme de la musique. L'étudiant fut envahi par une bouffée d'émotion. Il y avait, dans cette interprétation pour le moins originale, une douleur qu'il ressentait de toute son âme.

Puis la mélopée s'arrêta. Un instant, David crut que le contact était rompu. Il ne percevait plus la moindre vibration. Il en était réduit comme les autres à contempler une image floue enregistrée par les capteurs.

La dame en noir se retourna. Impossible de distinguer ses traits. Seulement les contours d'un visage dont les détails étaient brouillés, à la façon d'une peinture délavée par la pluie.

Son attitude, par contre, ne laissait aucun doute. Elle était aux aguets, comme si elle avait senti qu'on l'observait.

— Elle t'a repéré, lâcha Storm. Elle va se casser.

— Attendez, répliqua David. Je crois que c'est pas fini.

Il venait de déceler une pulsation nouvelle. Un cœur se remettant à battre après un court arrêt.

Le tondu ne captait toujours rien.

— Arrête ton cinéma. Elle...

— Ferme-la, rugit David. J'essaie de me concentrer.

Wiseman se plaça de son côté.

— Taisez-vous, Storm.

Le médium reprit le fil. Le signal émis par l'entité montait en puissance. Il ressemblait maintenant à un roulement de tambour au creux duquel on percevait la peur.

Puis, dans cette cacophonie, David entendit distinctement la voix angoissée de Chrystelle Bank.

Elle répétait un mot, toujours le même.

— *FUYEZ !*

CHAPITRE 25

— Il faut se tirer, lança David. Tout de suite !
Storm s'étonna.
— Qu'est-ce que tu nous fais, là ? Ça commence juste à devenir drôle.
— Chrystelle Bank vient de me mettre en garde. Alors tu discutes pas et on se casse.
— En garde contre quoi ? demanda Wiseman d'un ton serré.
— J'en sais rien. Elle m'a juste ordonné de fuir.
— Sans autre explication ?
— Elle est terrorisée. C'est tout ce que j'ai capté.
Le professeur se pencha sur l'écran. Le spectre de la chanteuse semblait de plus en plus agité. Ses contours se brouillaient, comme une image parasitée.
Après plusieurs distorsions, il disparut.
— Poussez-vous, ordonna le scientifique.
Il s'installa devant l'ordinateur, martela le clavier. La salle de bains se matérialisa sous plusieurs angles.
Vide. Comme toutes les pièces de la maison, que Wiseman faisait défiler une à une devant ses yeux.
Il demanda, sans interrompre sa traque :
— Creem, vous avez encore un signal ?

— Rien.
— Et vous, Storm ?
Pas de réponse.
— Storm ?
Wiseman et David se retournèrent en même temps. Le tondu avait rejoint le salon et se tenait devant la cheminée.
— Qu'est-ce que vous faites ? lança le professeur depuis sa chaise.
L'autre répondit d'une voix vibrante.
— Ils sont là. Dans le mur.
— Qui « Ils » ?
— Les tueurs. Les... cannibales. Maintenant, je les sens.
Une onde glaciale traversa David. Il croisa le regard de Wiseman et fut surpris de n'y lire aucune peur. Les yeux du scientifique brillaient d'excitation, celle du chercheur d'or sur le point de trouver un filon.
Ce dernier lança au skin :
— Restez sur eux. Je vais voir ce que donnent les capteurs.
Il pianota sur ses touches. La cloison dans laquelle passait le conduit se matérialisa à l'écran. Lisse. Immaculée. Storm était devant, immobile, comme en transe. Pour l'instant, aucun signe d'une quelconque présence surnaturelle.
David n'était pas rassuré pour autant. Le tondu avait reniflé l'ombre malsaine des musiciens maudits. Et sur ce plan, il avait du talent. De plus, sa perception complétait l'injonction angoissée de la chanteuse.
« FUYEZ ! »
Une recommandation en forme d'ordre, qui à présent prenait tout son sens.
Le jeune homme revint à la charge.

— Professeur...

— Quoi ?

— Je suis désolé d'insister, mais je pense qu'il vaudrait mieux quitter cet endroit.

— Vous avez établi un contact ?

— Non. Mais la chanteuse m'a alerté. Et elle est bien placée pour savoir de quoi ces types sont capables.

— Ils sont morts, Creem. Ils ne peuvent plus nous faire grand-chose.

Le scientifique continuait ses manipulations, pupilles rivées sur les pixels. De toute évidence, il n'avait aucune intention de vider les lieux.

David se résigna. Wiseman avait l'habitude, il devait savoir ce qu'il faisait. Tout au moins, il fallait l'espérer. Après un bref coup d'œil en direction de Storm, le jeune homme s'approcha de l'ordinateur.

À la différence des autres prises de vues, obtenues par infrarouge, celle-ci bénéficiait de la lumière électrique pulsant de l'halogène. Elle donnait à la scène un caractère hyperréaliste accentuant son potentiel de dangerosité.

Pendant plus d'une minute, rien. Impression de contempler une photo. Puis David eut l'impression que la couleur du mur passait du blanc au gris. Un changement presque imperceptible, qui ne dura qu'une courte seconde. Aussitôt, la pureté virginale de la peinture réapparut.

Il questionna Wiseman.

— Vous avez vu ?

— Oui. Je vais essayer d'isoler l'image.

Ses doigts coururent sur le clavier. L'enregistrement passa en marche arrière, au ralenti. Soudain, une forme se matérialisa. Comme un nuage de fumée qui s'échappait de la cloison.

Wiseman captura l'instant.

— Je l'ai !

Il s'adressa ensuite à Storm :

— Je viens d'avoir un visuel. Une sorte de brouillard. Il est sorti du mur et a disparu aussitôt.

— C'est eux.

— Vous êtes sûr ?

— Certain. Ils ont quitté leur tanière. Ils sont avec moi.

— Combien d'entités ?

— Trois.

— Vous les voyez ?

— Oui.

David fouilla la pièce des yeux. Pas la moindre brume. Aucun indice permettant d'établir la présence d'une énergie surnaturelle. Étrangement, ses facultés extra-sensorielles ne lui étaient plus d'aucune utilité. Depuis que Chrystelle Bank s'était fait la malle, il ne sentait plus rien.

Wiseman poursuivait le protocole. Il effectua plusieurs réglages et interpella David :

— Creem, où en êtes-vous ? Des perceptions ?

— Aucune.

Le professeur s'adressa de nouveau au tondu.

— Storm, je vais avoir besoin de vous.

— Je suis là pour ça.

— Je viens de *shunter* les capteurs du premier. Toute la puissance de l'amplificateur est concentrée sur le rez-de-chaussée. Si malgré ça, on n'a pas d'image des ectoplasmes, on pourra au moins enregistrer les déplacements éventuels d'objets avec les caméras.

— D'accord. Je fais quoi ?

— Placez-vous au centre de la pièce et continuez à vous concentrer sur nos visiteurs. Votre présence a l'air de les avoir fait bouger.

Storm s'exécuta. Il s'assit en tailleur en plein milieu du salon, ferma les yeux. Comme d'habitude, il en faisait des tonnes. Un acteur, théâtralisant son intervention au maximum.

Très vite, un grincement se fit entendre. Celui d'une table poussée sur un parquet de bois. Le cœur de David se serra en constatant qu'il provenait de celle sur laquelle était posé l'ordinateur.

— La fête commence... murmura Wiseman d'un ton enjoué.

Confirmant ses dires, le lourd plateau de marbre se mit à tressauter. Des secousses régulières. Une onde tellurique dont la force montait en puissance. Dans la foulée, comme si des bras invisibles s'étaient saisis des pieds, il se dressa à la verticale. Puis, reprenant sa marche inexorable, le meuble retomba sur sa tranche et se brisa en deux.

Dans un réflexe, Wiseman attrapa son Mac au vol. Il n'eut pas le temps de récupérer le cube noir posé juste à côté. L'amplificateur ectoplasmique alla se fracasser contre le sol en produisant un bruit de coquille brisée.

— Merde ! jura le scientifique.

Il tenta de rétablir la connexion mais dû s'interrompre aussitôt. Déjà, les tringles à rideaux s'étaient mises à vibrer. Elles arrachaient au passage des morceaux de plâtre autour de leurs fixations.

L'une d'elle se descella. Une tige de métal aux allures de javelot traversa la pièce, frôla le visage de David avant de se planter dans le mur opposé.

Aussitôt, une autre lance sortit de ses gonds. Elle tourna sur elle-même, de plus en plus vite, tronçonnant l'air comme un rotor d'hélicoptère. Après avoir survolé Storm, elle se dirigea vers Wiseman qui l'esquiva de justesse. La menace mortelle poursuivit son chemin pour venir labourer une commode posée un peu plus loin.

David regarda son maître. Le visage du scientifique avait changé de couleur.

— On laisse tomber ! Storm ! Débranchez-vous !

Le skin ne réagit pas. Sa tête était penchée en arrière. Ses paupières étaient closes. Dessiné sur sa bouche, un sourire de plaisir donnait un aperçu de ce qu'il vivait.

Wiseman le tança de nouveau.

— Daniel ! Je vous ai donné un ordre !

Toujours pas de réaction. Les poltergeist, par contre, se déchaînaient. Des forces invisibles, mauvaises, haineuses. Elles mettaient la pièce en lambeaux, détruisant dans une flambée de violence tout ce qui se trouvait à leur portée.

Des cendriers volèrent. Des vases furent projetés sur les murs. Des cadres se décrochèrent. Derrière le bar, bouteilles et verres éclatèrent. Dans le même temps, les vitres intérieures furent soufflées. Une explosion, comparable à celle produite par une grenade. Des éclats tranchants quadrillèrent le salon, pendant que David et Wiseman se recroquevillaient sur le tapis en position fœtale.

Enfin, tout s'arrêta.

Le jeune médium leva la tête. Le salon ressemblait à un champ de bataille. Assis en tailleur au milieu du carnage, Storm semblait possédé. Curieusement, alors qu'il n'avait rien fait pour se protéger, aucun des projectiles ne l'avait atteint.

Wiseman l'invectiva.

— Bordel, Storm ! Vous avez disjoncté ?

Aucun retour.

— Il ne nous entend plus, affirma David. Il doit être avec eux.

— Il faut court-circuiter la connexion. Vous pouvez y arriver ?

— Je ne crois pas. J'ai l'impression d'avoir perdu toutes mes capacités.

Le professeur se leva.

— Très bien. Il ne me reste plus qu'à...

Il ne termina pas sa phrase. De petites pyramides de quartz venaient de quitter leurs étagères. Elles restèrent un instant suspendues dans les airs, pointe en avant, tels des missiles balistiques en phase de décollage. En une fraction de seconde, elles foncèrent sur David en formation serrée.

— Creem ! hurla le scientifique.

Le jeune homme avait senti le danger. Il roula sur lui-même, évitant d'un cheveu l'escadrille mortelle. Les cônes allèrent s'encastrer dans une vitrine, réduisant son contenu en miettes.

Le silence retomba, lourd, inquiétant. Personne n'osait plus bouger, ni même parler. Ils laissèrent filer quelques minutes, dans l'attente d'une nouvelle éruption. Mais rien. Plus aucun signe des entités.

Le professeur reprit l'initiative.

— Debout. Il faut profiter de l'accalmie pour s'en aller.

— Et Storm ?

— On le laisse.

Devant la surprise de son étudiant, Wiseman se justifia :

— Chaque fois que j'ai voulu le faire sortir de sa transe, les entités se sont déchaînées. Vous voulez réessayer ?

— Pas spécialement.

— De toute façon, il ne craint rien. Vous l'avez vu comme moi. Nous l'attendrons dehors. Il nous rejoindra quand il en aura marre.

Le professeur commença à rassembler ses affaires. Sa froideur, son détachement surprirent David. Il avait évalué les risques et pris sa décision. À présent, il la mettait en œuvre.

Un raclement monta derrière eux. David se retourna, pupilles tournées en direction du son.

— Vous avez entendu ?

— Oui, répondit Wiseman.

— Qu'est-ce que c'est ?

— Je ne sais pas. Ça vient de la cheminée.

Le bruit se répéta. Plus net. Quelque chose forçait, cherchait une issue. David pressentit le pire. Il avait la conviction terrifiante que le cirque n'était pas terminé.

Au bout de quelques secondes, l'explication tomba. Sorti des profondeurs de l'alcôve, un tisonnier de la taille d'une épée s'élevait lentement vers le plafond.

Le scientifique chuchota :

— Surtout, pas de mouvement brusque. Ce n'est peut-être qu'un soubresaut avant le tomber de rideau.

Le jeune homme retint son souffle. La tige métallique oscillait lentement sur son axe, comme en recherche d'un objectif. Elle se pointa sur le professeur, hésita, avant finalement de s'orienter vers David.

Dans le cerveau du médium, il y eut comme un éclair. D'abord les petites pyramides. Maintenant ce sabre. Les entités l'avaient clairement pris pour cible et Storm ne devait pas y être pour rien.

Il devait neutraliser cet enfoiré.

Immédiatement.

C'était la seule option pour survivre à ce cauchemar.

Il bondit sur le tondu, sans réfléchir, sans prendre de précautions, et sans attendre non plus l'aval de Wiseman. Son poing percuta la mâchoire anguleuse avec la force du désespoir. Un coup puissant, libérateur. Une catharsis. Les os du skin craquèrent sous ses phalanges. Il le laissa s'écrouler, cherchant déjà des yeux la barre de fer.

Elle était toujours là, face à lui, flottant dans l'air à plus de deux mètres du sol.

— Pauvre naze. T'as pas encore compris ?

Le choc avait réveillé Storm. Ses lèvres pissaient le sang mais sa bouche souriait. Un sourire malsain, du genre qui donne la chair de poule.

David l'entendit à peine ajouter :

— J'y suis pour rien, mon pote. C'est eux. Et à mon avis, ils n'en ont pas fini avec toi.

Comme en attente de ce signal, le pieu se libéra. Il fendit l'espace en direction de sa cible, aimanté. À la seconde où il allait l'atteindre, les paupières du jeune homme se fermèrent. Il sentit une masse le percuter pendant qu'un craquement sourd enflait dans ses tympans.

Puis le trou noir.

Quand il rouvrit les yeux, il se trouvait un mètre plus loin, étalé sur le parquet. Wiseman était devant lui, tenant son Mac à bout de bras. Au centre de ce bouclier improvisé perçait la pointe du tisonnier.

David relia les points. Il n'était pas mort. Il avait seulement perdu connaissance quelques secondes. En s'interposant, le professeur l'avait percuté avec violence. Sa tête avait heurté le sol mais il était en vie.

Wiseman donna ses directives d'une voix serrée.

— On laisse tout et on dégage. Storm, vous passez devant.

Le skin obtempéra sans faire d'histoires. Il avait l'air aussi sonné que David et se déplaçait comme un zombie. Le professeur fermait la marche, aux aguets, à la façon d'une poule protégeant ses poussins.

Le retour se passa sans encombre. Pas de couteaux volants dans la cuisine, ni d'assiettes tueuses ou de portes bloquées. Les entités semblaient être retournées dans les limbes noirs dont elles étaient sorties.

Pourtant, pendant qu'il traversait la cave, une étrange impression submergea David. Celle d'être observé. Scruté. Analysé. Il ne s'agissait pas des poltergeist. À aucun moment, il n'avait réussi à capter leur énergie. Il l'avait juste subie.

Cette fois, c'était une autre force.

Une force plus inquiétante.

Le Voleur d'Âmes.

David eut soudain l'intuition qu'il était là depuis leur arrivée. Il s'en était d'abord pris à lui au travers de son cauchemar. Une agression quasi physique. Puis il avait joué un rôle prépondérant dans les attaques menées contre le jeune homme.

Le monstre avait tiré les ficelles de cette terrible nuit.

Une action en sous-main, guidée par un seul objectif.

Essayer de le tuer.

CHAPITRE 26

Une sale ambiance régnait désormais dans la classe.

David avait raconté son aventure à ses amis, sans omettre un seul détail. Le petit groupe s'était soudé autour de lui, prenant l'agression perpétrée dans la maison hantée comme une déclaration de guerre.

Storm était maintenant un ennemi mortel.

Plus question de se contenter de se méfier d'un tel taré.

Il fallait se débarrasser de lui.

Le premier qui passa à l'action fut naturellement Robert. À peine les faits connus, il alla trouver le skin avec la ferme intention de l'envoyer à l'hôpital. Un face-à-face musclé qu'il attendait depuis un moment.

L'initiative tourna court. Storm, sans doute conscient des risques encourus, avait déjà pris les devants. Il était non seulement protégé par Whitous, mais il avait également dans sa manche une arme inattendue. Une bombe lacrymogène, dont il avait aspergé le visage de Robert quand ce dernier s'était jeté sur lui. Les yeux en larmes, le New-Yorkais n'avait pu éviter la pluie de coups administrée par leurs deux ennemis.

Résultat des courses : Robert voulait maintenant se procurer un flingue afin de régler leur compte à ces enfoirés.

Face à la réaction de son ami, David avait préféré calmer le jeu. Il n'était pas question de se laisser aller à une telle escalade, d'hypothéquer leurs existences en commettant l'irréparable.

Il y avait sûrement une autre solution.

Alice, dont le tempérament explosif présentait bien des points communs avec celui de Robert, eut une idée intéressante. Elle proposa de se servir des chiens patrouillant avec les vigiles. Des dogues puissants, dont les mâchoires broyaient les os de mouton. Il suffirait qu'elle utilise sa capacité d'empathie avec les animaux et les molosses attaqueraient Storm. Le temps que leurs maîtres réagissent, il aurait quelques lambeaux de chair en moins.

David avait apprécié le concept. Personne ne se douterait que la charge venait d'eux. Ni vu ni connu, Storm serait hors course pour un moment. Voire peut-être pour de bon.

Louise ne partageait pas cet avis. Il y aurait une enquête et on découvrirait qu'Alice possédait le don de communiquer avec les bêtes. De plus, ce qui s'était passé avec Storm et l'amitié Alice-David constituait un mobile. Même s'ils ne pourraient rien prouver, les flics passeraient le Nid au crible. L'image déjà peu reluisante de l'Institut serait encore ternie. Pire, le conseil d'administration de l'université tiendrait un bon prétexte pour le fermer.

Au bout du compte, le groupe décida que la meilleure solution serait simplement d'aller en parler à Wiseman.

Ce serait Storm ou eux.
Il n'y avait pas d'alternative.
David monta au front le lendemain. Il comptait profiter de l'occasion pour éclaircir certains points avec le professeur. Depuis leur retour, Wiseman était resté étrangement silencieux sur ce qui s'était produit chez Chrystelle Bank. Pas de débriefing dans le van. Pas la moindre mise en cause de Storm. Aucune discussion permettant d'échanger sur ce qui s'était passé. Wiseman s'était contenté d'afficher une attitude fuyante qui de toute évidence révélait un malaise.
Le jeune homme toqua à la porte et pénétra dans le bureau. Wiseman était au téléphone, l'air soucieux. Il lui fit signe d'approcher et raccrocha rapidement.
— Creem ?
— Je souhaiterais vous parler.
— Maintenant ?
— Oui.
— Je ne crois pas que ce soit une bonne idée.
— Pardon ?
Le professeur releva ses lunettes et les cala dans ses cheveux. Il paraissait tendu.
— Je sais de quoi vous voulez discuter. Mais ce n'est pas le lieu.
— Pourquoi ?
— Je vous expliquerai.
Wiseman griffonna quelque chose sur un morceau de papier, le lui tendit.
— Vous avez une voiture ?
— Non.
— Trouvez-en une et retrouvez-moi demain à cette adresse. Là, nous pourrons faire le point. Maintenant, sortez. J'ai du travail.
David était trop stupéfait pour réagir. Il opina avec docilité et quitta le bureau.

Un rendez-vous mystérieux.
Hors cadre. Hors contexte.
Quel tour allait encore lui jouer Wiseman ?
Son ton, en tout cas, ne présageait rien de bon.

CHAPITRE 27

La route tronçonnait le désert comme un ruban de réglisse. Droite, large, à perte de vue. Autour, un paysage lunaire. De la terre jaune, brûlée de soleil. Des blocs de pierre formant ici et là des monticules sans vie. Et de temps à autre, tels des fantômes dérangés par une présence humaine, quelques ballots de broussaille poussés par un vent aux allures de sirocco.

David jeta un coup d'œil au tableau de bord. La température extérieure approchait les cinquante degrés. Il avait fermé la capote, remonté les vitres et poussé la climatisation à fond. Malgré ces précautions, l'habitacle avait du mal à rester frais.

Il se força à ralentir. Deux heures qu'il bombardait, les circuits de refroidissement souffraient. À sa décharge, c'était la première fois qu'il conduisait une Porsche. Il avait voulu savoir comment se comportait le bolide de Robert.

Soudain, une bifurcation se matérialisa sur sa droite. Suivant les instructions du GPS, David quitta l'Interstate 15 et s'engagea sur une route secondaire.

Même perspective. Caillasses, poussière et ciel chauffé à blanc. Dans ce décor aride, l'adresse donnée par Wiseman prenait des airs de gag. *Green Lake.* Le lac vert. Difficile d'imaginer une quelconque étendue d'eau dans le périmètre.

Il roula encore une demi-heure, chassant les idées sombres qui commençaient à l'assaillir. Une panne dans cet endroit prendrait l'allure d'une catastrophe. Le temps qu'on vienne le secourir, il aurait cuit comme un vulgaire poulet.

Enfin, derrière une barre rocheuse, l'incroyable apparut. Une sorte d'oasis, coincée au milieu d'un cirque montagneux, au centre de laquelle miroitaient des eaux tranquilles. Autour, tel un jardin d'Éden, s'alignaient des milliers d'orangers plantés en enfilade.

David suivit les instructions du professeur. Il traversa un minuscule village, longea le lac jusqu'à l'usine d'embouteillage et prit le chemin de terre qui à partir de là remplaçait le bitume. Au bout, arrimé aux berges, telle une cabane de trappeur s'élevait le refuge de Wiseman.

En se garant près du van, le jeune homme repensa à la maison hantée. Une expérience qui aurait pu mal finir. Le Voleur d'Âmes s'était de nouveau manifesté. D'abord au travers de ce cauchemar, où le médium avait eu la sensation qu'on essayait de l'étrangler. Puis de façon encore plus directe, avec l'attaque des poltergeist.

À présent, les intentions de l'entité étaient limpides.

Il voulait sa mort.

Quelles que soient ses réticences, garder le secret était de plus en plus difficile.

— Bienvenue dans mon repaire, David.

Le scientifique était sorti pour l'accueillir. Son ton, chaleureux, allait de pair avec sa tenue campagnarde. Un jean, une vieille chemise à gros carreaux et des bottes de cow-boy. Elle dévoilait une troisième facette du personnage, plus décontractée, à des années-lumière du blazer impeccable ou de la tenue commando.

— Vous avez trouvé facilement ?

— Sans problème.

— Bien... C'est la voiture de Vitti ?

— On ne peut rien vous cacher.

— Je n'ai aucun mérite. Qui d'autre que lui aurait pu vous prêter ce genre d'engin ?

David sourit en prenant son sac. On était samedi soir. Wiseman lui avait proposé de passer la nuit chez lui et de rentrer le lendemain matin. Ainsi, ils auraient tout le temps de discuter.

L'intérieur de la maison était beaucoup plus confortable que l'extérieur ne le laissait penser. Il s'agençait en une grande pièce unique, de style rustique, aux cloisons de bois soutenues par des poutres. Côté salon, des canapés profonds invitaient à la détente. Côté cuisine, les batteries de casseroles et le large plan de travail laissaient présager d'un goût du professeur pour la bonne chère. Curieusement, aucun signe d'une présence féminine. L'univers de Wiseman semblait exclusivement masculin.

Ce dernier demanda :

— Vous aimez le canard ?

— Je ne sais pas.

David n'en avait jamais mangé. Sa mère étant rarement là, sa nourriture de base se répartissait entre plats surgelés, hamburgers, pizzas et poulet-frites.

— Je suis certain que vous apprécierez. Je le prépare en magret, avec des pommes. D'ailleurs, il est temps de s'y mettre.

Le médium consulta sa montre. 17 heures. Il n'avait rien avalé de la journée, la seule idée de se mettre à table le faisait saliver.

Après avoir débouché une bouteille de bourgogne, Wiseman se mit aux fourneaux. Tout en le regardant officier, David entama la discussion :

— Cette maison est à vous ?

— Maintenant, oui. Mon père y a longtemps vécu avant que j'en hérite.

— Drôle d'idée de venir s'installer ici.

— Aujourd'hui, c'est plutôt confortable. Par contre, avant la construction du barrage, c'était vraiment l'aventure.

Il avait formulé ce commentaire avec une sorte de nostalgie joyeuse. David l'associa à une enfance perdue, quand Wiseman devait jouer au chercheur d'or et chasser le serpent à sonnette.

Le professeur ajouta :

— En fait, je ne viens plus si souvent. Mon appartement sur le campus me convient et de toute façon, j'ai trop de travail.

L'impression de David se confirmait. Wiseman était un célibataire endurci, seulement préoccupé par sa passion. Il ne devait même pas faire attention aux regards énamourés que lui lançaient les étudiantes.

— En tout cas, c'est tranquille, commenta le jeune homme.

— Plus que ça.

— Que voulez-vous dire ?

— Vous verrez. Mais pour l'instant, concentrons-nous sur le présent.

David n'eut aucun mal à le faire. Le plat préparé par Wiseman était délicieux et les histoires qu'il racontait captivantes.

Toujours à l'affût d'une manifestation paranormale, le chercheur s'était rendu dans de nombreux pays. Il avait côtoyé les peuplades oubliées de la Papouasie, où des enfants possédaient le pouvoir de stopper une hémorragie par simple imposition des mains. Il s'était infiltré chez les vampires de Shanghai, des allumés en quête de vie éternelle dont la consommation quotidienne de placenta humain donnait parfois des résultats surprenants sur la santé. Il avait descendu le fleuve Amazone à la recherche des Pocamos, une tribu connectée avec les étoiles, où disaient-ils, évoluait d'autres formes d'intelligence.

Et tellement d'autres choses, que David avait écoutées bouche bée, oubliant presque la raison pour laquelle il se trouvait là.

À la fin du dîner, il tenta néanmoins de remettre le sujet sur la table.

— Nous n'étions pas censés parler de…

Wiseman l'interrompit aussitôt.

— Nous allons le faire.

— Quand ?

— D'ici quelques minutes.

Toujours ce mystère. Pourquoi le scientifique éludait-il chaque fois la discussion ? Il coupait David de façon systématique, comme s'il craignait d'être écouté par une oreille indiscrète.

Wiseman finit par se lever. Il débarrassa le couvert sans dire un mot, puis prit une lampe-tempête dans un tiroir de la cuisine.

— Venez.

CHAPITRE 28

La nuit était d'une clarté minérale.
Une lune pleine diffusait sa lumière, donnant la sensation d'évoluer dans un théâtre d'ombres.

Wiseman contourna la maison. Derrière, se trouvait un appentis que David n'avait pas remarqué en arrivant. Après avoir ôté le cadenas, le professeur poussa la petite porte en bois et actionna un interrupteur.

L'endroit n'avait rien d'extraordinaire. Une sorte de remise où se serraient outils et matériel de bricolage. L'ordonnancement minutieux, quasi maniaque, ne surprit pas David. Il correspondait à l'image qu'il commençait à se faire de Wiseman. C'était sans doute là que le scientifique mettait au point ses gadgets, à l'instar de l'amplificateur ectoplasmique ou de la machine infernale qui permettait de se décorporer.

Un objet volumineux, de la taille d'une cabane d'enfant, était dissimulé sous une bâche. La poussière déposée sur la toile laissait supposer qu'il n'avait pas été utilisé depuis longtemps.

Wiseman retira le paravent.

— Là, au moins, personne ne pourra nous entendre.

David n'en crut pas ses yeux. Il découvrait un simple cube, d'à peine un mètre cinquante de côté, formant comme une cage hermétique. Les parois étaient recouvertes d'un tissu argenté évoquant la matière utilisée pour confectionner les couvertures de survie.

— Qu'est-ce que c'est ?

— Un paravent énergétique. Je l'ai mis au point il y a quelques années, à une époque où j'avais fait l'objet d'un envoûtement difficile à combattre. Les fils d'argent bloquent toutes les formes d'onde. Dont notamment celles provenant des entités surnaturelles.

— Comme les balles capables de tuer les loups-garous, plaisanta David.

— Ce procédé n'a rien de magique, rétorqua Wiseman. Ce que l'on nomme « fantômes », « ectoplasmes », « poltergeist », ou quel que soit le nom donné aux manifestations d'une conscience *autre*, se traduit par une production d'énergie quantifiable physiquement. Cet appareil permet d'en stopper la propagation, à la façon d'un réflecteur.

Le jeune médium opina, médusé. Il saisit également les raisons pour lesquelles leur entretien se tenait là.

— Vous croyez qu'une de ces entités nous espionne ?

En guise de réponse, Wiseman déplaça un panneau et désigna l'habitacle.

— Entrez.

L'espace était réduit. Il pouvait contenir deux personnes, pas plus. Pendant que David s'asseyait à même le sol, le scientifique fit jouer des loquets qui refermèrent hermétiquement le système. Puis il prit place en face de son élève.

Ils restèrent un instant silencieux, le temps de s'habituer aux conditions. Peu d'air. Pas de lumière, hormis celle de la lampe-tempête. Sensation d'être enfermé dans un cercueil. David se força à respirer lentement. Progressivement, le calme se fit dans son esprit.

Wiseman demanda :

— Tout va bien ?

— À peu près.

— Parfait. Maintenant que nous sommes à l'abri, nous allons pouvoir discuter de ce qui s'est produit dans la maison de Chrystelle Bank. En premier lieu, et pour répondre à votre question, je pense effectivement qu'une entité vous a pris dans son collimateur. Et je ne parle pas des poltergeist qui nous ont attaqués. Ils n'étaient que des instruments. Tout comme Storm. La force à laquelle vous avez à faire est d'une autre nature, bien plus redoutable. C'est une puissance supérieure, capable de manipuler les énergies de l'Entrevie.

— L'Entrevie ?

— Je vous expliquerai plus tard. Dans l'immédiat, j'ai besoin de savoir ce que vous me cachez.

David eut une seconde à vide. Il comptait aborder ce sujet mais n'imaginait pas le faire de cette façon. Il demanda, pour être sûr de comprendre :

— Comment en êtes-vous arrivé à cette conclusion ? Je n'ai parlé à personne de ce... problème.

— Un faisceau d'indices. Il y a d'abord eu Mlle Troy. Elle a senti une menace planer au-dessus de vous et m'a alerté.

Vampirette. La médium chargée d'évaluer leurs dons. David l'avait complètement oubliée. Ce qu'elle avait perçu était cependant trop diffus pour en tirer des conséquences aussi précises.

Wiseman apporta une deuxième pierre.

— Ensuite, le professeur Haims. Il m'a raconté ce qui s'était produit avec notre fantôme maison. C'était la première fois que le père Jordan s'enfuyait aussi vite après avoir sondé l'esprit d'un élève.

Storm ? Avait-il fait part de ses impressions à Wiseman ? Il était le seul à avoir capté quelque chose quand le Voleur d'Âmes s'était manifesté dans la chapelle.

— Mais le plus concluant s'est déroulé dans la villa, précisa le scientifique. L'attaque était clairement dirigée contre vous et malgré vos capacités, vous n'avez pas été en mesure de percevoir psychiquement les entités. Vous les avez seulement subies, ce qui a confirmé mes soupçons quant à la présence d'une autre force capable de faire écran entre les musiciens et vous.

David se souvint des questions insistantes de Wiseman. Au cœur de la tourmente, il ne cessait de lui demander ce qu'il ressentait.

Il affirma, sur une intuition :

— Vous m'avez amené là-bas dans le seul but de vérifier vos théories.

— Je devais être sûr.

Le jeune homme s'insurgea.

— J'ai failli y rester !

— Il fallait prendre le risque.

— Ça aurait été plus simple de m'en parler avant.

— Ce n'est pas certain. Vous l'avez dit vous-même : personne n'est au courant. Sans cette attaque brutale, vous seriez-vous confié ?

Touché. La méfiance de David était telle qu'il avait sans doute fallu ce déclencheur pour aborder le sujet. Certes, Wiseman était un enfoiré capable de le mettre en danger. Mais il lui avait aussi sauvé la vie. De plus, il avait déjà compris l'essentiel. À l'évidence, le moment de lui faire confiance était venu.

Le médium changea de position. Il prit une grande inspiration et se jeta à l'eau.

— Tout a démarré après la mort de mon grand-père. Quand j'ai commencé à faire ce rêve bizarre.

— Celui où *on* vous révélait que vous possédiez un don, c'est ça ?

David hocha la tête.

— En fait, il s'agissait de Daddy. C'est lui qui m'a appris que je pouvais communiquer avec l'Invisible.

— Pourquoi me l'avoir dissimulé ?

— Parce qu'il m'a ordonné de me méfier de tout le monde.

— Je ne comprends pas. Posséder un talent de clairvoyance ne représente pas un danger en soi. De plus, ce n'est pas un secret puisque vous avez intégré l'Institut.

David laissa couler quelques secondes avant de se lancer.

— Il n'y a pas que ça.

— Je vous écoute.

— Dans mon rêve, Daddy me disait que sa mort n'était pas un accident. Que le Voleur d'Âmes l'avait piégé.

— Le Voleur d'Âmes ?

— C'est l'entité qui a tenté de me tuer. Je l'appelle comme ça. Cette chose le retient prisonnier dans une sorte de grotte. En fait, je crois qu'elle *est* la grotte.

— Comment ça ?

— J'ai vu son visage sortir des murs. Il crépitait, comme la lave qui coulait du plafond.

Wiseman fixait David, perplexe. Il paraissait avoir du mal à assembler les pièces du puzzle.

Le jeune homme poursuivait.

— Grand-père m'a demandé de l'aider. D'après lui, je serais le seul à pouvoir y arriver.

— L'aider à quoi ? À s'évader ?

— Ce n'était pas très clair. Il a seulement insisté sur le fait que c'était très important.

— Et vous feriez comment ?

— En le rejoignant.

— Dans cet endroit ?

— J'imagine.

Le professeur laissa planer un silence. Il fit craquer ses cervicales et reprit d'un ton sévère.

— Ce n'était qu'un cauchemar. Pourquoi y avoir accordé autant d'importance si rien, dans la réalité, ne confirmait l'existence de vos capacités ?

— Parce que depuis la disparition de mon grand-père il revient sans arrêt. Et que chaque fois, il est un peu plus terrorisant, un peu plus *réel*. Ma grand-mère est très branchée karma, survie de l'âme et ce genre de trucs new age. Elle a réussi à me convaincre que ce rêve avait un sens. Que je devais suivre les directives de Daddy. Il fallait accepter le fait que j'avais un don, venir à Cap Rock et accomplir mon destin.

Wiseman approuva d'un mouvement de menton.

— En tout cas, elle a eu du flair.

— Depuis que je suis à l'Institut, tout s'est débloqué. Comme si un verrou avait sauté. La mauvaise nouvelle, c'est que le Voleur d'Âmes est devenu une réalité. Enfin, d'une certaine façon.

Le professeur prit un air grave.

— Mais il l'est. Les phénomènes paranormaux ne sont que la partie visible des dimensions cachées qui nous entourent. Des reflets plus ou moins perceptibles attestant de leur présence.

— Alors le Voleur d'Âmes existe bien ?

— Sans aucun doute. Quelque part. Peu importe la forme sous laquelle vous vous le représentez. C'est une énergie négative appartenant à un autre monde que le nôtre, mais pour autant bien concrète. D'ordinaire, les cloisons qui nous séparent de l'Invisible sont étanches. Parfois, pour des raisons qui nous échappent, ces entités parviennent à les franchir. Elles se manifestent au travers de nos rêves, ou en s'incarnant plus ou moins. Les plus puissantes sont capables d'agir directement sur la matière. Une chose est sûre. Quand elles franchissent le pont, c'est toujours avec une intention précise.

— En l'occurrence pour me détruire.

— Il semblerait.

Un silence lourd pesa sur leurs épaules. Coincé dans cette boîte en fer-blanc, hors de la vie et du temps, David prenait pleinement conscience de la menace terrible qui rodait à l'extérieur.

Une seule question s'imposait.

— Pourquoi ?

— Je n'en sais rien, avoua Wiseman. On peut supposer que c'est en relation avec votre grand-père.

— C'est absurde. Le Voleur d'Âmes n'a rien à craindre de moi. Il retient l'âme de Daddy prisonnière dans un lieu dont j'ignore tout. Comment pourrais-je m'y rendre ? Et de toute façon, je ne serai jamais de taille à affronter un tel monstre.

Wiseman ne répondit pas tout de suite. Il semblait réfléchir. Enfin, il avança :

— Le problème n'est pas là. Si le Voleur d'Âmes essaie de vous atteindre ici, c'est qu'il estime que vous représentez un danger. Il s'efforce donc de l'étouffer dans l'œuf, avant même que vous ne tentiez quoi que ce soit. Par contre, on peut se demander pour quelles raisons il retient votre grand-père prisonnier. Et pourquoi il redoute tant que vous puissiez le libérer.

David baissa les yeux, impuissant.

— Je n'en ai pas la moindre idée.

Le professeur n'avait pas l'air plus inspiré. Il laissa filer quelques secondes et changea de sujet.

— Je vous avais dit que Georges était venu me voir à plusieurs reprises ?

— Les passerelles entre la parapsychologie et la physique quantique. Je me souviens.

— Probablement la voie qui permettra un jour de donner une réponse scientifique aux phénomènes paranormaux. Pour l'heure, nous n'en sommes qu'au début. Seuls quelques chercheurs ont utilisé les théories quantiques pour tenter d'expliquer les manifestations surnaturelles. Votre grand-père en faisait partie.

David avait besoin de comprendre. Il demanda :

— En quoi consistent ces théories ?

— C'est difficile à résumer. Et je ne suis pas sûr d'avoir moi-même tout saisi. Les équations quantiques permettent de définir l'univers selon un schéma différent de celui utilisé par la physique classique. Elles décrivent le comportement des atomes et des électrons à l'échelle subatomique. Et à ce niveau, les règles changent. Les particules, appelées quanta, ne répondent plus du tout aux équations habituelles. On ne peut pas les localiser, ni les mesurer, et encore moins prédire leurs réactions. Elles sont irrationnelles, tout au moins au sens où l'entend l'esprit humain.

— Concrètement, ça se manifeste comment ?

— Je vais vous donner un exemple. Une expérience menée sur des photons a mis en valeur le fait que certaines de ces particules, quand on les projetait sur une plaque de métal, pouvaient purement et simplement « disparaître » du champ expérimental. Hors, comme chacun sait, en physique rien ne se perd, rien ne se crée, tout se transforme. La question était donc de savoir en quoi s'étaient changés ces photons.

— Et ?

— On n'a rien trouvé. Ils s'étaient bel et bien évaporés. Face à cette aberration, certains chercheurs ont émis l'hypothèse qu'ils étaient partis « ailleurs ».

— Où ? demanda David de plus en plus intrigué.

— On ne sait pas non plus. Une théorie audacieuse a été avancée, basée sur l'existence d'univers évoluant parallèlement au nôtre. Mathématiquement, ça tenait la route. Mais l'idée était tellement inconcevable que la communauté scientifique s'est insurgée contre cette hypothèse.

Wiseman ponctua son propos d'un silence. Il semblait regretter ce constat.

Enfin, il reprit.

— Votre grand-père n'était bien sûr pas de ceux-là. Il était convaincu de la réalité de ces univers parallèles et s'est donc tourné vers moi pour confronter ces théories à mes propres recherches. Nous n'étions pas d'accord sur tout, mais l'éclairage que je lui ai apporté l'a conforté dans son désir de creuser dans cette voie.

Dans l'esprit de David, une connexion se fit.

— Vous croyez qu'il a tenté quelque chose ?

Wiseman fronça les sourcils.

— Vous pensez à une expérience qui aurait mal tourné ?

— Par exemple.

— Je n'en sais rien. Il était très secret sur ses propres travaux. Il les menait exclusivement dans le laboratoire qu'il avait lui même aménagé et où il est...

Wiseman ne termina pas sa phrase. David le fit à sa place.

— ... Mort. N'ayez pas peur de prononcer le mot. J'ai commencé à faire ces cauchemars juste après. L'hypothèse pourrait se tenir.

Le professeur réfléchit à voix haute.

— Pourquoi pas ? Il aurait trouvé un moyen de se rendre dans l'univers du Voleur d'Âmes, ce qui aurait déclenché sa colère.

— L'incendie et son décès en seraient la conséquence puisque grand-père affirme qu'Il l'a piégé.

— Et depuis, cette entité retiendrait son âme prisonnière.

— C'est ça. Une sorte d'enfer afin de le punir de sa curiosité.

Wiseman opina.

— Peut-être. Mais ça n'explique pas pourquoi le Voleur d'Âmes vous craint.

David était obligé d'en convenir. Ce dernier point n'avait aucune logique.

Le scientifique confirma.

— Nous n'avons pas assez d'éléments pour comprendre ses motivations. En attendant d'y voir clair, il va falloir trouver un moyen de vous protéger.

— De quelle façon ? Je ne vais pas rester enfermé dans cette caisse toute ma vie.

— Certainement pas. D'autant qu'il vous faudra bien affronter le Voleur d'Âmes à un moment ou à un autre. Vous n'avez plus le choix. Maintenant qu'il est là, il ne vous lâchera plus.

David avala une salive acide et reposa la même question.

— Comment je vais faire ?

— En vous perfectionnant. En devenant plus fort.

— Ça risque de prendre du temps.

— Possible. Dans l'immédiat, je vais vous donner de quoi limiter les dégâts.

Wiseman plongea une main dans le col de sa chemise. Il en sortit un petit cylindre en bois sculpté accroché à une chaîne. Il le détacha et le tendit à David.

— Prenez. Je n'en ai plus besoin.

— Qu'est-ce que c'est ?

— Une urne funéraire. Elle m'a été offerte par un ami égyptien et contient quelques cendres d'un pharaon nommé Akhenaton. Son esprit veillera sur vous.

— C'est une blague ?

— Pas du tout. Akhenaton avait percé les mystères de la mort. Il était passé de l'autre côté et en était revenu doté d'un pouvoir colossal. Dont notamment celui de combattre les esprits maléfiques.

David était éberlué. Il n'arrivait plus à savoir si ce qu'il vivait était réel.

Il demanda du bout des lèvres :

— Et ça marche ?

— Pour moi, oui. Pour vous, je n'en sais rien. Tout dépendra de la façon dont vous gérerez la chose.

David regarda l'amulette tapie au creux de sa main.

Un talisman.

Les restes d'un pharaon afin de le protéger du Mal.

Pas de doutes, sa lutte contre le Voleur d'Âmes avait bien commencé.

— Une dernière chose, ajouta Wiseman. Continuez à garder ça pour vous. N'en parlez pas à vos amis.

— Vous pensez que je ne peux pas leur faire confiance ?

— Comment savoir ? Il est trop tôt. Ou ils pourraient être tentés de vous aider. Pour l'instant, ils ne sont pas de taille à s'opposer à une telle force. Ils se mettraient forcément en danger.

Le médium acquiesça, une boule au creux du ventre.

Tous les enjeux étaient posés.

Il n'y avait plus qu'à avancer.

CHAPITRE 29

Les évaluations avaient été affichées dans le grand hall.

Tout le monde avait donc pu les voir, donnant à chacun l'occasion d'apprécier sa valeur relative au sein de l'Institut.

David se situait dans la moyenne. Des résultats honnêtes, sans plus, dans les matières théoriques constituant le socle scientifique du cursus. Il se démarquait par contre dans les travaux pratiques, où ses capacités de clairvoyance lui donnaient plusieurs longueurs d'avance sur les élèves de sa classe.

Ses amis, chacun dans son domaine, avaient aussi démontré leur valeur. Une saine émulation les animait, sorte de compétition bienveillante où tous se soutenaient. Ils appliquaient au quotidien la devise du Nid – *Plus haut, plus loin, jusqu'à l'infini* – en essayant chaque fois d'en faire profiter le groupe.

De son côté, Storm avait aussi paru satisfait. Il avait obtenu la meilleure note dans son champ de compétence, inspirait crainte et méfiance aux autres étudiants, et s'était rapproché de Willmore, le professeur chargé du cours sur les poltergeist. À sa façon, le tondu avait trouvé sa place.

Une annonce prononcée d'une voix forte tira David de ses pensées.

« Van Nuys. Deux minutes d'arrêt. »

Il regarda par la vitre. Centre commercial, panneau publicitaire King Fiesta, rues mornes étendant leur maillage à perte de vue.

Pas de doutes, il était bien dans la Vallée.

David descendit du car. Il attrapa le premier bus à destination de Wish Avenue, se cala au fond et ajusta ses écouteurs sur ses oreilles. U2, en boucle, la seule façon d'affronter ce tableau déprimant.

Un quart d'heure plus tard, il était arrivé. Un lotissement sans prétention, au milieu de nulle part, où des maisons modestes s'alignaient de part et d'autre d'une allée goudronnée. La sienne se distinguait par son toit jaune. Pour le reste, même jardinet minable, même sensation de vétusté et de repli sur soi.

À peine poussée la porte, une masse de poils fondit sur lui. Coups de langue, jappements, Deefool ne savait plus comment fêter le retour de son maître. David s'agenouilla, serra l'épagneul contre sa poitrine.

— Doucement, mon beau. Doucement. Je suis là...

Il le caressa un moment puis se releva. Le chien s'était calmé. Le pavillon baignait maintenant dans le silence. Comme d'habitude, sa mère devait être au travail.

David ravala sa déception. Il aurait tant aimé être attendu, accueilli. En même temps, Suzan faisait ce qu'elle pouvait. Elle se tuait à la tâche pour payer le loyer, maintenir un semblant de statut social. Comment lui en vouloir ?

Le jeune homme monta dans sa chambre. Étrange, ce retour aux sources. Après trois mois d'absence, son univers lui paraissait soudain lointain, comme étranger. Ses posters, ses BD, sa collection de figurines

Marvel : autant de symboles d'une adolescence dont il s'était brutalement éloigné.

Cap Rock l'avait fait sortir de son trou.

Le Voleur d'Âmes s'était chargé de le faire grandir.

Un coup de klaxon joyeux lui fit lever la tête. Il se précipita dans l'escalier en affichant un large sourire.

Une seule voiture pouvait produire un son aussi horripilant.

La vieille Coccinelle verte de Granny.

CHAPITRE 30

À soixante-sept ans, Maude Creem était encore très belle.

Une silhouette de jeune fille complétée par des traits fins, vestige d'un visage qui en avait fait chavirer plus d'un.

Elle portait aujourd'hui un jean clair, une saharienne, et un chèche beige noué autour du cou. Ses cheveux, d'un blanc cendré, formaient avec sa tenue safari une unité parfaite. L'ensemble semblait avoir été étudié pour souligner le bleu turquoise de ses iris. Deux perles aux reflets fascinants, au fond desquelles brillait une énergie à toute épreuve.

David se jeta dans ses bras.

— Maude !

Elle embrassa ses cheveux, comme elle le faisait depuis qu'il était petit.

— Comment tu savais que je rentrais aujourd'hui ? demanda David en se reculant.

— Tu m'as envoyé un mail la semaine dernière.

— Je n'avais pas eu de réponse. Je pensais que tu étais encore dans ton monastère.

— Ashram, mon chéri. Ashram.

— Ah oui. Pardon.

— De toute façon, j'avais quitté Bali. Quand tu m'as écrit, je me trouvais chez des amis, au Cambodge. Je suis revenue depuis deux jours seulement.

Les voyages de Maude intriguaient toujours David. Des destinations lointaines, mystérieuses, des points de chute à chaque fois. Et jamais un mot d'explication, même quand elle restait injoignable pendant plusieurs semaines. Que pouvait-elle faire pendant ces longues absences ?

Elle fit un pas en arrière, afin de mieux le détailler.

— J'ai l'impression que tu as encore grandi.

— J'ai dix-huit ans, répondit David en souriant. Ma croissance est finie depuis un moment.

— Donc tu as maigri.

— Ça, c'est possible. Les quinze derniers jours ont été très chauds.

— J'avais cru comprendre. Allez, viens, tu vas m'expliquer.

Ils s'installèrent dans le salon. Un cadre modeste, propre, fonctionnel. Posé dans un angle, un sapin en plastique rappelait que Noël approchait.

— Alors ? lança Maude d'un ton gourmand.

David retraça le fil des événements. L'examen d'entrée. La mise en garde de Vampirette. La fuite du père Jordan. Et bien sûr, l'attaque des poltergeist dans la villa de Chrystelle Bank. Autant d'expériences validant la puissance de ses capacités, mais confirmant également que le Voleur d'Âmes l'avait pris pour cible. En conclusion, il montra à sa grand-mère l'amulette égyptienne offerte par Wiseman.

— C'est censé me protéger. Vu ce qui plane au-dessus de ma tête, j'ai peur que ça ne serve pas à grand-chose.

Maude prit l'objet, le détailla. Puis elle le lui rendit en affirmant d'un ton rassurant :

— Ne sois pas défaitiste. Toutes les ondes positives sont bonnes à prendre. Additionnées les unes aux autres, elles finiront par tresser une cotte de mailles qui te rendra invincible.

— D'autres ondes positives ? Tu penses à quoi ?

— À moi. À tous les gens qui t'aiment. À cette force qui a fait apparaître des lucioles afin de te guider. Et bien sûr, à ton grand-père.

Le jeune médium eut un rictus amer.

— Daddy est prisonnier du Voleur d'Âmes. Comment pourrait-il m'aider ?

— Parce que vous êtes connectés.

— J'ai du mal à le croire. Je ne ressens jamais sa présence, hormis dans mes cauchemars. Chaque fois que je tente une approche, c'est le trou noir. Comme si un mur faisait obstacle.

— Je sais. Moi aussi, je perçois ce mur. Mais ça ne change rien. Fais-moi confiance, Georges veille sur toi. J'en suis certaine.

Elle avait prononcé cette phrase d'une voix douce. Une caresse verbale, chargée d'amour.

Une bouffée de tristesse submergea David. À cette seconde, l'absence de son grand-père lui perforait le cœur.

— Si on réessayait ?

— Quoi ?

— De contacter Daddy.

— Nous l'avons déjà fait des dizaines de fois. Tu sais très bien que c'est inutile.

— J'ai progressé. Seul je n'y arrive toujours pas, mais peut-être qu'en s'y mettant à deux, ça peut marcher.

Maude le toisa d'un air sévère.

— Tu es toujours aussi impatient. Pourquoi ne laisses-tu pas faire les choses ?

David n'avait en tête qu'une justification :

— Parce qu'il me manque.

— À moi aussi. Mais si Georges ne se manifeste qu'au travers de tes rêves, c'est qu'il y a une bonne raison.

— Peut-être qu'il ne peut pas faire autrement. Que le Voleur d'Âmes l'en empêche.

— Ou qu'il craint de te mettre un peu plus en danger en établissant un lien direct.

David insista. Il était incapable de se résigner.

— J'ai failli me faire embrocher par un tisonnier. Au point où j'en suis, on aurait quand même pu tenter le coup. Je suis sûr qu'avec toi, ça se passerait bien.

La vieille dame hésita. Elle aussi était frustrée de ne pas pouvoir communiquer avec l'âme de son mari. Elle le faisait avec toutes sortes d'esprit mais celui de Georges restait inaccessible.

Elle finit par céder :

— Comme tu voudras. À une condition.

— Dis-moi.

— Je monte en première ligne. Toi, tu restes en retrait et tu me sers de réacteur.

David connaissait le principe. Il l'avait déjà expérimenté avec Louise, à l'occasion du match où Robert risquait sa peau.

Il acquiesça avec enthousiasme.

— À vos ordres, chef !

Maude prit son sac à main. Elle en sortit le petit étui en cuir dont elle ne se séparait jamais. Il contenait une baguette de la taille d'un stylo, un minuscule plateau triangulaire, creux, et un socle plein, rectangulaire, percé en son milieu par une encoche. Chaque pièce était taillée dans un bois noir orné de symboles.

David connaissait ce support utilisé au Vietnam par les caodaïste, une religion mêlant spiritisme, bouddhisme, taoïsme, confucianisme et christianisme. Maude s'en servait depuis des années. D'un fonctionnement ultra-simple, il permettait une approche universelle du monde de l'Invisible.

Elle assembla le mécanisme, de façon à ce que la pointe du triangle, dirigée vers le bas, soit fixée dans la base. Puis elle introduisit la tige à l'intérieur. Ainsi monté, l'objet évoquait un métronome artisanal.

— Tu te souviens du principe ? demanda Maude en posant l'objet sur la table.

— Facile. Si la baguette va vers la droite, c'est oui. Vers la gauche, c'est non.

— Bien. On va s'asseoir à côté.

Elle quitta son fauteuil et se cala près de son petit-fils, dans le canapé. Puis elle prit sa main.

— On est bien d'accord. Tu te concentres sur moi. Rien d'autre. Visualise ton énergie. Imagine qu'elle coule le long de ton bras, arrive dans tes doigts et passe dans les miens. Je me charge du reste.

Le jeune médium fit le vide, se focalisant uniquement sur ses propres pouvoirs. Il imagina un point lumineux qui s'allumait au cœur de son cerveau. Peu à peu, le foyer se développa. Il devenait une sphère remplie d'eau pure qui se substituait à la masse organique des tissus. Rapidement, elle prit toute la plac
Des arcs électriques la parcouraient, crépit
comme des câbles à haute tension.

La voix douce de sa grand-mère brisa le
Elle chuchotait :

— C'est ça, mon chéri. Continue.

Une minute supplémentaire s'écoula.
tenta d'établir un contact.

— Georges ? Est-ce que tu m'entend

La baguette resta inerte.

Aussitôt, la vieille dame réitéra son appel.

— Mon amour. C'est moi. Si tu savais à quel point tu me manques. J'aimerais tellement pouvoir te parler.

Toujours pas de réaction.

Maude reformula sa demande une bonne dizaine de fois. Pour un résultat identique. David sentait qu'elle mettait toute sa force dans l'entreprise. Il percevait aussi ce que ça lui en coûtait. Sa peine, sa tristesse remontaient des pièces sombres où elle les avait enfermées. Elles déferlaient sur elle telles des vagues noires montant à l'assaut de sa conscience.

Le jeune médium n'eut pas le cœur de continuer.

— T'avais raison. Ça sert à rien.

À cet instant, Deefool poussa un gémissement. David tourna la tête vers lui. L'épagneul s'était aplati sur le tapis, oreilles baissées.

— Attends, rétorqua Maude. Ton chien a senti quelque chose.

David ne la contredit pas. Avec un léger temps de retard, il venait également de percevoir une présence.

— Georges ? demanda la vieille dame. C'est toi ?

Le métronome ne donnait aucun signe d'activité. Deefool, par contre, devenait de plus en plus nerveux.

Maude reposa la question d'une voix ferme.

— Qui est là ? Est-ce que c'est toi, Georges ?

Un temps de latence, pendant lequel David fixa la baguette de bois noir avec intensité. Elle était toujours amorphe. Soudain, très lentement, elle se déplaça vers la gauche.

NON.

Le médium regarda sa grand-mère. Le visage de a vieille dame s'était muré.

— Qui êtes-vous ?

Pas de réaction. Sous l'effet de la surprise, Maude avait mal formulé sa question. Elle dut s'en rendre compte et la posa autrement.

— Vous connaissez mon mari ?

Inclinaison à droite.

OUI

— Vous êtes ami avec lui ?

NON

— Vous êtes...

NON

L'esprit avait anticipé les craintes de Maude. Il n'était pas le Voleur d'Âmes et tenait à le préciser tout de suite.

Le soulagement se lut sur les traits de la vieille dame. David avait compris aussi et se sentit plus à l'aise.

L'interrogatoire reprit.

— Vous n'êtes pas le Voleur d'Âmes. Mais vous pourriez être lié à lui. C'est le cas ?

NON

— Puis-je vous considérer comme étant une entité positive ?

OUI

— Venue pour nous aider ?

OUI

Maude adressa un sourire à son petit-fils et poursuivit.

— Êtes-vous en mesure de nous fournir des informations sur ce qui est arrivé à mon mari ?

NON

— Sur l'endroit où il se trouve ?

NON

— Sur ce qui l'empêche de communiquer avec nous ?

NON

Douche froide. La force qui s'était invitée à la séance ne savait rien. Alors pourquoi était-elle là ? Quelle sorte d'aide était-elle en mesure de proposer ?

Maude se tourna vers David.

— J'ai l'impression qu'on est dans une impasse.

— Laisse-moi faire. Je peux sûrement en savoir plus en me branchant directement sur cet esprit.

— Non. Je ne veux pas prendre le risque. Pas avec ce que tu m'as raconté.

— Quel risque ? Il ne s'agit plus d'établir un lien avec Daddy mais avec une entité qui me veut du bien.

Nouvelle hésitation. Puis, une fois encore, Maude capitula.

— D'accord. Fais comme bon te semble. Après tout, tu es majeur maintenant.

Le médium lâcha la bride. Aussitôt, une multitude de sensations l'assaillirent. Des odeurs d'encens. Le son régulier d'un gong. Des couleurs vives. Il n'y avait jamais mis les pieds, mais eut l'impression de se trouver dans un temple bouddhiste.

Très vite, une image se forma. Celle d'une jeune fille asiatique, vêtue d'une robe traditionnelle en soie rouge, brodée de motifs figurant un dragon. Elle paraissait flotter dans l'air, entourée d'une aura couleur or.

— *Qui es-tu ?* demanda David mentalement.

— *Je m'appelle Ho Hsien-Ku. J'ai été désignée pour veiller sur toi.*

— *Désignée ? Mais par qui ?*

— *Par Celle-qui-contribue-à-l'Équilibre.*

— *L'équilibre de quoi ?*

— *Il est encore trop tôt. Tu n'es pas prêt à entendre la vérité et je n'ai pas le droit de te la communiquer. Cela risquerait de te mettre encore plus en danger.*

Le même discours que Daddy, sous une autre forme. À l'évidence, David devait encore progresser s'il voulait appréhender l'histoire dans son ensemble.

La jeune fille poursuivait.

— *Sache seulement que tu n'es pas seul. Je suis avec toi. Comme ton grand-père. D'autres accompagneront tes pas, plus tard, ailleurs. Nous sommes tous là pour te guider vers Elle et te permettre ainsi d'accomplir ton destin.*

— *« Elle » ? Mais de qui parlez-vous ?*

— *Je te l'ai dit. De Celle-qui-contribue-à-l'Équilibre. Quand ce sera le moment, tu la rejoindras. Là, elle t'expliquera ce que tu dois savoir.*

David ne comprenait pas un traître mot de ce discours sibyllin. Il sentait juste l'infinie bonté qui l'entourait. Elle faisait naître en lui une sensation de paix, comme dans le bois, quand pour la première fois, une force inconnue l'avait tiré des griffes du Voleur d'Âmes.

— *Les lucioles,* questionna-t-il. *C'était vous ?*

— *Oui. Et j'étais aussi dans cette villa. Je n'ai pas pu faire grand-chose, les poltergeist étaient trop puissants. Seulement te mettre en garde et te conseiller de fuir.*

— *Chrystelle Bank. Vous avez utilisé son esprit.*

— *Comme l'a fait le Voleur d'Âmes avec les créatures qu'il manipulait.*

Des entités, placées sous la coupe d'autres entités. Le tableau se complexifiait sans que David puisse en percevoir les enjeux. Seule certitude, il se trouvait au centre de ce combat hallucinant.

Il essaya d'en savoir plus.

— *Pourquoi s'en prendre à moi ? En quoi suis-je une menace ?*

La jeune asiatique botta en touche de nouveau.

— Continue ton chemin. Retrouve ton grand-père. Les réponses à tes questions viendront ensuite.

Puis, sans préavis, ses contours s'estompèrent avant de disparaître entièrement.

David se tourna aussitôt vers sa grand-mère.

— Elle est partie.

— J'en déduis que tu as établi un contact.

— Avec une jeune fille. Une Asiatique. Ho Fen, ou Ho Tchen... Je n'ai pas bien retenu.

— Ho Hsien-Ku ? C'est une des huit Immortels de la religion taoïste. Elle n'apparaît qu'aux hommes de grande vertu.

— Je ne savais pas que c'était mon cas.

— Il y a beaucoup de choses que tu ignores encore. Que t'a-t-elle appris ?

— Rien. Si ce n'est que j'ai un destin et qu'elle est censée veiller sur moi pour me permettre de l'accomplir.

Maude opina, sans rien ajouter. Le résultat n'avait pas l'air de la surprendre.

— C'est tout ce que ça t'inspire ? lança David.

— Il n'est pas étonnant que cette force ait pris l'aspect d'une divinité taoïste. Je t'ai initié à l'Invisible par ce biais. Tu y es donc très sensible.

— Je ne parle pas de ça mais de cette histoire de « destin ». Qu'est-ce que ça veut dire ?

Maude prit les mains de son petit-fils, les serra avec tendresse.

— Je ne le sais pas encore. Mais aie confiance. Les signes sont là. Ils vont tous dans le même sens. Bientôt, tu seras fixé.

David scruta les yeux turquoise. Il y lisait bien plus qu'une volonté de le rassurer. Une sorte de fatalisme transpirait dans le regard de sa grand-mère, comme si elle connaissait une vérité sur laquelle elle n'avait aucune prise.

Le jeune médium eut soudain peur.

Il s'était engagé sur une voie dangereuse, hantée par des esprits mauvais, et dont l'issue était une grotte où l'attendait un monstre. En soi, c'était déjà énorme.

Mais à présent, il y avait plus. Il percevait intuitivement que l'enjeu de cette histoire dépassait la simple libération de son grand-père.

Il en était le centre.

Le point autour duquel gravitaient des énergies antagonistes, des forces surnaturelles lancées dans un combat dont il ignorait tout.

Seule bonne nouvelle dans ce tableau terrifiant, il n'était plus seul sur cette route.

Il venait de rencontrer Ho Hsien-Ku.

Le premier de ses anges gardiens.

TROISIÈME PARTIE
LE HUB

CHAPITRE 31

— Les voyages forment la jeunesse.

C'était par ces mots que Wiseman avait entamé son exposé. En ce jour de rentrée, il avait réuni ses étudiants dans l'amphithéâtre Paracelse pour une introduction au cours traitant de la décorporation.

Le professeur continuait, sur le même ton docte et habité.

— Les voyages que nous allons étudier sont sans doute de ceux qui illustrent le mieux cette vérité. Parce qu'ils ouvrent sur de nouveaux horizons, mais aussi parce qu'ils permettent d'accéder à une définition très différente de ce que peut être le *monde*. Il ne s'agit plus de le limiter à notre seul environnement physique, quand bien même aurions-nous la possibilité d'explorer les confins de la galaxie, mais de le concevoir dans son ensemble. Une infinité de dimensions que l'on peut nommer « l'Invisible », « l'Au-delà », le « Monde Astral » ou encore « l'À-côté », qui coexistent autour de nous et constituent la Création.

David écoutait le laïus d'une oreille distraite. Les considérations philosophiques l'intéressaient peu. Il ne pensait qu'aux aspects concrets de la matière.

À l'instant où il ferait le grand saut. Et au combat qui l'attendait dans l'Invisible.

Assis près de lui, Robert s'ennuyait ferme.

— Il va nous la jouer comme ça longtemps ?

— J'espère pas. Sinon, je vais carrément m'endormir.

En signe d'approbation, le grand brun décocha un bâillement.

— Putain, je suis naze.

— T'as l'air.

— J'arrive du Mexique. La Joya. Je me suis levé hyper tôt.

— Tu ne devais pas passer les fêtes à New York ?

— Je suis rentré avant-hier. Je devais aller voir un des clients de mon père.

David s'étonna.

— Tu bosses pour lui ?

— De temps en temps.

— Je croyais que vous n'étiez pas sur la même longueur d'onde.

— C'est lui qui me finance. J'ai pas vraiment le choix.

À nouveau, cette sensation que Robert ne disait pas tout. Il ne s'entendait pas avec son vieux, la cause était entendue. À présent, David percevait chez son ami une crainte profonde. Une terreur primitive allant bien au-delà de ce qu'un enfant peut ressentir vis-à-vis de ses parents.

Qui donc était Carlo Vitti ?

Que faisait-il pour inspirer la peur d'un bout à l'autre du pays, et jusque dans le cœur de son fils ?

Le médium préféra changer de sujet.

— Sinon ? Tes vacances ?

— Rien de spécial. Famille. Bouffe. Crise de foie. Il faisait un froid de canard, du coup j'ai pas beaucoup bougé. Et toi ?

— Même chose. La chaleur en plus.

Un silence les sépara. Aucun des deux garçons ne souhaitait entrer dans les détails. Pour l'un comme pour l'autre, la vie familiale était un sujet à éviter.

Un changement de rythme, dans le discours de Wiseman, leur permis de se concentrer sur autre chose.

— L'enseignement se fera sur deux plans. Une partie théorique dont j'assumerai la charge, et une partie pratique qui se déroulera sous la responsabilité d'une amie très chère, Mme Carole Lewis.

David échangea avec son ami un regard intrigué.

— Qui c'est, celle-là ?

— Jamais entendu parler, répondit le New-Yorkais.

— Elle vient peut-être de l'extérieur.

Comme en réponse à leurs interrogations, Wiseman précisa :

— Mme Lewis dirige le Cramt – Centre de recherches appliquées en méditation transcendentale – qui se trouve à Malibu. Elle possède une expérience mondialement reconnue en matière d'OBE, appelée communément décorporation ou voyage astral, expérience dont vous aurez l'immense privilège de pouvoir profiter. Je vous demanderai donc d'être particulièrement attentifs, disponibles et concentrés pendant ses heures de cours.

Un silence religieux planait dans l'amphithéâtre. Toute la promo attendait avec impatience le début de cette session. Le fait qu'elle soit conduite par une personnalité de ce niveau renforçait l'intérêt des élèves.

Wiseman laissa l'annonce faire son effet avant de reprendre.

— Au-delà des convenances élémentaires, une autre finalité préside à la nécessité d'un engagement total. Celle d'obtenir un billet pour l'Astral. Et vous le constaterez, ce n'est pas si simple. Rares seront ceux qui s'y projetteront du premier coup. Encore plus rares ceux qui reproduiront l'expérience aussi souvent qu'ils le voudront. Certains ne parviendront même jamais à franchir le mur. C'est sans doute injuste, mais nous ne sommes pas égaux devant ce mystère. Si vous voulez avoir une chance de réussir, il faut vous investir à fond.

Robert murmura à l'oreille de David :

— Nous, on s'en tape. Si ça foire, on ira faire un tour au labo.

— Pas sûr qu'il nous accepte dans le programme, rétorqua le jeune médium.

— Il suffit d'être « positif, serein, et discipliné ». C'est bien ce qu'a dit Frankenstein, non ?

— Justement. Je n'ai pas l'impression que ces qualités nous définissent. Surtout en ce qui te concerne.

— Tu te fous de ma gueule ? Qui c'est qui a insisté pour forcer la porte du clocher ?

C'est vrai que depuis quelque temps le caractère de David évoluait. Il devenait plus libre. Moins sage. En développant son don, il avait pris confiance en lui. La menace représentée par le Voleur d'Âmes ainsi que les responsabilités dont il était investi s'étaient chargées de le faire grandir encore. Il devait accéder à l'Invisible afin de délivrer son grand-père. Mais depuis sa rencontre avec Ho Hsien-Ku, il avait pris conscience d'un nouvel élément.

Les retrouvailles avec Daddy ne seraient qu'une étape. La première marche de l'escalier qui l'amènerait à accomplir son destin.

— T'as raison, concéda-t-il en souriant. Je suis aussi mal barré que toi.

Robert s'affala sur son dossier, mains derrière la nuque.

— T'inquiète. On est les meilleurs et il ne peut pas se passer de nous. Tu verras, on aura tout ce qu'on veut.

CHAPITRE 32

Le cours de Wiseman terminé, les deux garçons quittèrent l'amphithéâtre. Alice et Louise étaient déjà sur le parvis. Elles discutaient en riant, visages tournés vers le soleil.

David commença à s'avancer vers elles. Robert le retint par le bras.

— Attends, dit-il en désignant la blonde.

— Quoi ?

— J'ai pas trop envie de me taper cette dinguette.

— Pourquoi ?

— Elle m'a saoulé. Je t'expliquerai.

Le médium haussa les épaules.

— Comme tu veux. On se retrouve tout à l'heure.

Le New-Yorkais hocha la tête. Il enfourna ses mains dans les poches de son jean et rejoignit les filles.

— Salut ! Bien rentrées au bercail ?

— Je suis arrivée hier, répondit Louise en lui faisant la bise. Mon père participe à un tournoi de poker à Vegas. Il m'a déposée.

Le jeune homme embrassa Alice dans la foulée.

— Et toi ? Ça va ?

— On fait aller.

À l'instant où leurs joues se touchèrent, une perception involontaire percuta le médium. Il ne s'agissait pas d'une image nette, plutôt d'une sensation. Elle tournait autour d'une couleur, le noir, et dissimulait une scène dont il pouvait seulement saisir l'intensité dramatique. Sa réalité, son déroulement, lui échappait.

Il se força à sourire.

— Un petit déj, ça vous branche ?

— Pas pour moi, déclina Louise. J'ai rendez-vous avec Wiseman dans cinq minutes.

— Y a un problème ?

— J'en sais rien. Il a juste demandé à me voir.

En la regardant s'éloigner, David se demanda ce que leur professeur mijotait. Il avait toujours un coup d'avance, cet entretien inopiné s'inscrivait forcément dans un plan.

Le jeune homme remit son analyse à plus tard. Le départ de Louise le laissait seul avec Alice. Tout naturellement, il renouvela sa proposition.

— Tu m'accompagnes ?

— Bien sûr.

Ils se rendirent au *Serpent Rouge*, achetèrent beignets, café et jus d'orange, puis allèrent s'asseoir à la table qu'ils occupaient habituellement quand ils étaient tous les quatre.

Très vite, David se demanda s'il n'avait pas fait une connerie. C'était la première fois qu'il se retrouvait en tête à tête avec la jolie blonde. Il ne l'avait pas vu venir mais cette configuration inattendue ravivait son dilemme. Même s'il ne voulait pas trahir Robert, son attirance pour la jeune fille restait forte.

— Alors ? lança-t-il d'un ton aussi détaché que possible. Quoi de neuf ?

— Pas grand-chose. J'ai passé Noël à Hawaï, chez mon père.

— T'as fait du *kyte* ?

— Non. Mon frère était malade. J'ai dû m'occuper de lui.

— Tu as un frère ?

— Plus jeune. Il aura dix ans l'été prochain.

— Ben dis donc... Ça fait un sacré écart avec toi.

— Énorme. Depuis que je ne suis plus là, mon père a du mal à gérer le quotidien.

— Et ta mère ?

La réponse fusa, plus tranchante qu'un couperet.

— Elle s'est tirée. Je ne l'ai pas vue depuis sept ans.

David avala des clous. Lui, c'était son père qui avait mis les voiles. Avant même qu'il n'ait eu le temps de se souvenir de lui.

— Je suis désolé.

— Y a pas de quoi. Ce sont des choses qui arrivent.

Une fois encore, David capta l'énergie négative qui parasitait la jeune femme. Et à présent, il le faisait sans aucun contact physique. Comme si, sans qu'il l'ait décidé, son esprit s'était connecté directement au sien. Néanmoins, la perception restait floue. Une muraille l'empêchait toujours d'accéder à la scène angoissante qu'il pressentait derrière. Un tableau terrifiant, dont la puissance émotionnelle dépassait de très loin celle d'un simple abandon.

Il changea de sujet, abordant celui qui lui brûlait les lèvres.

— Ça n'a pas l'air d'aller fort avec Robert.

— Pas vraiment, non.

— Y s'est passé un truc ?

— Rien de plus que d'habitude.

— Arrête, on dirait que vous vous faites la gueule.

Alice soupira. Ses yeux bleu ciel étaient voilés de larmes.

— Il m'a posé un ultimatum, juste avant les vacances.

— À propos de quoi ?

— Toujours la même chose.

David savait de quoi il retournait. Robert s'était suffisamment plaint de sa relation trop platonique avec Alice. Il feignit néanmoins l'ignorance.

— Mais encore ?

— Il ne t'en a pas parlé ?

— Non.

— Ça m'étonne.

Elle avala une gorgée de jus d'orange, sans le regarder. Puis elle avoua.

— Le sexe.

— Comment ça, « le sexe » ?

— On n'a toujours pas baisé.

— Vous êtes ensemble depuis à peine un mois. C'est pas dramatique.

— Ça le devient. Il ne se contente plus de... disons des préliminaires. Il ne veut plus me voir tant que je ne lui donne pas le reste.

— Robert est un animal. Tu devrais le savoir.

David n'avait pas pu retenir le tacle. Une façon de montrer à Alice que lui n'était pas comme ça.

— Je suis au courant, répondit l'Hawaïenne. En même temps, je ne peux pas lui en vouloir. Moi aussi, j'ai envie qu'on fasse l'amour.

Mauvaise pioche. Le jeune médium changea aussitôt son fusil d'épaule.

— Alors où est le problème ?

— Tu vas pas le croire.

— Dis toujours.

Un temps. Puis elle laissa tomber :

— Je suis vierge.

Celle-là, David ne l'avait pas vue venir. Alice semblait tellement à l'aise avec son corps. Elle dégageait une sensualité évidente, assumée.

Il repensa à toutes ces semaines, pendant lequel elle avait refusé de sortir avec son pote. Une façon de gagner du temps. Puis il songea à l'hypothèse émise par ce dernier.

— T'as fait un vœu ? Genre jamais avant le mariage ?

— C'est un petit peu plus compliqué.

— Tu veux en discuter ?

— Je crois pas, non. Je peux juste te dire que j'ai une...

— Quoi ?

— Une sorte de maladie.

— Ah...

— Sans rentrer dans les détails, ça me brûle horriblement chaque fois que j'essaie de... Enfin tu vois. J'ai l'impression qu'on m'enfonce un tisonnier. Il paraît que la cause est dans la tête. Un genre de blocage, qui s'auto-alimente avec la peur de souffrir. En tout cas, je peux te jurer que la douleur est bien réelle.

Elle était mal. Elle avait honte. Les mots sortaient au compte-gouttes. David tenta de l'aider.

— Tu l'as dit à Robert ?

— J'ose pas. Il me prendrait pour une tarée.

C'est déjà fait, songea le jeune homme. Il passa cette remarque sous silence et essaya de la rassurer.

— Ça ne doit pas être si grave. Un psy devrait pouvoir t'arranger ça en deux ou trois séances.

Elle eut un sourire résigné. Le médium sentit que cette solution avait déjà été explorée.

— De toute façon, je suis au pied du mur, reprit-elle. Soit j'évolue et je résous mon problème, soit il me quitte. D'ailleurs il a commencé à le faire.

Sa détresse était palpable. Elle était accrochée à Robert, souffrait de l'impasse qui se profilait. David oublia ses sentiments personnels et proposa :

— Tu veux un conseil ?

— Je t'écoute.

— Pour l'instant, il pense que tu lui en fais baver, juste pour le voir ramper. Du coup, il réagit comme un coq. Mais moi, je sais qu'il t'aime. Dis-lui la vérité, je suis certain qu'il comprendra.

— J'y arriverai pas. C'est trop...

Elle s'interrompit. Baissa la tête.

— Trop quoi ? insista David.

— Peu importe. Je ne me vois pas en train de lui avouer que mon corps ne fonctionne pas normalement.

— Qu'est-ce que tu as à perdre ? Si tu ne trouves pas une solution très vite, il va se barrer.

— Je ne pensais pas à celle-là.

— Parce que tu en as une autre ?

Un silence pour toute réponse. Alice était coincée. Elle en avait sûrement conscience.

David prit sa main. Un geste tendre, rassurant. Celui d'un ami sur qui on peut compter.

— Oublie tes peurs. Lâche-toi et tente le tout pour le tout. Tu seras forcément gagnante.

La jeune femme se redressa. Une lueur d'espoir venait de naître au fond de ses yeux.

— Tu crois ?

— J'en suis certain.

— Comment je vais lui présenter ça ?

Le jeune homme se leva et déposa un baiser sur son front.

— Tu trouveras. Je te fais confiance.

CHAPITRE 33

Alice avait trouvé les mots.
Robert les avait entendus.

La confession de la jeune femme avait rassuré le New-Yorkais. Il était encore plus amoureux, passait son temps à l'embrasser, à lui parler dans le creux de l'oreille, ou à la regarder dans le blanc des yeux. Un duo fusionnel, affichant la posture imbécile des couples en phase de décollage.

Le fait que l'Hawaïenne soit encore vierge avait aussi son importance. Robert adorait l'idée d'être le premier. Elle lui permettait de se dire que la jolie blonde avait été créée pour lui.

Malgré ces avancées, les tourtereaux ne couchaient toujours pas ensemble. Mais Robert avait confiance. Il se contentait de ce que sa belle était en mesure de lui donner, certain qu'un jour ou l'autre il décrocherait le gros lot. En attendant – ça, Alice n'était pas censée le savoir –, il s'octroyait tout de même un petit extra de temps en temps.

David assistait au spectacle, une petite boule au creux du ventre. Il avait fait son choix, privilégié l'amitié avec Robert au détriment de son attirance pour Alice. Mieux, il s'était bombardé médiateur en relations intimes, devenant ainsi l'artisan de leur bonheur.

Un comble.

Fort heureusement, d'autres préoccupations vinrent occuper l'esprit du jeune médium. Les cours sur la décorporation démarraient, requérant toute sa concentration.

Les deux premières semaines furent consacrées à l'étude des bases théoriques. Wiseman connaissait son sujet, il en parlait avec passion. Afin d'illustrer son propos, il s'appuyait également sur de multiples témoignages recueillis tout au long de sa carrière.

Sur le fond, ils associaient tous l'Invisible, ou Monde Astral, à un lieu indescriptible, inclassable, situé hors du temps et de l'espace. Un endroit immatériel, qui s'incarnait dans une multitude de réalités du seul fait de nos pensées.

Les voyageurs, appelés aussi *projeteurs* ou *expérienceurs*, en avaient tracé une carte sommaire. Ils le découpaient en différents niveaux, allant du plus élémentaire – semblable à la réalité physique – au plus élaboré qui touchait au divin.

David apprit à cette occasion que « l'Entrevie » évoquée par Wiseman était une zone intermédiaire proche du plan terrestre. Sombre, instable, on la traversait en principe sans s'en apercevoir, au moyen d'un tunnel permettant d'éviter les mauvaises rencontres. Au premier rang de celles-ci, on trouvait fantômes ou poltergeist.

Quant à la forme, les impressions ressenties lors d'une OBE étaient souvent les mêmes. Sensation de décorporation. Capacité de voler ou de traverser des obstacles matériels. Possibilité de communiquer par télépathie. La plus connue était l'existence d'un lien – une sorte de fil lumineux – unissant le corps physique au corps astral.

La fameuse cordelette d'argent.

David connaissait déjà une bonne partie de ces données. Il avait parcouru de nombreux ouvrages sur le sujet, et discuté avec Louise pendant des heures.

Ce qui l'intéressait maintenant, c'était de passer à la pratique.

Il voulait savoir si oui ou non ce qu'il avait vécu pendant le match de foot constituait déjà un premier pas vers l'Invisible. Une OBE involontaire, comme il en arrivait parfois quand on était sous l'influence de drogues hallucinogènes ou dans un état de stress intense. Mais plus encore, il souhaitait retrouver Daddy, rencontrer Celle-qui-contribue-à-l'Équilibre, et accomplir ce destin dont Ho Hsien-Ku lui avait parlé.

Son vœu commença à prendre forme huit jours plus tard, quand débarqua au Nid celle que tous attendaient.

Carole Lewis.

La papesse de la décorporation.

Une sorte d'icône dans les milieux mystico-spirituels, qui n'avait pas pour autant oublié d'apprendre à compter. Son centre de méditation transcendantale de Malibu proposait des stages hors de prix, sans parler des franchises lucratives ouvertes par la suite aux quatre coins du pays.

Curieusement, cette « gourou » autoproclamée n'avait pas la tête de l'emploi. Loin des clichés qui auraient pu contribuer à son image, elle ressemblait à une Américaine moyenne, boulotte et affublée d'un brushing impeccable. Son survêtement rose, moulant comme une seconde peau, avait donné à Robert l'idée de la surnommer « Piggy[1] ».

— Avez-vous déjà tourné votre regard vers l'intérieur ?

1. Marionnette du *Muppet Show* représentant une cochonne.

Pour ce premier contact, Carole Lewis avait réuni l'ensemble de la promo dans le gymnase – un bâtiment préfabriqué situé près de l'ancienne chapelle. Stores baissés, bougies parfumées à la cannelle et lumière tremblotante : l'ambiance était celle d'un lieu de méditation.

Allongés sur des tapis de sol, les élèves avaient fermé les yeux. Ils écoutaient l'intervenante qui se promenait au milieu d'eux d'un pas tranquille.

— Vos désirs, vos peurs. Ou encore vos joies, vos peines. Ces émotions qui vous habitent, les avez-vous identifiées ?

Elle laissa l'interrogation en suspens, comme pour en renforcer l'impact. Puis elle annonça :

— L'Astral est une auberge espagnole. On y trouve ce que l'on y apporte. Il est donc essentiel de savoir ce que contient notre sac émotionnel afin d'éviter les mauvaises surprises. Rappelez-vous que dans ce monde parallèle, il n'y a pas de règles, pas de schémas ou de scénario préétabli. Chacun invente le sien à partir de ses données personnelles et en fait sa réalité. Elle peut être agréable ou terrifiante, selon les sentiments qui prédominent au plus profond de nous.

David songea à ses propres ressentis. Certains étaient positifs, d'autres négatifs, comme pour la plupart des gens. Ce qui le distinguait des autres tenait dans la présence du Voleur d'Âmes au milieu du schéma. Un concentré de Mal surgi du fond de ses rêves, qui avait déjà failli l'atteindre dans le monde réel. Que se passerait-il quand le jeune médium serait de *l'autre côté* ?

Piggy déroulait son discours d'une voix douce, aux accents hypnotiques.

— Une fois l'état des lieux effectué, il faut aussi être en mesure de lâcher prise. Un peu comme quand on s'endort. Ne plus penser à rien, hormis au mantra que vous aurez choisi.

Une question, posée par une voix féminine, interrompit son exposé.

— C'est quoi, un *mantra* ?

— Il s'agit d'un mot que vous répéterez en boucle, jusqu'à ce qu'il chasse toute autre représentation. Peu importe qu'il ait un sens ou non. L'important est qu'il « sonne » bien pour vous. À la façon d'une petite musique.

Elle marqua une pause avant de conclure.

— Telles sont les conditions préalables à toute décorporation. L'état mental que vous devez adopter pour avoir une chance de basculer dans l'Invisible. Vous voulez qu'on essaie ?

Des murmures d'approbation parcoururent les rangées.

— Parfait. Commencez par respirer lentement, en inspirant et expirant profondément. Puis laissez venir votre mantra et concentrez-vous sur lui.

David laissa son esprit dériver. Pendant quelques secondes, des sons s'entrechoquèrent, bribes de pensées raccordées à son univers personnel. Puis, émergeant du néant, deux syllabes formant un vocable sans signification.

Amram.

Elles occupèrent aussitôt l'espace, évinçant toutes les autres.

AmramAmramAmramAmram...

Très vite, la litanie forma une phrase. Sans début ni fin, sans ordre ni cohérence non plus. Le jeune homme ne savait plus s'il prononçait Amram ou Ramam. Seule comptait la mélodie, une comptine lancinante qui le berçait en profondeur.

AmramAmramAmramAmram...

La paix l'envahit. Il ne pensait plus à rien. Il était ce rien. Une immense bulle de vide aspirant la moindre forme de volonté.

Aucune peur. Aucun désir.

Le néant.

L'état originel, avant la création du monde.

Puis, sans qu'il s'y attende, David bascula dans le sommeil.

CHAPITRE 34

La séance suivante eut lieu trois jours plus tard. Cette fois, il ne s'agissait plus de préparer son esprit mais de tenter le grand saut. De préférence en évitant de s'endormir.

Pour cet exercice, Carole Lewis avait choisi une petite salle, meublée de fauteuils profonds et divisée en deux par une cloison amovible. Les étudiants, pour des raisons pratiques, s'étaient répartis par groupes de sept ou huit. Celui de David, qui comptait bien sûr Robert, Alice et Louise, passait en dernier.

Les quatre amis s'installèrent. Trois élèves qu'ils aimaient bien prirent place à leurs côtés.

Le premier, Ernesto Garail, avait l'allure d'un chef de gang. Crâne rasé, tatoué jusque dans le cou, il parlait peu et possédait une assurance hors norme. D'après Robert, qui le fréquentait un peu en raison de leurs talents communs en matière de PK, c'était un type solide, fiable. David, pour sa part, avait néanmoins perçu chez le Mexicain une forte pulsion de violence.

Près de lui, Ashton Douglas, la Texane « coupeuse de feu ». Sa gentillesse démentait son physique de catcheuse. Elle était toujours prête à rendre service.

Sa chambre étant collée à celle de Louise, la grande brune l'aidait souvent dans ses tâches quotidiennes.

Enfin, Tran Van Loc, petit gabarit d'origine vietnamienne, aussi maigre que nerveux. Une vraie pile électrique, doté à l'instar de Robert et d'Ernesto d'une forte capacité psychokinésique. Sa plus grande qualité : un sens de l'humour à toute épreuve.

— Vous êtes en forme ?

Carole Lewis était assise dans le dernier fauteuil. Elle se tenait en position du lotus, le dos bien droit, les mains posées sur les genoux.

Les étudiants hochèrent la tête. Malgré la curiosité, une légère appréhension planait dans l'air.

— N'ayez pas peur, les rassura Piggy. Il n'est pas question de se projeter sur la Lune ou aux confins de l'Astral immédiatement. Notre premier exercice consistera en une simple visualisation.

Échanges de regards, accompagnés de sourires en coin.

— Il me faut un volontaire, reprit Carole Lewis. De préférence un clairvoyant. Ce sera plus facile pour les autres.

David et Louise étaient les seuls à posséder ce don. La jeune fille se proposa.

— Je veux bien essayer.

— Louise, c'est ça ?

— Oui.

— Tu es médium ?

— Télépathe.

— Encore mieux. La transmission devrait être excellente. Tu vas aller te mettre dans l'autre pièce. Personne ne doit te voir. Ensuite, je voudrais que tu fasses le vide dans ton esprit et que tu t'imagines ici, avec nous.

— Ça devrait aller.

Louise fit rouler son fauteuil jusqu'à la porte percée dans la cloison et disparut. Carole Lewis s'adressa aux autres.

— Vous allez tenter de percevoir son corps éthérique. Tout le monde sait de quoi il s'agit, n'est-ce pas ?

Les étudiants opinèrent. Wiseman leur avait parlé des différents corps de l'homme – physique, éthérique, astral et spirituel – les trois derniers seulement intéressant le processus de décorporation. Il s'agissait de véritables « doubles » immatériels, allant du plus grossier au plus subtil, qui servaient de support pour voyager dans les multiples couches de l'Invisible. L'énergie vitale, appelée aussi âme ou conscience, passait de l'un à l'autre en fonction de l'évolution psychique du sujet.

— Bien, reprit Piggy. Je vous rappelle quand même à quoi ressemble le corps éthérique. C'est une sorte de champ d'énergie, qui reproduit les contours du corps physique et a une teinte gris bleuté.

— Un spectre... ne put s'empêcher de lancer Tran d'une voix faussement tremblante.

— En quelque sorte, confirma Carole Lewis. Maintenant, concentrez-vous.

Fronts plissés, les étudiants fixèrent l'espace situé devant la cloison. David n'eut pas besoin de forcer. Dans ce registre, sa complicité avec Louise était telle qu'il pouvait saisir la plupart de ses pensées. Tout au moins quand elle le laissait faire.

Ce qu'il découvrit en entrant dans sa tête le cloua sur place. La jeune handicapée était en train d'élaborer une image d'elle-même très surprenante. Plus de lunettes, un corps mince, élancé, une poitrine d'enfer mise en valeur par des vêtements sexy. Ses cheveux, d'habitude noués en queue de cheval, étaient lâchés. Ils coulaient dans son dos comme des rivières d'eau rouge.

C'était la même, en mille fois mieux.

Et surtout, qui se tenait debout.

Le médium refréna sa surprise, par crainte que son amie ne s'en aperçoive. Mais Louise, tout à sa construction, ne se souciait pas de lui.

Dans la foulée, une nouvelle perception effaça ce tableau déroutant. Le mur venait de se mettre à trembler, comme une vitre délavée par la pluie.

Peu à peu, l'onde gagna en intensité. Une silhouette aux contours flous se dessina dans l'air. Celle de la Louise new-look, que David venait de percevoir mentalement quelques secondes auparavant.

Il regarda ses camarades. Comme lui, ils fixaient la cloison. Que voyaient-ils ? Le brouhaha mental qui régnait à présent dans la pièce l'empêchait de savoir.

Piggy intervint.

— Louise est devant vous. Vous sentez la vibration ?

Pas de réactions.

— D'accord. Alors, debout ! Venez toucher son bras.

Un par un, les élèves approchèrent. La mine surprise d'Alice laissa penser qu'elle avait capté quelque chose. *Idem* pour Ashton. Les autres, en revanche, semblaient à côté de la plaque.

Quant à David, il ne parvenait pas à se jeter à l'eau. Il distinguait maintenant avec netteté les formes très attirantes de Louise. N'y étant pas insensible, cette nouvelle donne le gênait.

— Vas-y, lança Carole. Elle ne va pas te mordre.

David s'exécuta. Il ressentit d'abord un léger picotement au bout des doigts, plus agaçant que douloureux. Il s'enhardit, fasciné, remonta vers l'épaule, le cou, et enfin le visage. Au moment où il passait ses phalanges sur la joue de son amie, il éprouva une sensation de chaleur.

Comme si Louise venait de rougir.

— Vos impressions ? demanda Piggy.

Les étudiants, Louise y compris, avaient rejoint leurs places. La jeune paraplégique parla la première.

— C'était super bizarre. Je me suis imaginée près de vous. Je ne voyais pas ce qui se passait derrière la cloison, mais j'ai senti qu'on effleurait mon biceps. À un moment, j'ai même eu la sensation physique d'une plume qui courait sur ma joue.

Là, ce fut au tour de David d'être gêné. Il barricada ses pensées, priant pour ne pas se faire démasquer.

Piggy approuva, satisfaite.

— Très bien pour l'émettrice. Qu'en pensent les récepteurs ?

Robert, Ernesto et Tran avouèrent leur échec. Pour Alice et Ashton les résultats différaient.

— J'ai perçu une masse d'air tiède, expliqua cette dernière. Le contact était très doux.

— Tu n'as rien « vu » ?

— Non.

— D'accord. Alice ?

— Il y avait de l'électricité dans l'air. Comme avant un orage.

— Pas de sensation visuelle non plus ?

— Je ne suis pas sûre. C'était subtil.

— Dis toujours.

— J'ai eu l'impression de distinguer une forme humaine. Pas son aspect, plutôt sa densité. Je voyais à travers, mais à cet endroit, la cloison ondulait.

Carole Lewis ne semblait pas surprise. Elle se tourna vers David.

— Et toi ?

Le jeune homme décrivit ce qu'il avait vécu. Il omit toutefois de préciser que Louise avait projeté une image augmentée de son physique.

Au regard amusé qu'elle lui lança, David sut qu'elle n'était pas dupe. S'il avait capté son apparence, il s'était forcément rendu compte du changement. Il espérait seulement qu'elle n'ait pas perçu aussi les émotions que cette transformation avait fait naître. Car, au-delà du désir, il avait éprouvé pour Louise une véritable bouffée de passion. Un sentiment profond, intense, donnant à son amie une dimension nouvelle.

— Comme vous pouvez le constater, conclut Piggy, les perceptions varient d'un individu à l'autre. L'important, dans cette expérience, n'est pas la réception mais l'émission. Je voulais vous faire saisir la réalité du corps éthérique puisque toute décorporation passe forcément par lui.

Elle sortit de son sac des petits coffrets de plastique, de couleurs différentes et de la taille d'un étui à stylo.

— Maintenant, nous allons passer à l'étape d'après : l'utilisation du corps astral. Comme vous le savez sûrement, il est constitué de pensée pure, n'a pas de forme stable, hormis celle que l'on veut bien lui donner. C'est avec lui, et pas avec le corps éthérique qui n'est qu'une étape, que l'on peut voyager dans l'Invisible.

Elle donna une boîte à chacun.

— Ouvrez.

Les étudiants s'exécutèrent. Chaque étui renfermait un tube à essai noir. Pas moyen de savoir ce qu'ils contenaient.

— Vous allez essayer de vous projeter à l'intérieur. Pour ça, je vous conseille d'adopter une représentation qui vous permette d'y parvenir. Ensuite, vous me direz ce que vous avez perçu.

Tout le monde semblait sceptique. Les élèves étaient là pour découvrir les mondes sans fin de l'Invisible et Carole Lewis voulait les expédier dans une éprouvette !

Ils se concentrèrent. David appliqua la méthode du « rien », faisant le vide dans son esprit jusqu'à se sentir dériver dans une bulle vide. Puis il se visualisa à l'échelle d'une fourmi se faufilant dans le petit cylindre de verre.

Très vite, des sensations l'assaillirent. Le froid. L'humidité. Puis il distingua des murailles translucides montant à l'assaut d'un ciel noir. Un univers étrange, lisse, dans lequel il évoluait avec distance.

Au bout de quelques minutes, la voix de Carole Lewis le ramena au réel.

— Ça ira pour cette fois, les enfants.

Ils ouvrirent tous les yeux. Les visages paraissaient endormis, comme s'ils sortaient d'un songe.

— Je vous écoute, lança Piggy.

Les filles commencèrent. Alice avait seulement capté une odeur d'iode et senti sur sa langue un goût de sel. Son éprouvette contenait de l'eau de mer.

Celle d'Ashton était pleine de miel. Elle avait eu l'impression de s'engluer dans une matière collante, projetant des reflets d'or.

Quant à Louise, elle s'était allongée sur un tapis moelleux, d'un rouge étourdissant. Celui formé par les pétales de coquelicots qui lui avait été attribué.

— Bien... commenta Piggy. Et les garçons ? Ils s'en sont sortis comment ?

Cette fois, leurs résultats s'amélioraient. Tran avait escaladé des blocs de roche. Du sable. Ernesto avait joué au trampoline sur une surface rose pâle, aux senteurs de guimauve. Logique quand l'environnement est constitué de Marshmallow. Robert, par contre, avait encore une fois échoué. Aucune sensation, alors que son tube à essai était rempli de whisky Il le prenait avec distance, mais sa déception était palpable.

David sourit en découvrant ce que renfermait son récipient. Carole Lewis l'avait rempli de glaçons.

L'enseignante afficha une mine satisfaite. Sa voix, pourtant, était dure.

— C'est un bon début. Vous avez presque tous réussi à entrer en contact avec le contenu de votre éprouvette. Seulement ne croyez pas que c'est arrivé.

— Ah bon ? lança Tran déçu. On ne s'est pas « décorporés » ?

— Non. Vous avez utilisé les capacités périphériques de votre corps astral. Celles qui vous ont permis de « sentir » la matière à distance. Si vous aviez fait une véritable OBE, ce qui aurait été surprenant à ce stade de votre formation, vous auriez identifié avec beaucoup plus de précision les éléments que je vous ai soumis.

Les étudiants acceptèrent le verdict avec fatalisme. L'exercice les avait épuisés, ils ne parvenaient plus à réagir.

Carole Lewis les libéra.

— On va en rester là pour aujourd'hui. Continuez les exercices, nous essayerons d'aller plus loin la prochaine fois.

Le groupe prit congé. Des somnambules perdus dans leurs pensées.

Celles de David le ramenaient deux mois en arrière, à ce match de foot pendant lequel il était parvenu à visualiser le futur et à sauver Robert. Il s'était demandé s'il n'avait pas effectué une OBE sans le savoir.

Au vu de ses résultats présents, il avait de sérieuses raisons d'en douter.

CHAPITRE 35

— Un pique-nique à Corail Cove ?
— J'adore cet endroit.
David se remémora le lieu. Un chapelet de criques, à l'ouest de Santa Barbara, intégré dans le parc national de Gaviota. Il y était allé plusieurs fois avec Maude, quand elle voulait se ressourcer auprès de mère nature.
— C'est pas la porte à côté, rétorqua-t-il.
— On aura qu'à y passer la nuit. Il suffira d'amener des duvets.
Le jeune médium scruta son ami. Robert n'était pas du genre camping sauvage-veillée au coin du feu. Son truc, c'était plutôt les palaces et les boîtes branchées.
Il n'y avait qu'une explication.
— T'as quelque chose à te faire pardonner ?
— De quoi tu parles ?
— Une petite virée écolo. À mon avis, Alice devrait adorer.
Le New-Yorkais baissa la tête.
— OK. J'ai un peu merdé la semaine dernière. Faut que je me rattrape.
— Qu'est-ce que t'as encore fait ?

— Tu te souviens de Lola ?

— La pom-pom girl aux seins plus gros que sa tête ?

— C'est ça. J'étais avec elle mardi soir. Pas de chance pour moi, une bonne âme nous a vus au *Roof* et s'est dépêchée d'aller le répéter à Alice.

David soupira.

— Parce que t'étais au *Roof* avec cette pétasse ?

— Je sais... J'aurais pas dû. Mais bon. J'avais fumé. J'ai pas calculé.

À peine croyable. Los Angeles comptait des milliers de bars, clubs et discothèques. Il avait fallu que ce débile aille s'afficher dans la boîte la plus proche du campus.

— Je lui ai monté un bateau, poursuivit Robert. Genre soirée d'après match, avec l'équipe et les groupies.

— Et elle t'a cru ?

— Pas vraiment.

— D'où le pique-nique.

— C'est ça...

Le médium opina. Un point, pourtant, l'intriguait.

— Pourquoi on doit y aller tous les quatre ? Tu veux qu'on tienne la chandelle avec Louise ?

— Arrête. C'est juste que...

— Quoi ?

— Alice doit penser que l'idée vient de toi. Il faudrait que tu lui proposes le truc.

— T'es pas assez grand pour le faire ?

— Si, mais... En fait, elle me parle plus depuis trois jours.

On y était. Une fois encore, David allait devoir jouer les bons offices. Ce rôle ne l'enthousiasmait pas, mais on ne lâchait pas un pote quand il était dans le besoin. Fort heureusement, ses sentiments pour Alice semblaient avoir évolué. Ils avaient perdu de leur intensité. Un changement très récent, que le jeune homme ne parvenait pas à s'expliquer.

Il affirma en souriant :

— Deux tarés. Voilà ce que vous êtes.

— Sois sympa, mec. Fais-le pour moi.

— Bien sûr que je vais le faire. Mais t'as pensé à Louise ? Il faut marcher au moins une demi-heure avant d'accéder à la mer. Tu comptes la porter sur ton dos ?

— Pas la peine. La route est praticable en 4 × 4. Je vais en louer un, et il n'y aura plus qu'à se poser au bord de l'eau.

— Au cas où tu l'ignorerais, c'est un accès réservé.

— Je suis au courant. J'ai déjà pris mes dispositions.

Robert avait déjà tout prévu.

Restait maintenant le plus difficile.

Convaincre Alice de participer à la fête.

CHAPITRE 36

David n'avait eu aucun mal à attirer la jolie blonde dans ses filets. Elle n'aurait jamais fait le premier pas, mais n'attendait qu'une occasion pour se réconcilier avec son petit ami.

L'expédition fut donc programmée pour le week-end suivant. Dès le vendredi soir, Robert se pointa avec un Land Rover flambant neuf, qu'il chargea avec le matériel acheté à la boutique locale de la chaîne REI[1]. Tentes de survie, tapis de sol, duvets, chaises et tables pliantes, glacière, grille pour le barbecue... Rien ne manquait.

Le lendemain, jour du départ, le New-Yorkais se leva aux aurores. Peu habitué à faire lui-même les courses, il revint du supermarché avec trois énormes sacs de nourriture. De quoi garantir la survie d'un régiment pendant au moins une semaine.

Enfin, après avoir retrouvé ses amis devant le Nid, il aida Louise à s'installer à l'arrière du 4×4, près de David, laissa Alice monter à côté de lui et mit le cap au nord.

---

1. Chaîne de magasins spécialisée dans les activités de plein air.

Corail Cove se trouvait à plus de cent miles de Los Angeles. Un périple de trois heures, par l'Interstate 101, puis en suivant la côte le long de Hollister Road. Le paradis était au bout, en contrebas de falaises escarpées. On y accédait par un unique chemin de terre fermé à la circulation.

Robert s'arrêta devant la barrière. Il sortit son téléphone portable et passa un appel.

Dix minutes plus tard, une voiture de rangers déboula. Après avoir vérifié l'identité du New-Yorkais, le policier lui fit signer un registre et libéra l'accès.

— Comment t'as fait ? demanda Louise pendant qu'ils entamaient la descente.

— J'ai juste demandé, répondit Robert sur un ton détaché.

David n'en croyait pas un mot. Il avait déjà vu l'effet que pouvait produire le patronyme de son ami. La crainte qui y était associée. Le pouvoir qu'il représentait. Il était sûr qu'une fois encore, l'ombre de son père était passée par là.

L'après-midi était bien avancée quand le groupe arriva à la crique. Une anse parfaite, dissimulée par des murailles de pierre. Il n'y avait personne, hormis un couple de randonneurs profitant encore du soleil.

Robert s'engagea sur le sable. Porté par ses énormes roues, le 4×4 progressait sans difficulté. Le conducteur parcourut cinq cents mètres, la distance nécessaire pour laisser derrière lui toute présence humaine, et coupa le contact.

Pendant quelques secondes, les quatre amis restèrent silencieux. Ils étaient pris par le spectacle, sa densité, cette impression de se trouver dans un lieu hors du temps.

Ici, le monde était tel qu'au commencement. Simple, tranquille, taillé dans un matériau brut. Une lumière douce illuminait les rochers, saupoudrant l'océan de paillettes scintillantes. Des oiseaux planaient au-dessus des flots, ailes déployées, profitant des courants ascendants pour se laisser porter.

La gorge de David se noua.

Ce lieu, cette ambiance. C'était la même que celle de son cauchemar. Juste avant qu'il ne tombe dans le vide et se retrouve dans la grotte.

Avec Daddy et le Voleur d'Âmes.

— Ça va ?

Louise venait de lui prendre le bras.

— Impeccable, répondit le jeune homme mécaniquement.

— T'as l'air de flipper.

— Pas du tout.

David eut l'impression que la télépathe essayait de lire en lui. Depuis le début des cours sur la décorporation, elle le faisait de plus en plus souvent. Comme si elle cherchait quelque chose.

Cette fois, le jeune homme n'eut pas besoin de verrouiller ses pensées. Les portières avant venaient de s'ouvrir, laissant filtrer dans l'habitacle une grande brassée d'air chaud.

Robert prit aussitôt les choses en main. Il repéra l'endroit adéquat, un peu en retrait du rivage, y déroula un tapis de sol et porta Louise dans ses bras pour la poser dessus. Puis, avec l'aide de David, ils montèrent le campement.

Alice, pendant ce temps, alla ramasser du bois mort. Elle en rapporta un bon stock, creusa un trou dans le sable et alluma un feu. Elle entreprit ensuite de préparer le dîner. Ribs[1], épis de maïs, brochettes de Marshmallow. Même s'il en avait acheté trois fois trop, Robert ne s'était pas cassé la tête.

1. Côtes de porc.

Le soleil avait disparu quand tout fut enfin prêt. Les jeunes gens s'installèrent devant le barbecue, une canette de bière fraîche à la main.

— On est pas bien ? lança Robert avec son enthousiasme habituel.

La nuit était douce, chargée de senteurs marine. Un léger clapot montait de la grève, rappelant que l'océan dormait près d'eux.

— C'est top, répondit Louise.

— Méga cool… confirma Alice.

Elle était lovée contre l'épaule de son héros. Entre les amoureux terribles, tout semblait coller de nouveau.

David se joignit au concert, confirmant à quel point il savourait l'instant. Pourtant, la sensation éprouvée en arrivant le poursuivait toujours.

C'était absurde. Cette plage était tout ce qu'il y avait de plus réel. Et à moins de s'enfoncer dans le sable afin de rejoindre le cœur de son cauchemar, il n'y avait aucune raison pour qu'il bascule dans l'univers du Voleur d'Âmes.

— David, tu es là ?

Le jeune médium émergea de ses pensées en catastrophe.

— Quoi ?

— Tu pourrais au moins faire semblant de t'intéresser, soupira Robert. Je repose la question. T'as un truc, c'est ça ?

— Un truc pour quoi ?

— Pour avancer aussi vite. Si tu continues à ce rythme, tu te seras décorporé avant qu'on ait fini le programme de Miss Piggy.

Les quatre amis avaient confronté leurs résultats, au fur et à mesure des séances menées avec Carole Lewis. David n'avait pas encore réussi à quitter son corps mais il était, Louise exceptée, celui qui s'en sortait le mieux.

Il répondit :

— J'en sais rien.

Robert attrapa une côtelette et mordit dans la viande.

— Trop facile.

— Qu'est-ce que tu veux que je te dise ? Si j'avais une recette, je te la filerai.

— Il n'y a pas de recette, trancha Louise. Chacun progresse à son rythme.

— Ou pas du tout, ironisa le New-Yorkais.

— On va tous y arriver, affirma Alice. C'est juste une question de temps.

Robert lança son os dans les flammes.

— Toi peut-être. En ce qui me concerne, je le sens pas.

Cette fois, personne ne le contredit. Les autres avaient anticipé qu'il pouvait être dans le vrai.

— Relax, reprit le grand brun, y a pas mort d'homme. Et puis, il me reste la machine à décorporation de ce bon docteur Frankenstein !

David opina.

— C'est une solution.

— À condition qu'il te laisse l'utiliser, rectifia Louise.

— J'aimerais bien voir le contraire.

— Tu ferais quoi ? Si tu dévoiles l'existence du labo, il niera. Tu n'as aucun moyen de pression.

— Si, j'en ai un.

— Ah oui ? Lequel ?

— Vous.

Les trois amis se regardèrent. Robert dévoila ses cartouches.

— Wiseman aurait pu nous virer quand on a découvert son repaire. Il ne l'a pas fait. Parce que, selon ses propres termes, on est des sujets exceptionnels. Il a besoin de nous pour expérimenter ses petites théories. Si vous êtes solidaires, il ne prendra pas le risque de tous nous perdre.

— Du chantage ? releva Louise.

— Un deal, corrigea Robert. Tout le monde y trouvera son compte.

David sourit intérieurement. Son pote était d'une mauvaise foi hallucinante. Il présentait toujours les choses sous l'éclairage qui lui convenait le mieux.

Ce dernier maintenait la pression.

— Vous marchez avec moi ?

Alice accepta aussitôt. David n'était qu'à moitié convaincu mais il était trop tôt pour savoir comment les choses allaient tourner. Il se devait au moins de le soutenir. Quant à Louise, elle paraissait embarrassée.

— Ça a l'air de te poser un problème, l'apostropha le grand brun.

— Imagine qu'il dise non. On fera quoi ?

— Il n'a pas le choix.

— Pas sûr. Un élève est déjà mort. S'il estime que tu n'as pas les qualités, il ne prendra pas le risque.

Robert la contra d'un ton sec.

— Ça, ma grande, c'est mon affaire. J'ai juste besoin de savoir si je peux compter sur toi.

L'ambiance devenait électrique. David adressa à Louise une injonction mentale.

— *Laisse tomber. On avisera au moment opportun.*

La jeune fille fronça les sourcils.

— *Tu peux répéter. Je n'ai pas bien compris.*

— *Dis-lui que t'es OK. De toute façon, c'est Wiseman qui tranchera.*

Louise cligna les paupières. Un signe dont ils avaient convenu depuis peu pour confirmer la bonne réception de leurs messages silencieux.

Puis elle s'adressa à Robert.

— Très bien. Je reste dans l'équipe. Seulement, j'y mets une condition.

— Je t'écoute.

— Si Wiseman donne son feu vert, je veux que tu me promettes de ne jamais tenter l'expérience tout seul. L'un de nous devra toujours t'accompagner.

Le New-Yorkais n'apprécia le marché qu'à moitié.

— T'as pas confiance ?

— Pour être franche, non.

Sourire crispé.

— Au moins c'est clair.

Un lourd silence s'abattit sur le groupe. Les quatre amis regardaient les braises crépiter, gênés par ce conflit qui pour la première fois les divisait.

Au bout d'une longue minute, Robert dégela la situation.

— Puisqu'on est d'accord, pas la peine de se prendre la tête. On est venus pour se détendre, non ?

Sans attendre la réponse, il sortit de sa poche un joint déjà roulé.

CHAPITRE 37

Trois tentes.

Une pour David, une pour Louise, une pour eux.

Un mois plus tôt, l'idée de passer une nuit entière avec Robert l'aurait paniquée. À présent, Alice s'en faisait une joie. Elle avait même accepté de fumer de l'herbe. Une façon de lui montrer qu'elle aussi faisait des efforts pour se rapprocher de lui.

Résultat des courses, la belle surfeuse se sentait parfaitement détendue. Un lâcher-prise total dont elle n'était pas coutumière. Elle se sentait même capable de...

L'idée provoqua une bouffée de chaleur. Elle désirait Robert. Elle avait eu envie de lui tout de suite, à la seconde où leurs regards s'étaient croisés. Pour cette raison, elle avait dû freiner des quatre fers. Parce que dans son histoire le sexe était synonyme de souffrance et de peur. Deux obstacles insurmontables qui n'engendraient que frustration.

Robert demanda.

— Tu te sens comment ?

— Je plane.

— Bienvenue au club.

Ils avaient rejoint leur piaule après le dessert. Robert avait roulé un nouveau joint, puis ils s'étaient allongés l'un contre l'autre dans la pénombre de leur maison de toile. Le New-Yorkais, défoncé jusqu'aux yeux, fixait le plafond en essayant de contrôler ses pulsions. Depuis que David l'avait mis au courant de la problématique d'Alice, il ne se jetait plus sur elle. Il la laissait venir, afin de lui montrer à quel point il la comprenait.

La blonde le savait. Elle se lova contre son mec, murmura dans le creux de son oreille.

— Tu as sommeil ?

— Pas vraiment.

Alice eut un petit rire coquin.

— Moi non plus.

— On fait quoi ?

— Je suis certaine que tu as une idée.

— Pas qu'une.

— Ça tombe bien. Moi aussi, j'en ai plein.

Ils s'embrassèrent. Une communion profonde, sensuelle, qui chavira Alice en profondeur. Dans le même temps, arrivèrent les caresses. Douces, précises, affolantes. Les mains de Robert couraient sur sa peau, effleuraient ses seins, plongeaient entre ses cuisses.

La jeune fille dérivait à présent dans une nuit tiède, peuplée seulement de sensations. Le parfum rassurant de son petit ami. Le goût de ses baisers sur ses lèvres. Et les ondes chaudes qui parcouraient son corps à chaque nouvel attouchement.

Elle sentit sa culotte glisser sur ses jambes.

La bouche de Robert se substitua à ses doigts.

Alice s'abandonna. La drogue qui courait dans ses veines potentialisait son plaisir. Le moindre contact lui arrachait maintenant un gémissement.

Soudain, sans qu'elle s'y attende, une vague plus puissante la submergea. Elle étouffa un cri pendant que le flot la traversait. Puis, peu à peu, le calme succéda à la tempête.

— Ouah... lâcha-t-elle dans un souffle. C'était trop fort.

— Je te l'avais dit. Avec de l'herbe, tu multiplies le truc par dix.

Elle ne répondit pas. D'autres pensées se bousculaient dans son esprit.

— À mon tour, lança-t-elle en se redressant. Enlève ton jean, je vais m'occuper de ton cas.

Robert s'exécuta. Il s'étendit sur le dos, les mains croisées derrière la nuque.

— Je te préviens, je suis en fusion.

— J'avais remarqué.

Elle retira son débardeur. Maintenant complètement nue, elle enfourcha Robert et se frotta lentement contre lui.

— Tu me rends dingue, commenta ce dernier.

— C'est le but.

Elle poursuivit son entreprise. Très vite, une nouvelle bouffée de désir l'envahit. Une pulsion inédite, qui dépassait la chair pour prendre naissance dans son esprit.

Les mots qu'elle avait si longtemps retenus franchirent enfin la barrière de ses lèvres.

— J'ai envie de toi.

Puis elle ajouta sur un ton grave :

— Vraiment. Complètement.

Le New-Yorkais réalisa avec un temps de retard.

— Tu peux répéter ?

— Je voudrais qu'on essaie.

Robert se redressa sur ses coudes.

— Tu dis ça parce que t'es raide.

— Je suis raide, t'as raison. C'est sans doute pour ça que je n'ai plus peur.

— Ce qui ne veut pas dire que tu n'auras plus mal.

— Je n'en sais rien. Et je m'en fous. Si j'ai une toute petite chance de briser ce putain de cercle vicieux, il faut que je la saisisse maintenant. Je le sens.

Des larmes roulèrent sur ses joues. Robert ne pouvait pas les voir, mais il put les sentir quand elles vinrent mouiller son front.

— D'accord, concéda-t-il. On va y aller doucement.

Le cœur d'Alice battait à tout rompre. Ce n'était plus la peur qui affolait sa course. Une émotion nouvelle l'avait remplacée, mélange de joie, de curiosité et de soulagement.

Elle prit une grande inspiration et se jeta à l'eau.

CHAPITRE 38

Porté par l'ambiance, David avait fumé aussi. À peine trois taffes, avec lesquelles il s'était à moitié étouffé. Comme il n'avait pas l'habitude, l'herbe lui était montée directement au cerveau.

Il lança un autre morceau de bois dans les flammes. Elles crépitèrent, propulsant dans la nuit des braises incandescentes.

En un battement de paupières, le passé remonta. David était assis avec Maude devant un feu semblable, l'écoutant lui parler des mystères de l'univers. Pour elle, les confettis d'or rouge qui s'échappaient des braises étaient dotés de conscience. Des créatures minuscules, libres et magnifiques, quittant le brasier pour entamer leur ascension vers les étoiles.

— À quoi tu penses ? demanda Louise.

Quand leurs amis s'étaient éclipsés, la télépathe était restée avec David. Assise face à la mer, elle planait autant que lui.

— Rien d'important, répondit le jeune homme.

— Dis toujours.

— D'après ma grand-mère, la nature est un être vivant. Un gigantesque organisme constitué par des milliards de cellules. L'homme n'en représenterait qu'une infime proportion. Comme tout ce que nous voyons autour de nous. La part la plus importante serait constituée par des énergies qui nous sont invisibles.

— Le discours new age par excellence. Cela étant, je suis plutôt d'accord.

— Moi, j'ai mis du temps avant d'y adhérer.

— C'est elle qui t'a sensibilisé à tout ça, n'est-ce pas ?

— D'une certaine façon.

— Elle s'appelle comment ?

— Maude. C'est une femme extraordinaire. Je pense qu'elle te plairait.

— Tu n'as qu'à me la présenter.

David hocha la tête.

— Bonne idée.

Louise opina à son tour. Elle laissa filer quelques secondes avant de relancer.

— Et ton grand-père ?

Le médium eut une seconde à vide.

— Quoi, mon grand-père ?

— Il est dans ce trip, lui aussi ?

Hors de question d'aller trop loin sur ce terrain.

— C'était un physicien. Plutôt genre rationnel.

— Il a pris sa retraite ?

— Il est mort.

— Désolée... Il y a longtemps ?

— Huit ans.

— Tu n'as jamais essayé d'entrer en contact avec lui ?

Le jeune homme la scruta. Curieux, cette insistance. Se pouvait-il qu'elle ait capté un détail, une pensée, qui l'aurait mise sur la voie ? Les tentatives récurrentes pour pénétrer son esprit pouvaient confirmer cette hypothèse.

— À quoi tu joues ?

— Pardon ?

— Tu crois que je n'ai pas remarqué ton manège ? Tes tentatives pour entrer dans ma tête. Tes questions à deux balles. Tu cherches quoi au juste ?

Louise se décomposa. Le jeune homme réalisa qu'il y était allé un peu fort.

— Écoute, corrigea-t-il un ton en dessous. Si tu veux me demander un truc, fais-le carrément.

— Parce que tu me répondrais ?

— Tout dépend de la question.

— Très bien. Pourquoi tu penses tout le temps à ton grand-père ?

— Je l'aimais. Ça te va ?

— Non. Je suis certaine qu'il y a autre chose.

— Ce serait quoi, d'après toi ?

— Je ne sais pas. Tu caches trop bien ton jeu. Mais je sens comme une onde noire qui te menace. Elle vient de lui ?

David sentit l'étau se resserrer. Il devait tenir bon. Suivre les recommandations de Wiseman. Ne pas mettre ses amis en danger.

— Tu te fais des idées.

— Arrête de mentir. De quoi as-tu peur ?

— Mais... de rien.

— Je peux t'aider. On est « connectés » tous les deux. Tu le sais.

Le jeune homme se sentit fléchir. Le poids qu'il portait pesait des tonnes. Il aurait bien aimé le partager avec elle.

La rousse dut avoir l'intuition qu'elle progressait. Elle sortit son joker.

— Tu te souviens de ce qui s'est passé pendant la dernière séance avec Piggy ?

— Quand on est entrés dans les tubes à essais ?

— Juste avant. Pendant l'exercice de visualisation de mon corps éthérique.

Le jeune homme comprit aussitôt où Louise voulait l'amener. Il fit semblant de ne pas comprendre.

— Quel rapport ?

— Tu le sais très bien. Tu as vu celle que j'étais avant mon accident. Celle que je serais devenue si la vie ne m'avait pas joué ce sale tour.

Le cœur de David s'accéléra. Il continua de feindre l'incompréhension.

— Et ?

— J'ai capté ce que tu as ressenti à cet instant.

La révélation le percuta de plein fouet.

— Tu as...

— Oui. Tes émotions. Le désir qui t'a envahi. Je dirais même... une sorte de pulsion amoureuse. Ta réaction aurait pu me blesser. Cette fille sur laquelle tu as flashé, ce n'est plus vraiment moi. Mais bizarrement, j'en ai été flattée.

David n'essaya pas de se défendre. Louise l'avait percé à jour. Elle avait vu à quoi tenaient ses sentiments. Ils se résumaient à une simple question d'apparences.

La jeune fille prit sa main.

— Oublie. Ce que je veux te dire, c'est que nous sommes vraiment liés. Tu lis en moi comme je lis en toi. Alors fais-moi confiance. De toute façon, un jour ou l'autre, je finirai par découvrir ce que tu me caches.

Louise était dans le vrai. Ils étaient plus que des amis. Leurs âmes se comprenaient et tôt ou tard, elle saurait. Et puis elle était forte, parfois bien plus que lui. Pourquoi continuer à refuser son aide ?

— Et merde. J'en ai marre de garder ça pour moi. Ce que tu as ressenti concerne bien mon grand-père. Enfin, plus exactement son âme. Elle s'est manifestée après sa mort, dans un cauchemar qui n'arrête pas de me hanter et dans lequel un monstre veut me dévorer.

— Raconte.

David se racla la gorge.

— Ça démarre dans un endroit qui ressemble un peu à celui-là. La mer, des falaises. Je marche. C'est plutôt cool. Et puis d'un coup, je tombe. Une chute bizarre. Je me retrouve dans une espèce de grotte sordide. Là, j'entends la voix de mon grand-père qui me dit…

Le jeune médium s'interrompit.

— Qu'est-ce qu'il te dit ? relança Louise.

— Une seconde. T'as pas senti ?

— Quoi ?

— Le courant d'air. C'était bizarre.

— On est au bord de l'eau. Il y a un peu de brise. Tout ça est très normal.

— Non. Il s'agit d'autre chose.

La rousse eut un sourire en coin.

— Tu n'as rien trouvé de mieux pour te défausser ?

— Je t'assure.

— Que veux-tu que…

Louise n'acheva pas sa phrase. Ses traits s'étaient tendus.

— Mince. Je crois que t'as raison.

— Ah ! Tu l'as senti, toi aussi ?

— Carrément.

Les deux étudiants scrutèrent la nuit, à la recherche d'un indice. En vain. La lune illuminait la crique d'une lueur métallique, ne révélant dans son halo qu'un paysage de paix.

Après un temps, Louise demanda :

— Tu penses comme moi ?

— Pareil.

— Quelque chose nous observe. Je n'arrive pas à déterminer ce que c'est, mais l'énergie est super négative.

David, lui, avait sa petite idée. Cette force mauvaise lui en rappelait une autre, croisée dans la maison de

Chrystelle Banks. Elle dégageait les mêmes ondes. Là-bas, déjà, il l'avait associée au Voleur d'Âmes.

Il n'eut pas le temps d'approfondir. Alice, seulement vêtue d'une petite culotte, courait vers eux.

— David ! Vite !

— Qu'est-ce qu'il y a ?

— La vague ! Je l'ai sentie ! Elle arrive !

Il se tourna vers l'océan. Sa surface, lisse jusque-là, s'était soudain creusée. Derrière la dépression, une masse d'eau sombre se formait. En quelques secondes, elle atteignit la taille d'un immeuble.

— Elle sera sur nous dans moins d'une minute, avertit la surfeuse. On laisse tout, on prend Louise et on dégage.

Le médium l'entendit à peine. Il était comme hypnotisé. Un tsunami, ici, à Corail Cove. C'était une pure folie. Aucune donnée rationnelle ne permettait de justifier un tel phénomène. Seule l'intervention d'une force surnaturelle pouvait lui donner un sens. Une force dont il venait de sentir la présence quelques minutes auparavant.

Le Land Rover déboula, phares allumés. Perdu dans ses pensées, David n'y prêta pas attention. Pas plus qu'à l'Hawaïenne qui s'agitait dans tous les sens en prononçant des paroles incompréhensibles.

La voiture pila à côté d'eux. Robert en descendit, le visage chiffonné comme s'il venait de se réveiller. Il se précipita vers Louise, la prit dans ses bras et la chargea sur la banquette arrière.

Puis il hurla :

— David ! Qu'est-ce que tu fous ?

Le médium sortit de sa transe. Il courut vers le 4 × 4, bondit à l'intérieur pendant qu'Alice claquait sa portière.

— Roule ! cria la blonde. Roule !

Les pneus mordirent le sable, propulsant le Land Rover vers l'avant. Accroché à la poignée de sécurité, David évalua leurs chances. Cinq cents mètres les séparaient du chemin d'accès. Une ligne droite aux allures de piège, avec la mer d'un côté et la falaise de l'autre. S'ils ne faisaient pas assez vite, la lame de fond couperait leur route et les engloutirait.

Quatre cents mètres.

La colonne d'eau se rapprochait de la plage. Bien à l'abri des vitres, le spectacle avait quelque chose d'irréel. Un film, bourré d'effets spéciaux.

Trois cents mètres.

Les premières gouttes percutèrent le pare-brise. Robert actionna les essuie-glaces et écrasa l'accélérateur.

— Allez, ma belle ! Avance !

— On est trop lent ! gémit Louise. On ne passera pas !

— Ça va le faire. On y est presque.

Concentré à l'extrême, le New-Yorkais retrouvait ses réflexes de pilote. La tension des courses de stock-car. Les quitte ou double au moment des dépassements. Le risque, omniprésent.

Deux cents mètres.

La muraille mortelle n'était plus qu'à un jet de pierre. Sa crête sombre ondulait, accompagnée par des paquets d'écume.

Soudain, Louise perdit le contrôle. Coincée dans cette coquille de tôle, elle devait revivre des émotions liées à son accident.

— Accélère ! Putain, mais accélère !

— Je ne peux pas ! Je suis à fond !

Le 4×4 volait littéralement. Une torpille lancée dans la tempête. Prostrée, Alice fixait la forteresse liquide qui galopait à leur rencontre. Elle n'avait pas prononcé un mot depuis le début de leur fuite.

De son côté, David n'en menait pas large non plus. Le Voleur d'Âmes s'en prenait de nouveau à lui. Une attaque d'une violence phénoménale, dirigée également contre ses amis. Et cette nuit, Wiseman n'était pas là pour lui tenir la main.

Il repensa au talisman.

Les reliques d'Akhenaton.

C'était le moment ou jamais de voir si ça marchait.

Cent cinquante mètres.

David sortit l'urne de sa poche. Il la serra dans sa main, focalisant son énergie mentale sur le pharaon revenu d'entre les morts. Il lui demandait son aide de façon spontanée, sans savoir s'il prononçait les bonnes paroles, s'il suivait la bonne procédure.

En vain.

La vague atteignit la grève. Une montagne noire, que les quatre amis auraient presque pu toucher. Dans une poignée de secondes, l'océan se refermerait sur eux.

Plus que cent mètres.

David ne lâchait pas l'affaire. Le cerveau en ébullition, il poursuivait son entreprise désespérée.

La trouée du chemin d'accès se découpa dans la lueur des phares. Une ouverture minuscule, lointaine. Une lucarne d'espoir au milieu des rochers.

David redoubla d'efforts. Il s'accrochait à l'amulette comme à une bouée de sauvetage.

La lame de fond commençait à se casser. Déjà des paquets d'eau se fracassaient sur le toit de la voiture.

Alors, une voix monta du plus profond de son esprit. Un timbre doux, rassurant, qu'il connaissait déjà.

— *Rapproche-toi de l'océan.*

Ho Hsien-Ku.

Son ange gardien.

C'était elle, et non Akhenaton, qui avait entendu son appel.

David répondit mentalement.

— *Vous voulez qu'on fonce dans le mur ?*

— *Tu n'as plus le temps de douter. Fais-moi confiance.*

Le sommet de la vague déferla. Plus que quelques secondes et le linceul allait se refermer sur eux.

David hurla :

— Braque à droite !

— Quoi ?

— Fais-le ! confirma Louise.

— Vous êtes malades ! On va...

La voiture fit une embardée. Alice s'était jetée sur le volant. Sortant de son mutisme, elle avait décidé à la place de Robert.

Tout se passa très vite.

La vague passa au-dessus d'eux. Elle se transforma en rouleau et s'écrasa plus loin. Un tunnel aux parois palpitantes s'était formé, à l'intérieur duquel filait le 4×4.

David relia les points. À l'endroit même où la voiture aurait dû percuter l'eau, la mer avait reculé de dix bons mètres. Une conséquence purement mécanique dont la surfeuse s'était souvenue.

— Fonce ! ordonna Alice. Il va se refermer sur nous.

Confirmant ses craintes, un coup de tonnerre éclata dans leur dos. Les trois passagers se retournèrent. L'extrémité du *pipe*[1] remontait maintenant vers eux à vive allure, tel un serpent monstrueux dévorant tout sur son passage.

Robert enfonça la pédale. Le Land Rover se remit dans l'axe et fila vers le chemin.

Dans l'habitacle, les souffles se suspendirent. À peine cinquante mètres à parcourir. L'affaire de cinq ou six secondes.

---

1. Tunnel d'eau formé par une vague déferlante, à l'intérieur duquel se faufilent les surfeurs.

Une éternité.

Trente mètres. La langue liquide se rapprochait.

Quinze. Elle lécha l'arrière de la voiture.

Cinq. La mâchoire se referma.

Le temps se pétrifia. Le 4 × 4 chassa, emporté par la puissance du flot.

Puis, en un battement de cœur, l'assiette se stabilisa à nouveau. Ils roulaient maintenant sur un sol dur, grimpant un raidillon cerné par deux parois de roche.

Des cris de joie montèrent dans l'habitacle.

Ils avaient réussi. Ils étaient passés. Ils étaient en vie.

Tentant le tout pour le tout, Robert avait rétrogradé *in extremis*. Les puissantes roues motrices s'étaient enfoncées dans le sable, propulsant le Land Rover vers la sortie.

CHAPITRE 39

— C'est une blague ?

— Non.

— Pourquoi tu ne nous en as pas parlé avant ?

— Trop risqué.

Assis en tailleur sur son lit, David subissait un feu roulant de questions. Ses trois amis lui faisaient face, à la façon d'un tribunal où Robert tenait le rôle du procureur. Il marchait de long en large, expulsant avec un temps de retard le stress subi deux jours plus tôt.

— Plus risqué que de se faire anéantir par un tsunami ?

— Je voulais juste vous protéger.

— Tu t'es bien planté, professeur Xavier[1]. Sans l'intuition d'Alice, on n'aurait même pas vu venir la vague.

David se tassa. Après l'attaque de Corail Cove, il avait pris la décision de tout leur révéler. Ses cauchemars, le message *post mortem* de son grand-père, le Voleur d'Âmes, et les révélations de Ho Hsien-Ku sur le destin qui serait le sien. En les tenant à l'écart

1. Directeur de l'école des mutants dans la série *X-Men*.

de cette histoire, il avait fait le mauvais choix. Il devait maintenant en assumer les conséquences.

Louise prit sa défense.

— On ne va pas en faire tout un plat. On est là, non ? Et puis ça partait d'un bon sentiment.

— Qu'est-ce que ça change ? contra Robert.

— David a vraiment cru bien faire. Pour moi, il n'y a que ça qui compte. En plus, il s'apprêtait à tout nous dire. Faute avouée est à moitié pardonnée, non ?

— C'est ça. Dans la série proverbe débile, il y a aussi : « L'enfer est pavé de bonnes intentions. »

La rousse en avait assez de toute cette agressivité. Elle prit Robert à contre-pied.

— Et tu en sais quelque chose, n'est-ce pas ?

Le grand brun ricana.

— Sainte Marie-Louise, priez pour nous. Tu n'es pas fatiguée de le protéger ? En tout cas, moi, je ne vous ai jamais mis en danger. Au contraire. Si je n'avais pas eu le bon réflexe au bon moment, on serait en train de nourrir les poissons.

Alice soupira.

— Merci à toi, grand homme. Sans tes gros bras musclés et ton sang-froid de Superman, personne ne s'en serait sorti. Seulement tu oublies une chose. C'est David qui a eu la bonne stratégie. Louise l'a confirmé, ce qui m'a amenée à tourner le volant. Tout seul, tu te serais planté.

Robert encaissa le coup.

— Toi aussi, tu t'y mets ?

— J'essaie juste de te dire que si on est là, c'est parce que tout le monde a apporté sa pierre.

— Ouais... Le mieux aurait été de ne pas se foutre dans cette galère.

Un silence plana dans la chambre. Le jeune médium sentait que l'atmosphère se détendait mais n'osait pas encore intervenir.

Louise reprit l'initiative.

— Au moins, maintenant on sait. Ce « Voleur d'Âmes » ne fera pas de quartier. Il n'hésitera pas à s'en prendre également à l'entourage de David.

— Y a qu'à éviter le mouton noir, ironisa Robert. Comme ça, on sera peinards.

Les deux filles lui lancèrent un regard las. Il battit en retraite aussitôt.

— On peut rigoler, non ?

— Tu ferais mieux de nous aider à trouver une solution. Si cette entité a pu nous agresser dans l'univers physique, que se passera-t-il lorsque nous voyagerons dans l'Invisible ?

— Ce sera bien pire, affirma Alice.

Louise opina.

— Nous serons chez lui. Dans son élément. Il doit y être mille fois plus puissant.

La pièce parut se resserrer sur eux. Comme si la menace était déjà à l'œuvre.

David intervint.

— Je vais m'éloigner. Il est hors de question que je vous fasse courir de nouveaux risques.

— Hey ! Je plaisantais, affirma Robert avec force.

— Peut-être. Mais dans le fond, tu étais dans le vrai.

— Tu quitterais l'Institut ? demanda Alice.

— Je n'ai pas le choix.

— Arrête de dire n'importe quoi, s'énerva Louise. Ta place est ici, à Cap Rock.

— Plus après ce qui vient de se passer.

— Au contraire. Tu dois encore te perfectionner pour retrouver ton grand-père et vaincre ce monstre.

David baissa la tête. Une seule pensée l'obsédait.

— J'ai failli vous faire tuer. Je ne peux pas...

La jeune paraplégique ne le laissa pas terminer.

— Mais ça ne s'est pas produit. Et si tu es vivant, c'est parce que nous étions là.

— Ce n'est pas votre combat. Vous n'avez aucune raison de le mener à mes côtés.

— Tu te trompes. Tu es notre ami. En soi, ce serait déjà une bonne motivation. Mais il y a plus. Maintenant, le Voleur d'Âmes connaît notre existence.

— Et alors ? Ce n'est pas après vous qu'il en a.

— On t'a permis de lui échapper. Tu crois qu'il va nous laisser tranquillement gambader dans le monde astral comme si de rien n'était ?

L'argument porta. Ils avaient uni leurs dons pour se sortir des griffes du Voleur d'Âmes.

À présent, ils étaient tous des cibles.

Louise enfonça le clou.

— Survivre ensemble ou mourir seuls. Voilà l'option. Si nous voulons accéder à l'Invisible, il faudra désormais le faire en groupe. Tous les quatre.

David opina.

— J'espère que vous êtes bien conscients des enjeux. Si vous me suivez sur cette route, vous pouvez très bien y rester.

La rousse désigna son fauteuil roulant.

— En ce qui me concerne, la question ne se pose pas.

— Moi, ça me va, lança Robert d'un ton joyeux. Cet enfoiré de Dark Vador a essayé de me la faire à l'envers. Il va comprendre sa douleur. En plus, si je n'arrive pas à me décorporer tout seul, vous serez obligé de forcer Frankenstein à me mettre dans son caisson.

Alice eut un sourire tendre. Elle prit la main de son mec et s'adressa à lui.

— Je marche aussi. Comme ça, je pourrai te surveiller.

David était touché. Ses trois amis allaient l'accompagner dans sa quête, au mépris d'un danger dont tous avaient pourtant pris la mesure.

Contrôlant son émotion avec peine, il quitta son lit et s'approcha d'eux. Il prit la main de Louise, celle d'Alice, et demanda à Robert de fermer le cercle.

— Maintenant, nous sommes liés.

Robert, ému aussi, sortit une vanne.

— Ouais. Comme une confrérie.

— C'est ça, ajouta Louise avec sérieux. La Confrérie de l'Invisible.

CHAPITRE 40

Le programme d'entraînement de Carole Lewis se poursuivait maintenant à un rythme soutenu. Les étudiants s'investissaient sans compter, impatients d'accéder aux mondes cachés de la Création. Au sein du groupe, les résultats variaient du tout au tout.

Avec un essai transformé, Louise était la plus avancée. Son corps astral s'était retrouvé scotché au plafond, flottant comme un ballon gonflé d'hélium. Pas moyen de savoir comment elle avait réussi son coup. Dans son esprit, cette performance relevait du pur hasard.

David arrivait juste derrière. Il se trouvait aux portes de l'Invisible, sans réussir à les franchir. Le danger représenté par le Voleur d'Âmes, même s'il désirait l'affronter, constituait un frein à son évolution. Un paradoxe qu'il combattait de toutes ses forces, créant cependant un plafond de verre impossible à dépasser.

Alice, quant à elle, avait encore plus de mal. Quelque chose la bloquait. Une résistance inconsciente, d'après Carole Lewis. Bien qu'elle prétende le contraire, David était persuadé que la surfeuse savait de quoi il retournait. Cette scène terrible, dont il avait perçu l'existence en lui faisant la bise, ne devait pas y être pour rien.

Robert, enfin, était lanterne rouge. Il ne connaissait pas la peur, semblait équilibré, mais ne parvenait pas pour autant à modifier son état de conscience d'un iota. Il suivait à la lettre les recommandations de Piggy, ne parvenant au bout du compte qu'à s'endormir.

Quoi qu'il en soit, tous étaient sur leurs gardes. Chaque fois qu'ils fermaient les yeux et entamaient le processus de relaxation, ils redoutaient de voir surgir le Voleur d'Âmes.

Mais pour l'instant, personne.

Le calme plat, après l'ouragan de Corail Cove.

L'entité attendait sans doute son heure. Les quatre amis n'étaient qu'aux portes de l'Astral. Ils seraient plus vulnérables une fois dedans.

— J'en ai ras le bol, s'impatienta Robert. Un mois que ça dure et j'en suis toujours au même point.

— Logique, lui répondit David. Plus tu forces, moins tu avances. Il faut vraiment que tu arrives à lâcher prise.

Le New-Yorkais sortait d'une séance d'entraînement avec Carole Lewis. Une sorte de cours particulier, qu'il était parvenu à décrocher en jouant de son charme. David l'avait rejoint au *Serpent Rouge*, pour un énième débriefing.

Robert avala une gorgée de bière et rétorqua :

— T'es gentil mais je t'ai pas attendu. Le hic, c'est que ça me fait ronfler.

— Parce que tu te détends trop. Tu dois trouver ton équilibre entre relaxation et concentration.

Le sportif soupira.

— Franchement, ça me gave. Et à mon avis, je ne suis pas le seul.

— Tu parles pour Alice ?

— Pas uniquement. Louise est au bord de la crise de nerfs. Elle était persuadée que ce serait plus facile, surtout avec son expérience. Quant à toi, j'imagine que tu dois aussi ronger ton frein.

David haussa les épaules.

— Oui et non.

— T'es vraiment un cas. Si j'étais aussi doué que toi, je crèverai d'envie de monter au créneau.

— Tu oublies un détail. Le Voleur d'Âmes risque de me tomber dessus dès que j'aurai mis le nez dehors. Et je ne suis pas encore sûr d'être assez fort pour me battre contre lui.

Robert eut un petit sourire.

— On est là pour t'aider.

David sourit en retour.

— La Confrérie de l'Invisible...

— Tout juste. Tu nous as mis dans ton plan, maintenant on doit se serrer les coudes. Seulement faut s'en donner les moyens.

Le médium comprit où son ami voulait en venir.

— Tu voudrais qu'on accélère le processus ?

— Je crois qu'il est grand temps de se servir de la machine.

— Et j'imagine que tu en as déjà parlé aux filles.

— Elles sont d'accord avec moi.

Le médium hocha la tête.

— OK. De toute façon, il faudra bien affronter cette entité à un moment ou à un autre. Alors autant le faire tout de suite.

Deux heures plus tard, les quatre amis se retrouvaient dans le bureau de Wiseman.

— C'est un ultimatum ?

— Une façon d'optimiser notre sécurité, répondit Robert.

— Et si je refuse ?

— Vous assumerez la responsabilité de ce qui pourra se passer.

La stratégie était simple. Le directeur de l'Institut redoutait l'accident, ils lui donnaient la solution pour l'éviter. S'ils se décorporaient seuls, ils seraient vulnérables. En voyageant ensemble, ils mettraient toutes les chances de leur côté. L'épisode du tsunami l'avait démontré.

Wiseman remonta ses lunettes sur son front.

— Ce n'est pas un peu prématuré ? Vous n'avez même pas terminé le programme préparatoire.

Louise rétorqua :

— J'ai réussi à quitter mon corps une fois. David y est presque et il ne manque plus grand-chose à Alice. Il n'y a que Robert qui est à la traîne.

— Justement. En matière d'OBE, il n'y a pas de hasard. Carole Lewis pense que Mlle Bolt oppose une résistance au processus. La lever artificiellement pourrait entraîner des conséquences imprévisibles. Surtout quand on ignore sur quoi elle repose. Quant à M. Vitti, le problème est ailleurs. Même s'il parvenait à se décorporer spontanément, ce dont je doute, il serait en danger.

— Je ne vois pas pourquoi, s'insurgea le grand brun.

— Parce que vous êtes une tête brûlée. Et que dans l'Astral, il faut suivre certaines règles si l'on veut revenir en un seul morceau. Je sais que vous n'y accordez aucune importance. Vous pensez tout contrôler, être invincible. Mais au fond de votre esprit, c'est différent. Une petite case a conscience de ce danger et joue le rôle de fusible. Raison pour laquelle vous faites du surplace.

Robert ne trouva rien à répondre. Les arguments de Wiseman mettaient en évidence une logique enfouie, contre laquelle sa volonté ne pouvait rien.

Alice vint à sa rescousse. Elle aussi était sur la sellette.

— Vous avez raison, professeur. J'ai sûrement un problème. Seulement c'est le mien et je prends le risque. Quant à ce mec, c'est vrai qu'il est ingérable. Mais c'est aussi grâce à lui que nous avons pu échapper au Voleur d'Âmes. Son imprévisibilité est un atout. Comme son courage.

— Les guerriers de l'équipe, ironisa Wiseman. Vaillants et intrépides. Les cimetières sont pleins de ces héros. En ce qui me concerne, je n'ai pas envie de vous aider à rajouter des noms sur la liste.

— Ça n'arrivera pas. Il nous protégera, et moi je serai là pour le canaliser.

— Vous n'êtes même pas en mesure de gérer vos propres difficultés. Comment pouvez-vous avoir la prétention de gérer celles des autres ?

La situation se bloquait. Coincé entre le marteau et l'enclume, le professeur se retrouvait confronté à un dilemme. Aider le groupe à accéder ensemble à l'Invisible et en assumer les risques vis-à-vis de Robert et d'Alice. Ou les laisser se débrouiller seuls et les fragiliser dans leur combat contre le Voleur d'Âmes.

David prit la parole :

— Il faut nous faire confiance. Vous l'avez dit vous-même, le Voleur d'Âmes ne me lâchera pas. Et à présent, je ne suis plus seul dans son viseur. Si vous nous laissez tomber, il nous atteindra au moment où nous nous y attendrons le moins, comme ça s'est produit sur cette plage. Nous devons passer à l'offensive. Et nous devons le faire ensemble.

Wiseman fixa le jeune médium.

— Vous n'êtes pas prêts.

— Nous n'avons plus le temps d'attendre.

Le regard du professeur se posa sur les autres. Des personnalités très différentes, unis par une même détermination. Celle de combattre une menace qui les concernait tous.

Il capitula.

— Soit. Il sera sans doute plus prudent de vous tenir la main plutôt que de vous laisser faire n'importe quoi.

Robert exulta.

— Génial !

— Attendez de voir la suite, monsieur Vitti. Je ne suis pas sûr que vous aimerez forcément tout ce que vous allez découvrir.

CHAPITRE 41

L'expérience fut programmée pour le samedi suivant.

Afin de rester discrets, les quatre amis se rendirent au laboratoire souterrain en fin d'après-midi. Une fenêtre de tranquillité pendant laquelle les étudiants du Nid investissaient la plage.

Toujours la même impression étrange en arrivant dans le complexe secret. Tout y était trop blanc, trop pur, trop high-tech. Au regard des équipements habituels de l'Institut, le lieu préfigurait déjà une autre dimension.

Le professeur les conduisit d'abord dans une petite pièce aveugle, équipée comme un cabinet médical. Un homme jeune, blouse blanche et regard vif, attendait.

— Yohan, annonça Wiseman. Un de nos projeteurs extérieurs. Il termine également son internat de neurologie. Il va pouvoir vous examiner rapidement.

Le futur toubib leur adressa un sourire chaleureux. David eut la sensation d'être accueilli par un de ses pairs. Il nota aussi que la communauté des expérienceurs dépassait le cadre strict du Nid. Wiseman semblait avoir des fidèles un peu partout.

Le médium passa le premier. Pendant que Yohan tirait un paravent, il enleva jean et tee-shirt. Puis il s'assit sur le lit de consultation.

Le médecin vérifia ses réflexes et prit sa tension. Il sonda ensuite ses poumons à l'aide d'un stéthoscope.

— Parfait. Toussez.

David s'exécuta.

— Vous faites du sport ?

— Pas vraiment.

— Vous fumez ?

— Non.

— Pas d'alcool ? De stupéfiants ?

— Non plus.

— Vous êtes sous traitement médicamenteux ?

— Non.

Le toubib examina ses conduits auditifs.

— Ça à l'air clean. Vous avez un iPod ?

— Évidemment.

— Et vous l'écoutez souvent ?

— Ça dépend.

— Vous n'avez jamais senti de baisse à l'audition.

— Je ne crois pas, non.

— Très bien. Vous pouvez vous rhabiller.

David remit ses vêtements.

— C'est tout ?

— Une dernière question. Êtes-vous sujet à des crises d'angoisse ?

— Si je suis stressé ?

— C'est ça.

— De temps en temps.

— J'ai cru comprendre que vous faisiez des cauchemars ?

Légère surprise. David se reprit. Si Wiseman avait tout balancé, c'est qu'il faisait confiance à ses disciples.

— Oui.

— Ce n'est pas grave. Il faudra juste essayer de tenir les images à distance pendant le décollage.

— Facile à dire.

Yohan sourit.

— Vous y arriverez.

Les trois autres étudiants furent auscultés dans la foulée. Les filles n'avaient aucun problème particulier, elles pouvaient suivre le protocole. Quant à Robert, il se garda bien d'avouer sa consommation régulière de cannabis. Yohan le déclara donc lui aussi apte pour l'expérience.

Le groupe alla retrouver Wiseman dans la grande salle. Le professeur s'entretint un instant avec le médecin avant de revenir vers ses élèves.

— Parfait. Maintenant, je vais vous présenter Sean.

Ils le suivirent jusqu'au mystérieux container installé dans le fond. Dans le souvenir de David, il était recouvert par d'immenses miroirs. En s'approchant, il réalisa qu'il s'agissait en fait de petites plaques creuses, ajustées les unes aux autres et remplies d'un liquide laissant penser à du mercure.

Wiseman enjamba des câbles énormes et toqua contre la structure.

— Nous sommes prêts !

La matière bleutée, métallique, parut se fendre en deux pour laisser émerger une porte. Un homme au visage buriné en sortit, vêtu seulement d'un short rouge et d'un débardeur blanc. Un genre de sauveteur en mer, aux muscles dessinés et au regard d'acier, qui semblait descendu tout droit de son poste de secours.

— Sean, annonça le professeur. Il va vous accompagner.

David, Alice et Louise hochèrent la tête. Robert ne put retenir une pique.

— On a besoin d'une nounou ?

Wiseman le fusilla du regard.

— Sean est bien plus que ça, monsieur Vitti. J'espère que vous n'aurez pas à le vérifier.

Le maître-nageur tendit une main ferme. En la serrant, David vit défiler des images de violence : soldats en armes, champs de bataille, déluges de feu. Toutes figuraient des scènes de guerre, mais qui se déroulaient à des époques différentes. Certaines, à en juger par la technologie utilisée, semblaient même sorties d'un jeu vidéo futuriste ou d'un film de science-fiction.

David révisa son jugement. En fait de sauveteur, il s'agissait plutôt d'un *marine*. Il n'eut pas le temps de se demander où le professeur l'avait trouvé. Déjà, ce dernier désignait le container.

— Comme vous l'avez sans doute compris, ça va se passer là-dedans. Dans ce que nous appelons le « Hub », en référence aux plateformes aéroportuaires mais aussi aux routeurs informatiques. Cette machine permet en effet d'interconnecter rapidement différents états de conscience et de passer ainsi d'un univers à un autre.

Louise, toujours précise, voulut en savoir plus.

— Et elle fonctionne comment, exactement ?

— C'est assez complexe. Il faut savoir que le cerveau produit des ondes électriques différentes en fonction de son état d'activité, depuis la veille jusqu'au sommeil profond, en passant bien sûr par le rêve. Ces ondes correspondent à des fréquences, un peu comme sur une radio. Elles peuvent donc être influencées par des fréquences parasites provenant de l'extérieur du corps humain. L'idée de base est de guider artificiellement le sujet vers une fréquence prédéterminée. En l'occurrence, celle permettant la décorporation.

— Parce qu'on connaît cette fréquence ?

— On a remarqué qu'elle se rapprochait de celles constatées lors des états modifiés de conscience. Le rêve en premier lieu, mais aussi la relaxation, la méditation, ou encore l'extase mystique. Le Hub, grâce à un procédé sonore, permet de générer des ondes qui se propagent sur cette fréquence. Il suffit de les faire écouter au projeteur pour que son activité cérébrale se mette naturellement au diapason.

— Une harmonisation, synthétisa Louise.

— Tout à fait. Par simple effet de résonance.

Alice eut une moue d'inquiétude.

— C'est douloureux ?

— Pas du tout.

— Et ensuite ?

La surfeuse avait déjà évoqué la question avec Louise. Maintenant qu'elle se trouvait au pied du mur, une angoisse sourde la dévorait.

Wiseman la rassura.

— N'ayez pas peur. Si vous respectez les consignes, il n'y aura pas de problème.

Il s'approcha de la batterie d'appareils, encastrés dans les murs et reliés au container. Ordinateurs dernier cri, écrans tactiles, pupitres constellés de voyants lumineux. L'installation évoquait une salle de lancement de la Nasa.

Il désigna une console.

— Électro-encéphalogramme. Il a été légèrement adapté pour les besoins de la cause. Avec cet outil, on peut mesurer les modifications électriques survenant au niveau de la peau.

Le professeur effleura ensuite un écran.

— Quant à cet appareil, il établit en temps réel une cartographie des zones actives du cerveau.

— Comme une IRM, demanda Louise ?

— Un peu. Il permet d'analyser les ondes cérébrales du sujet et de déterminer l'état de conscience dans lequel il se trouve. On ne peut pas encore lire dans les pensées mais ce n'est pas loin.

Wiseman revint se camper près du *marine*.

— Tout est sous contrôle, les enfants. De plus, le container est isolé par des panneaux de mercure liquide. Nous évitons ainsi les interférences magnétiques, ce qui rend la procédure de décorporation plus sûre que quand elle s'opère naturellement.

David était bluffé. En dépit de son côté parfois farfelu, Wiseman conservait sa rigueur scientifique. Dans son labo secret, il avait mis l'Invisible en équation et prenait des mesures pour cerner l'inconnu.

— Vous avez encore des doutes ?

Un silence dense régnait dans la salle, derrière lequel sourdait le son lancinant de la ventilation.

— Parce que si c'est le cas, ajouta Wiseman, mieux vaut arrêter tout de suite.

Toujours pas de réactions.

— Alors c'est parti.

CHAPITRE 42

L'intérieur du container était aménagé à la façon d'une salle de projection privée. Un espace clos, vingt pieds sur trente, et d'une hauteur de plafond confortable. Une odeur de brioche chaude flottait dans l'air, probablement répandue par un diffuseur.

David détailla les lieux. Les parois étaient recouvertes de moquette noire, comme le sol, ce qui donnait la sensation de pénétrer dans un espace sans volumes ni reliefs. Sept sièges baquets l'occupaient, six répartis sur deux rangées et un placé en vis-à-vis. Une sorte de masque transparent était posée sur chacun des appuis-tête, duquel partait une multitude de fils multicolores.

— Installez-vous, ordonna Wiseman.

Les étudiants prirent place. Alice à côté de Robert, devant David et Louise. Sean, leur accompagnateur, était face à eux.

La première sensation fut déroutante. Elle laissait penser à un appui se dérobant. Tout de suite, David songea à de l'eau.

Wiseman confirma.

— Les fauteuils sont remplis d'une solution saline. C'est un petit plus très efficace qui contribue à supprimer la sensation d'apesanteur. Maintenant, coiffez votre casque.

Les élèves enfilèrent ce qui ressemblait à une cagoule translucide, prenant le front, les joues, le cou et la totalité du crâne. Un micro y était accolé, fixé au bout d'une petite tige souple.

— Yohan surveillera vos constantes à l'aide de ces capteurs intégrés. La membrane est également équipée d'un système radio-émetteur un peu particulier. Il vous permettra de rester en relation avec moi avant le départ, mais également lorsque vous serez passé de l'autre côté si le besoin s'en faisait sentir.

Robert demanda :

— Il nous permet aussi de communiquer entre nous ?

— Inutile. Pour ça, vous aurez la pensée.

Bien sûr, songea David. Ils allaient se projeter dans un monde fait de pensées pures. Une fois là-bas, il n'aurait plus besoin de s'appuyer sur une quelconque technologie humaine.

Wiseman effectua les derniers contrôles avant de se diriger vers la sortie.

— Il est temps que je vous laisse entre les mains de Sean.

La porte se referma derrière lui. Une lumière noire s'enclencha, inondant le caisson d'une fluorescence violette. Avec cet éclairage et l'attirail dont ils étaient affublés, les projeteurs ressemblaient à des créatures extraterrestres, aux yeux globuleux et aux dents acérées.

Sean prit la parole.

— Qui a déjà concrétisé une OBE complète ?

Louise leva le doigt.

— D'accord, répondit le *marine*. Ça ne te dispense pas de bien ouvrir tes oreilles.

Le ton était ferme, directif. Il collait parfaitement avec les images militaires captées par David.

— Voilà comment nous allons procéder. Pour commencer, on va se concentrer un peu. Une dizaine de minutes, pas plus. Ensuite, lancement de la bécane. À partir de là, contentez-vous d'écouter le son.

— Il ne faut pas essayer de visualiser son corps, demanda Alice ?

— Négatif. Laissez-vous porter par le son. C'est tout.

Sean parla dans son micro.

— Martin ? Tu me reçois ?

Il l'appelle par son prénom, pensa David. Une familiarité que Wiseman ne réservait qu'à quelques élus. Quels liens les unissaient ?

La voix du professeur grésilla dans les cagoules.

— Réception parfaite. Cinq sur cinq.

— Tout est en ordre ?

— C'est bon. À toi de jouer.

Sean tapota sur un écran tactile incrusté dans l'un de ses accoudoirs.

Les ultraviolets diminuèrent d'intensité.

L'obscurité s'installa peu à peu.

Puis ce fut le noir total.

Malgré lui, David chercha à se repérer. En vain. Il ne voyait que des points blancs, vestige de sa mémoire rétinienne. Très vite, son fauteuil bascula lentement vers l'arrière.

Sean expliqua aussitôt.

— Je suis en train de nous mettre en ligne. Quand vous aurez la sensation d'être en apesanteur, dites-le.

Louise se manifesta la première, suivie d'Alice. Quelques instants plus tard, ce fut le tour de David. Robert, enfin, fut le dernier à faire stopper la bascule.

— Vous êtes positionnés ? s'enquit le soldat.

Le groupe confirma à l'unisson.
— Parfait. On y va.
Le silence retomba. Une chape de plomb, donnant avec l'isolation sensorielle le sentiment d'être enterré vivant.
David suivit le cycle préparatoire habituel. Maîtrise du rythme cardiaque. Évacuation de toutes les pensées parasites. Récitation du mantra.
AmramAmramAmramAmram...
Peu à peu, les sensations connues apparurent. Détente totale. Flottement. Derrière le voile de ses paupières, David ne discernait rien d'autre qu'un tableau noir, vierge, apaisant. Le stade de relaxation qu'il n'avait pour l'instant pas réussi à dépasser.
C'était sans doute le moment qu'attendait Wiseman. Suivant leurs tracés énergétiques sur la carte cérébrale, il pouvait évaluer l'état vibratoire des projeteurs avec précision.
Un son monta sur la droite, lointain. David pensa à une corne de brume. Presque aussitôt, l'oreille gauche du jeune homme enregistra une autre fréquence. Aussi diffuse mais plus aiguë, comme la stridence produite par un sifflet à bille. Enfin, au bout de quelques secondes, un troisième son apparut. Inédit, inconnu, qui semblait cependant être la résultante des deux autres.
David se laissa porter par cette vibration. Elle le colonisait, courait dans ses artères, caressait son âme. À cette seconde, il ne lui importait plus de se décorporer. Il vivait cet instant pleinement, dans un état de béatitude totale.
Soudain, un craquement sourd rompit cette harmonie.
Le médium ouvrit les yeux par réflexe.
Ce qu'il vit le fit tressaillir. Une forme humaine flottait dans l'air à moins d'un mètre de lui. Elle se

tenait debout, les bras croisés. Son corps translucide était entouré d'une aura gris métal luisant dans les ténèbres. Il songea au Surfer d'Argent[1], à une différence près. Par transparence, David pouvait contempler chacun de ses organes. Un peu comme ces poissons des profondeurs, dont les écailles trop fines laissent deviner l'anatomie.

Tout de suite, des paroles d'apaisement résonnèrent dans sa tête.

— *Détends-toi, garçon. C'est moi. Sean. J'ai seulement pris un peu d'avance.*

David répondit par la pensée.

— *J'ai entendu comme un craquement. Ça m'a déconcentré.*

— *Ce sont les signes avant-coureurs. Laisse-toi porter par le son. Tu es sur la bonne voie.*

Le jeune homme obtempéra. Aussitôt, les vibrations sonores accomplirent leur office. Il retrouva le chemin de la sérénité, flottant dans un état de semiconscience.

Nouveau bruit. Celui d'une cloche sonnant à la volée. Cette fois, David ne se laissa pas distraire. Parallèlement, une sorte de bourdonnement enfla sous sa peau, au niveau de son plexus solaire.

Le son prit de l'ampleur. Il s'étendait à ses membres, galopait sous ses chairs, lui martelait le crâne à la façon d'une horde sauvage. Ses jambes devinrent lourdes. Des frissons le parcoururent. Les cloches se déchaînaient.

Puis, brutalement, le silence.

Plus de sensations. Plus rien.

Seulement le vide, le noir, le néant.

---

1. Personnage de la BD comics *Les Quatre Fantastiques*.

Avant que David ne puisse réaliser, la nuit explosa. Un feu d'artifice à l'échelle du cosmos, débordant de couleurs, de fureur et de bruit.

Il se protégea le visage avec ses avant-bras, incapable de supporter cette débauche d'énergie.

Presque aussitôt, les flashs cessèrent.

Tout doucement, David abaissa sa garde.

Et là, sans qu'il ait besoin de voir, de sentir ou d'entendre, il sut.

Il avait franchi l'obstacle.

Il était de l'autre côté.

CHAPITRE 43

Une sensation de déséquilibre.

Telle fut la première impression ressentie par David.

Il écarta les bras, à la façon d'un funambule avançant sur une corde.

— Pas la peine de faire des moulinets. Pense simplement à te stabiliser.

Le jeune homme n'eut pas besoin de tourner la tête. Par une sorte de vision à cent quatre-vingts degrés, il distingua Sean qui flottait sur sa gauche à la façon d'un bon génie. Son apparence s'était précisée. Toujours translucide, entourée de la même brillance métallique, mais plus nette. David reconnaissait maintenant les angles vifs de son visage.

Le médium suivit la directive. Aussitôt, son assiette s'équilibra.

— Tu vois, claironna le militaire, c'est pas compliqué. Maintenant, dis-moi comment tu te sens.

— Super bien.

Leur communication était toujours mentale. Elle paraissait pourtant plus fluide, plus aisée que dans l'univers physique.

David demanda :

— Ça y est ? Je suis vraiment sorti de mon corps ?

— Une décorporation intégrale.

Le médium scanna l'environnement. La nuit était toujours totale. Mais à présent, il pouvait discerner chaque objet par son aura.

Autour de lui, les parois noires du container. Devant, un peu en contrebas, les fauteuils de projection.

Il s'attarda un instant sur les corps allongés.

Ceux de ses amis dégageaient une lumière vive.

Le sien et celui de Sean semblaient éteints.

— Notre énergie a migré dans notre corps éthérique, expliqua l'accompagnateur. Les enveloppes charnelles sont comme qui dirait au repos.

— Nous ne sommes pas dans notre corps astral ?

— Pas encore. Le Hub ne permet pas le transfert direct. En tout cas pas tout de suite. Il faut obligatoirement passer par cet état intermédiaire, très proche de la réalité physique.

David regarda ses mains.

Et là, le choc.

Ses doigts étaient transparents. Ils laissaient deviner les détails du squelette, des tendons et des muscles. Autour, une aura étrange. Sans réelle couleur. Plutôt semblable à une onde de chaleur. Bras, jambes, torse, tout ce qu'il pouvait appréhender avait cette apparence. Un ectoplasme un peu mou, qui lui ressemblait sans être lui. Achevant cette perception surréaliste, un câble plus sombre partait de la racine de ses cheveux et le reliait au front du David bien réel.

— C'est ça, la fameuse cordelette d'argent ?

— Ton filet de sécurité. Le cordon ombilical qui assure la continuité avec ton enveloppe corporelle.

— On dirait un tuyau de jardin.

— Tant qu'on est dans le corps éthérique, il a cette apparence. Dès que tu rejoindras ton véhicule astral, son diamètre diminuera. Tu ne te rendras même plus compte de son existence.

— Je peux le toucher ?

— Si ça te branche.

David saisit le filin avec délicatesse. Contact doux, soyeux. Ses parois vibraient légèrement, donnant la sensation qu'il était vivant.

Un éclat lumineux détourna son attention. Surgis de nulle part, des filaments fluorescents, d'un orange flamboyant, étaient en train de se matérialiser silencieusement au-dessus de Louise.

Ils se rassemblèrent au niveau de son front jusqu'à former une pelote, qui peu à peu gagna en consistance. La boule de feu s'étira tel un chewing-gum, sculptant dans sa masse une silhouette humaine. À l'instar des deux autres, la forme éthérique était transparente comme du verre.

David eut un coup au cœur. Les traits correspondaient à ceux de son amie. Pourtant, l'ensemble évoquait la Louise entrevue pendant l'exercice de visualisation. Celle au physique sexy, aux cheveux souples et lâchés, dont la sensualité l'avait troublé jusqu'à l'écorce.

— Bienvenue parmi nous, lança Sean mentalement.

— Complètement dingue, ce truc. Je n'ai eu aucun effort à faire.

La jeune fille semblait à l'aise. Elle se tenait près d'eux, enveloppée par une brillance couleur de feu.

— C'est l'idée, répondit Sean.

Louise lui sourit. Elle se tourna vers David et demanda d'un ton désinvolte :

— Tout s'est bien passé ?

— Sans problème.

— Cool.

David sentit qu'elle s'amusait avec lui. Ils étaient là, tous les deux, dans ce monde de pensées où l'apparence de la jeune femme vrillait ses sens. Elle savait parfaitement l'effet qu'elle produisait sur sa personne et en jouait. Un juste retour des choses, au fond, que le médium se devait d'accepter.

Nouvelle manifestation. Des arcs électriques s'échappaient du thorax de Robert. Ils crépitèrent un instant, avant de converger vers un point central évoquant un cœur atomique. Un geyser blanc jaillit de cette source d'énergie, qui s'ordonna pour dessiner des épaules larges, un buste puissant, des jambes solides. Tranchant avec celles de ses petits camarades, la forme éthérique du New-Yorkais ne laissait rien voir de sa constitution interne. L'enveloppe la recouvrant était maintenant d'un marron sombre, comme une armure opaque qui le protégeait de l'extérieur.

— Putain, j'y suis ! Je le crois pas !

— Reste tranquille, ordonna Sean par la pensée.

— Que je reste tranquille ? répondit Robert sur le même mode. Tu réalises ou quoi ? Je suis en train de faire une OBE, mec ! Une OBE ! C'est juste le délire.

— Je t'ai dit de te calmer, garçon. Alors tu te calmes. Et au trot.

La froideur du ton glaça David. Il laissait transpirer une détermination sans faille, au service de laquelle le *marine* semblait prêt à engager tous les moyens utiles. Y compris les plus durs.

Robert le sentit aussi.

— OK, man. C'est cool.

Il décocha un clin d'œil à ses amis, s'attarda plus longuement sur Louise. De toute évidence, la nouvelle apparence de la jeune femme ne le laissait pas indifférent lui non plus.

Puis il réalisa que sa copine n'était toujours pas là.

— Y a un problème avec Alice ?
— Je ne sais pas, répondit Sean. Je vais demander où elle en est.
Il s'adressa à Wiseman.
— Martin ? Tu m'entends ?
Les apprentis projeteurs perçurent un grésillement. Une radio dont on règle la fréquence. Puis la voix du professeur résonna directement dans leur esprit.
— Je te capte.
— Il se passe quoi avec la dernière ?
— Elle n'arrive pas à dépasser le focus 21. Elle a l'air de bloquer au *relais*.
— Reçu. Je vais la booster un peu.
Le corps éthérique de Sean alla se placer derrière la surfeuse. Il posa ses mains translucides sur les tempes de la jeune fille. Dans cette posture, et en dépit de l'étrange contraste créé par la proximité de ces deux enveloppes si différentes, il ressemblait à un secouriste en train de réanimer un noyé.
Pour autant, le résultat fut décevant.
— Pas moyen, annonça Sean.
— Laisse tomber, confirma Wiseman. Concentre-toi sur les autres.
La voix-pensée de Robert s'interposa.
— Laissez-moi essayer.
L'accompagnateur le jaugea. En une fraction de seconde, il prit sa décision.
— Si tu veux.
— Je fais quoi ?
— Tu lui communiques ton énergie. Le plus simple est de la visualiser et d'imaginer que tu la fais entrer dans le cerveau de ta copine.
Le New-Yorkais se mit au travail. Pendant un temps, rien. Puis, sous le regard ébahis des autres, il se passa un phénomène encore plus surprenant que tout ce qui venait de se produire jusque-là.

Une lueur bleue apparut sur l'enveloppe éthérique de Robert, à l'endroit où devait se situer son cœur. Elle prit de l'ampleur, difractant ses rayons comme une plante qui aurait poussé à l'intérieur même de son corps. Les tiges s'étendirent sur toute la surface de sa cage thoracique, avant de s'en séparer et de s'assembler à l'extérieur.

Un cylindre se forma, translucide, qui semblait être constitué d'eau. Il serpenta jusqu'à Alice, se souda à elle, créant un véritable pont entre les deux jeunes gens. Peu à peu, des courbes féminines se matérialisèrent dans sa veine.

Puis un visage se dessina.

Celui d'Alice.

Sean salua la performance.

— Impressionnant.

Robert s'était déjà rapproché de sa petite amie. Il la serrait contre lui, comme il l'aurait fait dans la réalité.

— Ça va ?

— Je ne sais pas. C'est trop bizarre ce qui vient de m'arriver. J'ai eu l'impression qu'on me tirait par le bras pour essayer de me faire passer par un trou de souris.

— En tout cas, tu l'as fait.

— Grâce à toi, n'est-ce pas ?

— En partie. Seulement en partie.

Sean interrompit les effusions.

— Maintenant que nous sommes au complet, on va pouvoir commencer la formation.

— Quelle formation ? demanda David.

— Des exercices de base. Le minimum avant de sortir du caisson.

Le programme débuta. Les élèves apprirent d'abord à maîtriser leurs déplacements. Il fallait éviter les pensées débridées, ces images capables de vous envoyer directement là où vous n'aviez pas prévu d'aller. Une idée à la fois, telle était la base du système.

Après plusieurs allers-retours à l'intérieur du container, les apprentis projeteurs trouvèrent leurs marques. S'ils imposaient à leur double éthérique de se projeter sans transition sur le côté opposé, il s'y trouvait instantanément. S'ils lui demandaient de s'y rendre en faisant le tour, il suivait docilement le chemin visualisé. La technique était d'une simplicité biblique.

— Trop facile, fanfaronna Robert.

Sean le recadra aussitôt.

— Ne fais pas le mariole. Tu n'as encore rien vu.

L'air avait changé de texture. L'aura du *marine* était devenue plus sombre. Le New-Yorkais rentra dans le rang.

— C'était juste une impression.

— Qui peut te conduire dans le mur. N'oubliez jamais que vous n'êtes pas dans votre milieu habituel. Ici, l'excès de confiance peut avoir des conséquences désastreuses.

Il laissa l'avertissement percuter les consciences puis enchaîna.

— Maintenant que vous appréhendez l'espace, on va pouvoir passer à la suite. Vous allez essayer de rejoindre votre véhicule astral.

Les quatre amis n'eurent pas besoin de se concerter. Ils attendaient tous cet instant avec impatience. Sur un plan pratique, ils n'avaient cependant pas la moindre idée de la façon dont ils devaient procéder.

— On s'y prend comment ? demanda Alice.

— Vous devez vous alléger.

— Ça va être dur, ironisa Robert. On est déjà en train de flotter à un mètre du sol.

— Il faudra faire mieux. L'objectif consiste à quitter votre corps éthérique, à accomplir une seconde décorporation plus complète, plus subtile. Chacun doit trouver la représentation qui lui correspond vraiment. Celle qui le définit. En ce qui me concerne, je m'imagine en frelon. Ça marche à tous les coups.

Il disparut. Les étudiants cherchèrent à repérer la présence de l'insecte annoncé. Mais rien. Sean s'était évaporé. Dans la seconde, sa voix résonna dans leur tête.

— À vous.

David chercha une idée. Une bulle de savon ? Non. Un ballon ? Encore moins. Pourquoi pas une cendre, pulsée par un volcan en feu et montant jusqu'au ciel ?

Il soupira. Aucune de ces options ne lui convenait. Il fallait imaginer autre chose.

Surgie de nulle part, une vision le traversa. Celle d'un aigle planant au-dessus d'une montagne. Avant même de l'avoir intégrée, il se sentit rapetisser. Une impression d'apesanteur, de légèreté. Un sifflement dans ses oreilles et le vent sur sa peau.

Son esprit implosa.

Loin, très loin au-dessous de lui, il aperçut les toits minuscules des bâtiments du campus. Une tache verte évoquait les bois. Plus loin, la masse sombre du Pacifique.

Il volait.

Il était devenu cet oiseau majestueux.

Seulement parce qu'il l'avait désiré.

— Pas mal.

Sean. Il était toujours là. David le voyait à présent. Un gros frelon noir qui fonçait à ses côtés.

— On est où exactement ? demanda le jeune homme en déployant ses ailes.

— Toujours dans le Monde Physique. Le premier niveau de l'Astral.

— Je suis vraiment devenu un aigle ?

— D'une certaine façon puisque ton esprit le pense. Mais en réalité tu n'es qu'une forme-pensée. Aussi immatérielle qu'impalpable.

— Donc personne ne peut me voir.

— Non. À part les autre formes-pensées, et encore pas toutes.

— Comment ça ?

— Je t'expliquerai plus tard. Maintenant, descends. Les autres sont plus bas.

David visualisa un piqué. Aussitôt, il plongea vers la terre à une vitesse vertigineuse. En arrivant près du clocher, une image improbable le percuta. Celle d'une course-poursuite débridée, dont les acteurs ne pouvaient sortir que d'un rêve.

Il y avait une fée, minuscule avec des ailes de papillon, un modèle réduit d'hélicoptère de combat, et une sorte de vapeur bleutée qui se déplaçait à toute allure, tel un nuage poussé par le vent.

Louise. Robert. Alice.

L'esprit. La matière. Les éléments.

Chacun avait trouvé sa représentation en fonction de sa nature.

David se joignit à la sarabande. Un long moment, ils enchaînèrent les loopings, les rase-mottes, les figures. Tous découvraient avec émerveillement les potentialités de leur corps astral, comme des gosses fascinés entrant pour la première fois sur une aire de jeux.

Sean les rappela à l'ordre.

— Du calme. Ne montez pas trop dans les tours.

Alice répondit la première.

— Pourquoi ? Tout va bien.

— C'est vrai, confirma Louise. On n'est même pas essoufflés.

— Tant mieux, répondit le *marine*. Mais Martin vient de me signaler un emballement de votre rythme cardiaque. Il faut lever le pied.

Le groupe alla se poser sur une corniche. David remarqua que les autres projeteurs avaient tous conservé leurs traits. Des visages de chair rouge, de duvet noir, ou encore de métal scintillant et de vapeur d'eau, mais dont les contours étaient reconnaissables. Le jeune médium en déduisit que lui aussi devait avoir subi la même mutation.

Un aigle, avec une toute petite tête ressemblant à la sienne.

Sean s'adressa à eux.

— Résultat satisfaisant. Pour cette première sortie, nous allons néanmoins en rester là.

— Quoi ? s'insurgea Robert. On ne va même pas faire une petite balade ?

— Non. On rentre.

Le New-Yorkais maugréa, comme un gamin frustré.

— D'accord. C'est quoi, le plan ?

— Un jeu d'enfant. Vous y pensez et c'est fait.

Les quatre amis se concentrèrent.

Rien. Ils étaient toujours à plus de vingt mètres du sol, prisonniers de leur corps astral.

— Faites-le *vraiment* ! gronda le *marine*. Il faut que votre cœur le veuille.

Difficile. Ils désiraient tous le contraire.

Ils s'appliquèrent, forçant leur conscience à obéir.

Peu à peu, telle une fumée dispersée par le vent, la représentation d'Alice s'effaça. Ce fut ensuite le tour de David, de Louise et enfin de Robert.

Le frelon attendit quelques secondes et disparut à son tour.

QUATRIÈME PARTIE
OBE

CHAPITRE 44

Robert aimait la nuit.

Son odeur, sa texture, mais aussi son mystère, ses gouffres. Il la sillonnait comme un aventurier, en quête de rencontres et de sensations.

Fortes de préférence.

Ce soir, il avait entraîné David avec lui. L'étrangeté de ce que les deux amis venaient de vivre leur avait donné des envies plus terre à terre. Un besoin impérieux de renouer avec le réel.

Installés dans la Porsche du New-Yorkais, ils remontaient Hollywood Boulevard dans les embouteillages. Ils se rendaient à l'inauguration du *Styx*, un club ultrabranché ouvert par un DJ ayant le vent en poupe. Quand David lui avait demandé d'où venait le plan, Robert s'était contenté d'indiquer que le patron l'avait invité.

— On aurait pu proposer aux filles de nous accompagner, lança le médium.

— Elles étaient crevées.

David laissa courir. Il souleva le lièvre pour la forme, sachant pertinemment que Robert ne tenait pas à partir en virée avec sa meuf. D'abord parce qu'il voulait être libre de ses mouvements. Ensuite, parce qu'il était trop jaloux pour accepter de la voir se faire draguer.

Il demanda quand même :

— Au fait, t'en es où avec Alice ?

— De quel point de vue ?

— Fais pas l'idiot. Vous avez avancé au niveau de votre... relation ?

— Tu veux savoir si je l'ai baisée ?

— Comme tu dis.

— C'était moins une. Pas de chance, une grosse vague s'est mise entre nous.

— Et depuis ?

— Rien. À cause de toi, j'ai loupé le coche.

David se sentait toujours responsable de ce qui s'était produit à Corail Cove. Les déboires amoureux de son pote constituaient un dommage collatéral supplémentaire.

Il essaya de glisser en douceur :

— Heureusement qu'Alice a senti venir le tsunami. Sans ça, on était mal.

— J'aurai préféré qu'elle sente autre chose.

— T'es lourd. Vois le bon côté. Cette histoire t'aura au moins permis d'accéder à l'Astral.

— Ça, c'est vrai. Et je dois reconnaître que c'était un super trip.

— Clairement. Enfin, pour l'instant...

D'après Wiseman, la proximité du Nid les avait protégés du Voleur d'Âmes et de ses sbires. Un lieu rempli de sujets psi agissait comme un chaudron énergétique. Une bulle, capable de parasiter la capacité de nuisance des entités négatives. En d'autres termes, pas le meilleur endroit pour mener à bien une attaque.

— T'inquiète pas, fanfaronna le New-Yorkais. On va se le faire, cet enfoiré. Et pas qu'un peu. On est la Confrérie de l'Invisible, non ?

David acquiesça, sans conviction. Il était loin de partager les certitudes de son copain.

Ils arrivèrent devant le club. Projecteurs illuminant le ciel. File de berlines attendant le voiturier. Coups de klaxon et appels de phares. Complétant ce tableau hystérique, une foule compacte s'agglutinait sur le trottoir, canalisée par des barrières anti-émeutes.

Robert abandonna sa Porsche à un jeune Hispanique au sourire de combat et aux cheveux lustrés. Comme les costauds chargés du service d'ordre, l'employé arborait un débardeur noir frappé aux armes du *Styx*.

Les deux étudiants se frayèrent un chemin jusqu'à l'entrée. Robert donna son nom. Un vigile aux allures de sumo vérifia sur une liste et les laissa passer.

La folie baissa d'un cran. Ils marchaient à présent dans un grand sas tendu de velours rouge, au milieu d'autres privilégiés admis comme eux dans le saint des saints. Dressées telle une haie d'honneur, des statues métalliques représentant des femmes sans tête accompagnaient leur progression.

Nouveau barrage. Nouvelle équipe de sécurité. Cette fois, les identités furent contrôlées par un appel radio. En voyant l'expression respectueuse du vigile, David constata que le patronyme de Robert avait encore fait son effet. Puis, au bout de ce parcours du combattant, les deux élèves poussèrent une porte et s'immergèrent dans la folie.

D'abord le bruit. Des sons synthétiques pulsant dans les graves qui attaquaient le cœur et vrillaient les tympans. Ensuite la lumière. Une débauche de flashs, créant l'illusion d'être assailli par une armée de paparazzis. Enfin, l'incroyable densité humaine. Une forêt de bras, levés vers le plafond d'une immense salle en demi-lune, agencée sur plusieurs niveaux comme un théâtre.

Robert attrapa un serveur au vol, cria quelque chose près de son oreille. L'autre pointa son doigt vers le fond du club et repartit au pas de course.

— Suis-moi ! hurla le New-Yorkais à l'attention de David. On va se caler au carré VIP.

David ne se fit pas prier. Il lui emboîta le pas, jouant des épaules et des coudes pour s'ouvrir un passage. Après dix minutes de lutte ils arrivèrent devant un escalier. Un cerbère moustachu, dont les bras étaient tellement musclés qu'ils semblaient faux, en gardait l'accès.

Appel talkie. Sourire déférent.

L'homme retira un cordon et les laissa monter.

En haut d'une volée de marches, ils se retrouvèrent dans une coursive. Un type d'une quarantaine d'années les attendait, cheveux mi-longs, veste noire et jean customisé.

Il s'avança vers le New-Yorkais, bras ouverts.

— Vitti junior ! Je savais pas que t'étais à L.A.

— J'ai pas informé les médias.

Sourires. Accolade. Le quadra avait avec Robert une attitude étrange. À la fois paternaliste et déférente.

— T'as bien fait de venir. Ça me fait plaisir.

— J'allais quand même pas rater l'ouverture de ton club.

— Comment va ton padré ?

— Il tient le coup.

— Tu lui passeras le bonjour pour moi.

— J'y manquerai pas. Au fait Bruce, je suis venu avec mon pote David.

Poignée de main. En dépit du sourire de façade, le médium capta l'indifférence.

— Venez, les mecs. Je vais vous faire rencontrer des gens intéressants.

Ils suivirent le guide. Des portes s'alignaient le long du corridor, desservant ce qui en leur temps avait dû être des loges. Bruce ouvrit l'une d'entre elles et les fit pénétrer dans une pièce tout en largeur, meublée par d'immenses sofas. Une trentaine de personnes s'y serraient, s'alcoolisant dans une ambiance encore plus déjantée. On pouvait voir, au travers d'une vitre donnant sur le dancefloor, la foule des clubbeurs qui s'agitait en contrebas.

Le patron du *Styx* les conduisit jusqu'à une table. Quatre filles en tenues minimalistes sirotaient du champagne, accompagnées par trois types à l'air blasé. L'un d'eux, un Black en costume-cravate, pianotait sur son smartphone. En dépit de ses fringues chics, il suait la vulgarité par tous les pores.

Bruce se pencha vers lui, murmura quelques mots. L'autre leva vers Robert des yeux curieux. Il invita les deux étudiants à s'installer pendant que le maître des lieux retournait à ses devoirs.

En l'écoutant se présenter, David comprit qu'il s'agissait d'une star du Rap. Blood Brother[1], ou Bloody Brother Fucker[2], un truc dans le genre. Pour simplifier, tout le monde l'appelait BB.

Le rappeur entreprit Robert. Habitué à cet environnement, le New-Yorkais lui donna la réplique comme s'ils étaient amis depuis vingt ans. Au bout de dix minutes, il avait déjà posé sa main sur la cuisse de sa voisine et l'embrassait dans le cou chaque fois que BB le laissait souffler.

Pour David, la situation ne se présentait pas sous le même jour. Personne ne faisait attention à lui. Pas plus les filles que leurs accompagnateurs. Isolé et mal à l'aise, il enchaîna les flûtes afin de se donner une contenance.

Vingt minutes plus tard, le jeune homme flottait dans une ouate sirupeuse. Un brouhaha confortable

1. Frère de Sang.
2. Enfoiré de Frère Sanglant.

vibrait dans ses tympans, accentuant son impression de détente.

— Un ecsta, ça te branche ?

David regarda Robert d'un air las.

— Non merci. Ce genre de trip, c'est pas mon truc.

— Qu'est-ce que t'en sais ? Je suis sûr que t'as jamais essayé.

— Et j'ai pas envie de le faire.

Le grand brun hocha la tête avec une expression embarrassée.

— Je respecte. Le problème, c'est que BB vient de m'en filer deux. Si on gobe pas, il va se vexer.

— Franchement, je m'en tape.

Il n'était pas dans la nature du New-Yorkais de capituler. Il entoura David avec son bras.

— Cool, mec. Dis-toi que c'est l'occasion. Tu verras, c'est le pied.

— Peut-être. Mais de toute façon, j'ai déjà trop picolé.

— Aucun problème. Champagne et ecstasy se marient au poil. Allez, fais-moi plaisir. Tu vas voir, on va s'éclater.

La pression était maximale et David était bien allumé. Chaque nouvel argument entamait un peu plus ses capacités de résistance.

Pourquoi pas ? finit-il par se dire. *Au point où j'en suis, autant me défoncer une bonne fois et voir ce que ça fait.*

Il rendit les armes.

— D'accord. Comme ça au moins, tu me lâcheras.

Robert ouvrit sa main. Deux comprimés bleu ciel, ornés d'un motif en forme de papillon y reposaient.

— Tu l'avales. Comme un cachet d'aspirine.

— En combien de temps ça agit ?

— Tout dépend. Vu ta corpulence, l'effet devrait être rapide.

David prit la pilule. Il l'observa quelques secondes et la fit descendre avec une gorgée de Moët.

Pendant une demi-heure, rien. Puis les premières sensations apparurent. À l'apathie de l'alcool succédait une forme d'enthousiasme, d'euphorie. David se sentait à la fois relaxé et stimulé, parfaitement en phase avec l'endroit.

Dans la foulée, ses sens s'aiguisèrent. Il percevait la musique avec plus d'acuité, comme si les notes naissaient en lui. Sa peau était devenue ultra-sensible, donnant au moindre contact une consistance presque électrique.

Enfin, une empathie profonde le reliait à chacun des êtres présents dans la loge. Les auras, qu'il ressentait d'habitude en se concentrant, lui apparaissaient à cette seconde de façon spontanée. Celle de la blonde qui dansait à moins d'un mètre était couleur miel. Elle dégageait un parfum envoûtant, à la fois sensuel et sucré, qui l'attirait jusqu'au vertige.

Il ferma les yeux, sourit.

Robert avait raison. L'ecstasy, c'était le pied.

Soudain, une sensation différente l'accrocha. Celle d'un allégement total, d'une aspiration dans un tunnel l'entraînant vers le haut.

Il décolla ses paupières par réflexe, pressentant ce qui était en train de se produire.

Son corps était là, un mètre plus bas, affalé dans le canapé. Robert était assis à côté, vautré sur la brune volcanique qu'il draguait depuis le début de la soirée.

Le cœur de David se comprima. Il venait de se décorporer sans le vouloir. Et cette fois, pas d'ectoplasme translucide, ni de représentation sous l'apparence d'un aigle. Son OBE involontaire l'avait projeté directement dans un corps astral inattendu, impalpable.

Un courant d'air flottant au-dessus de la pièce.

David ne pouvait pas envisager de poursuivre l'expérience dans de telles conditions. Seul, sans garde-fous, complètement défoncé. Il devait rentrer immédiatement.

Il prit quelques secondes pour se calmer. Puis il força son esprit à visualiser une réintégration.

En vain.

Le jeune homme mit cet échec sur le compte de la drogue. Même s'il désirait vraiment stopper le processus, il se pouvait que les molécules de MDMA[1] l'en empêchent.

Il renouvela sa tentative à plusieurs reprises. Pour le même résultat. Découragé, il laissa tomber. Il n'avait plus qu'à attendre, en espérant que l'effet de cette saloperie se dissipe rapidement.

Des minutes s'égrenèrent. David n'osait pas bouger, ni même penser, de peur d'être projeté plus loin encore, dans un endroit inconnu, dangereux.

Un lieu où il pourrait croiser le...

Il essaya de bloquer cette idée.

Trop tard.

La pièce s'assombrit brutalement. Les sons s'assourdirent et les invités du carré VIP, Robert y compris, devinrent flous.

En quelques secondes, le cadre se figea.

Où était-il ? À première vue, toujours dans le Monde Physique. L'endroit ressemblait au salon privé dans lequel il se trouvait quelques secondes auparavant. En même temps, tout semblait différent.

Il songea de nouveau au Voleur d'Âmes. De façon diffuse, il ressentait maintenant son énergie mauvaise.

À la limite de la panique, le jeune homme essaya de se raccrocher à la seule forme concrète lui rappelant un semblant de vie. Son enveloppe physique.

---

1. Nom de la molécule composant l'ecstasy.

Elle luisait faiblement dans la pénombre, vidée de son énergie psychique.

De façon naturelle, il se mit également à réciter son mantra.

AmramAmramAmramAmram...

Le mot était comme une incantation. Une formule magique capable de lui faire réintégrer son corps.

Toujours aucun résultat.

Alors, sur une intuition terrifiante, David comprit que *quelque chose* le retenait dans ce no man's land. Une chose malsaine, vicieuse, dont les griffes invisibles s'étaient plantées au plus profond de son âme.

Il sonda la pièce, à la recherche d'une présence. Rien. Seulement les personnages figés qui peuplaient le carré VIP telles des statues de sel.

Aucun mouvement. Aucune forme de vie.

Et soudain, il la détecta.

Une créature effrayante, qui ressemblait à un gros ver et de la taille d'un serpent, dont la tête monstrueuse évoquait un visage boursouflé par la gangrène. Des traits de femme, presque humains, flanqués d'une bouche démesurée plantée d'une multitude de dents triangulaires. La chose se déplaçait très vite, de façon furtive, donnant l'illusion d'être à la fois nulle part et partout.

Qu'est-ce que c'est que ce truc ? pensa le jeune homme. *Une créature venue de l'Entrevie ?* Pour ce que David en connaissait, ça ne ressemblait pourtant pas à un poltergeist.

L'attaque, foudroyante, ne lui laissa pas le loisir de trouver une réponse. Le médium évita les crocs par miracle. Dans leur sillage, une odeur d'œuf pourri lui souleva le cœur.

Tout de suite, une deuxième agression. Une douleur fulgurante lui transperça le bras, lui arrachant un hurlement.

Comment est-ce possible ? songea-t-il. *Je n'ai pas de corps.*

La chose était pourtant suspendue dans les airs, à l'endroit précis où aurait pu se trouver son biceps. Elle avait refermé sa gueule, et s'agitait tel un requin cherchant à arracher un lambeau de chair à une baleine.

Une nouvelle sensation l'empêcha de débrouiller ce mystère. David eu soudain l'impression que toute sa force le quittait, aspirée par un siphon situé au niveau de la morsure.

Là, il comprit.

L'entité était en train de dévorer son énergie. Elle l'avait ferrée et l'inhalait littéralement, tel un fumeur compulsif tirant sur une cigarette.

Le médium se débattit. En vain. Il n'avait aucune prise sur le vampire, et encore moins sur ce phénomène défiant toute logique. Il devait trouver une autre idée. Vite. Sinon, dans dix secondes, il ne serait plus qu'une coquille vide.

La solution s'imposa d'elle-même. Il était dans l'Astral. Un monde où les pensées devenaient la réalité. Pour combattre cette créature, il devait se servir de son esprit.

Il visualisa une dague. Elle se matérialisa à proximité. Quand il tenta de la saisir, il ne rencontra que le vide.

Logique, comprit-il aussitôt. *Je ne suis qu'un courant d'air. Ce n'est pas l'extérieur que je dois modifier. C'est moi.*

Sans attendre, il se représenta son corps revêtu d'une armure. Instantanément, elle apparut. Emporté par son poids, David chuta lourdement au sol.

Il regarda son bras. L'entité y était toujours accrochée. Et pour cause. C'était la seule partie de son anatomie qui n'était pas recouverte de métal.

L'angoisse le pétrifia. Que s'était-il passé ? Pourquoi n'avait-il pas pu se protéger entièrement ? Dans le même temps, il constata avec horreur que sa cuirasse disparaissait. En un battement de paupières, il se retrouva nu.

La chose planta ses yeux vitreux dans ceux de David, sans lâcher sa prise. Une bave épaisse coulait de sa gueule. Dans ses pupilles brillait une lueur de victoire.

En une fraction de seconde, David saisit la cause de son échec. Il avait utilisé les armes de son esprit avec un temps de retard. À présent, il n'avait plus assez de forces pour concrétiser ses pensées.

C'était trop bête. Il avait laissé filer sa chance. La vie le quittait sans qu'il puisse rien y faire.

Au moment où il allait basculer dans le néant, un éclair blanc illumina la pièce. La pression sur son biceps se relâcha d'un coup. Une odeur de plastique brûlé emplit ses narines, mêlée à celle de la charogne.

Dans un ultime effort, le jeune médium se redressa. Le ver gisait sur le flanc, décapité. Penchée sur lui tel un chasseur sur son gibier, une forme floue l'auscultait.

David tenta d'accommoder, sans succès. Son mystérieux sauveteur semblait vidé de toute substance, comme un fantôme surgi des profondeurs de l'au-delà. Seuls les contours de sa silhouette étaient lisibles : des épaules larges, des membres longs, puissants, une taille imposante. Une aura scintillante l'entourait, évoquant une créature céleste qui serait descendue sur terre.

David songea à l'archange Gabriel. Une idée débile. Cette entité n'avait pas d'ailes. Il s'agissait pourtant d'un combattant. Aucun doute. Un guerrier entraîné, rompu à la lutte contre les forces obscures.

Il tenta de l'appeler.

L'autre tourna la tête, l'observa une seconde. Puis, dans un geste lent, il tendit son doigt vers lui. Un doigt phosphorescent.

Nouvel éclair.

L'écran s'éteignit.

CHAPITRE 45

Des points brillants.
Des formes floues.

Un tableau délavé pulsant au rythme de ses battements de cœur.

David plissa les yeux. Tout était blanc, lumineux, éblouissant. Il eut l'image d'un paradis new age, tel que Maude se le figurait sur les toiles accrochées dans sa chambre.

— Reeeeee-gaaaaaar-deeeeeeez ! Oooooon diiiiii-raiiiiiiit qu'iiiiiil éééééé-meeeeer-geeeee.

Ces sons traînants, pensa le jeune homme. *Cette voix grave. Celle de Dieu ?*

— Doooooc-teeeeeur ! Veeeeee-neeeeeez viiiiiii-te !

Un médecin ? Pour quoi faire ? Il fallait passer une visite médicale avant d'accéder aux cieux ?

Une lumière vive lui transperça le cristallin, brûlante comme une aiguille de feu. Il se tendit. D'autres sons percutèrent ses tympans, trop confus pour en saisir le sens. Puis une coulée de lave remonta dans ses veines.

Aussitôt, sa vision s'éclaircit. Penché sur lui, le visage fatigué de Robert. Sur le côté, manipulant une perfusion, une femme au physique sec vêtue d'une blouse bleu ciel.

— De retour parmi nous ? demanda-t-elle d'un ton paisible.

— Où suis-je ?

— Hôpital Cédars-Sinai. Service des urgences.

David prit conscience du lit sur lequel il était allongé. Il n'avait aucune idée des raisons pour lesquelles il se trouvait ici.

— Qu'est-ce qui m'est arrivé ?

— Vous ne vous en souvenez pas ?

— Non.

Elle le lui expliqua tout en prenant son pouls.

— Vous avez fait une chute de tension importante, suite à une prise d'ecstasy. Votre cerveau s'est déconnecté mais par chance la syncope n'a pas duré longtemps. Vous étiez déjà réveillé quand votre ami vous a amené.

David questionna Robert du regard. Le New-Yorkais était dans ses petits souliers.

— Désolé, mec. Je ne pouvais pas prévoir.

— Laisse tomber, le rassura David. J'imagine que tu ne m'as pas forcé.

— Pas beaucoup, en tout cas.

Le jeune homme se tourna vers la doctoresse.

— Je suis là depuis longtemps ?

— Une dizaine d'heures.

— Je pourrai sortir quand ?

— Dès que vous serez capable de vous lever. Votre organisme n'a pas beaucoup souffert et nous avons besoin de lits.

David opina, soulagé. Un point, cependant, l'intriguait.

— Comment se fait-il que je ne me souvienne de rien ?

— C'est passager. Votre cerveau a subi un choc. Laissez-lui le temps de l'encaisser.

La femme médecin lui adressa un sourire entendu et s'éclipsa. À peine la porte fermée, Robert se précipita.

— Merde ! Tu m'as foutu une frousse bleue.

— Raconte.

Le brun reprit l'histoire depuis leur arrivée au *Styx*. Dans la tête de David, des bribes d'images se plaquèrent sur les explications fournies par son ami : le salon VIP ; le visage brutal du rappeur ; une fille sublime qui dansait lascivement en buvant du champagne.

Ensuite, c'était le trou noir. Il ne se souvenait pas d'avoir gobé un ecstasy, de s'être mis à draguer la danseuse sans retenue, et encore moins de l'instant où il s'était effondré sur le sofa.

Robert l'avait d'abord laissé dormir. Mais quand David s'était levé pour fouetter l'air avec ses bras, le New-Yorkais avait réalisé que quelque chose clochait.

— Je te jure, c'était hallucinant. Tu parlais tout seul et tu te débattais. On aurait dit que tu voulais te débarrasser d'une énorme araignée.

Une image traversa la conscience du jeune homme. Celle d'un ver monstrueux, pourvu d'une tête humaine dotée de crocs triangulaires. Cette chose s'était accrochée à son bras et le fixait de ses petits yeux vitreux.

Robert continuait.

— Ensuite, tu es tombé par terre. Tu as eu quelques spasmes et tu t'es figé d'un coup. Tes muscles étaient tellement contractés que j'ai pensé à une crise d'épilepsie.

Nouveau flash. David entraperçut son corps allongé sur le sol. Une armure en métal le recouvrait entièrement, à l'exception de son biceps auquel était toujours pendu le ver.

— Puis tu t'es détendu, conclut Robert. Comme t'avais pas l'air mort et que je flippais à cause de l'ecsta, j'ai préféré t'amener à l'hosto.

David n'entendit pas la fin. Une ultime vision venait de se dessiner. Elle représentait la silhouette puissante d'un homme aux allures de guerrier, dont les contours floutés étaient auréolés d'une lumière blanche. Le personnage tendait son doigt vers lui. De son extrémité jaillissait un rayon éblouissant.

Ce dernier élément agit comme un déclic.

— J'ai fait une OBE, affirma le médium.

— Quoi ?

— Une décorporation involontaire, à cause de l'ecstasy. Wiseman nous avait dit que c'était possible.

— Et ça te revient d'un coup ?

— Pas d'un coup. Grâce à lui.

— De qui tu parles ?

— Du type qui m'a sauvé la mise.

Robert eut un sourire compatissant.

— T'es fatigué, mon grand. Faut te reposer encore un peu.

— Tout va très bien, je t'assure. J'ai l'impression qu'il s'est passé un truc, que mes neurones se sont reconnectés.

— Ravi de l'apprendre. Mais je ne suis pas certain que...

— Moi si.

Le ton de David avait changé. Affirmé à présent. Robert leva les mains en signe de capitulation.

— Si tu le dis. Et que s'est-il passé pendant cette OBE... inattendue ?

Le médium raconta. Le voile qui recouvrait sa mémoire venait de se déchirer, tous les détails lui revenaient. Quand il eut terminé, Robert synthétisa.

— Le Voleur d'Âmes n'a pas perdu de temps. C'est ta première décorporation hors du campus et il te saute déjà dessus.

— Ce qui confirme les intuitions de Wiseman. Le Nid l'empêche d'agir.

— L'enfoiré. Attends un peu qu'il soit en face de moi. Il ne va pas le regretter.

— Si tu arrives à mettre la main sur lui.

— Que veux-tu dire ?

David se redressa sur son oreiller. Il paraissait avoir récupéré toutes ses capacités.

— Chaque fois que j'ai été attaqué, il n'était pas en première ligne. Je ne sais pas pourquoi, mais le Voleur d'Âmes se contente de manipuler des entités qu'il tient probablement sous sa coupe. Les poltergeist chez Chrystelle Bank, cette chose immonde au *Styx*. Des créatures qui appartiennent sans doute à l'Entrevie.

— Et le tsunami ? Tu en fais quoi ?

— Encore un moyen indirect. Le Voleur d'Âmes a utilisé l'océan sans pour autant se découvrir. Pareil lors de mon arrivée sur le campus. J'ai eu la sensation d'être agressé par une force invisible mais sans pouvoir l'identifier.

— Peut-être que ce salopard ne peut pas la jouer frontale.

— Ou qu'il ne le souhaite pas. Ce qui est certain, c'est qu'il préfère se servir d'un outil.

En prononçant ces mots, David songea à Ho Hsien-Ku. À l'instar du Voleur d'Âmes, la divinité asiatique n'était jamais intervenue directement sur le cours des événements. Elle s'était contentée de lui adresser une mise en garde par l'intermédiaire de la rockeuse, ou encore de lui donner une simple indication quand la vague avait manqué de les engloutir.

Le jeune homme déclara :

— Il doit y avoir plusieurs niveaux de force, ou d'énergie. Un peu comme dans un jeu vidéo.

— Ça me fait plutôt penser à l'échelle des démons.

— Le principe est le même. Satan intervient rarement en personne. Il préfère envoyer ses suppôts. Au demeurant, Dieu fait pareil. Il se sert de ses anges. La preuve, ce guerrier fantôme qui a décapité le ver sous mes yeux.

— Tu penses qu'il s'agit de ça ? Le grand barbu contre le cornu aux pieds de bouc ?

— Bien sûr que non. J'emploie juste une image. Mais le fondement est similaire. Un combat entre le Bien et le Mal.

Robert opina.

— Dont ton grand-père et toi seraient au cœur. Putain, mec, c'est chaud !

David ne put retenir un sourire. Son ami appréhendait les événements avec un enthousiasme presque infantile. Comme si tout ça n'était qu'un jeu.

Il recadra la discussion.

— Le Voleur d'Âmes ne se dévoilera pas. Il essaiera de nous avoir par entités interposées. De cette façon, il ne laissera filtrer aucune indication. Ni sur lui ni sur l'endroit où il retient mon grand-père prisonnier, et encore moins sur le rôle que je suis censé jouer dans cette histoire.

— Un vrai stratège, ironisa le New-Yorkais. S'il lâche ce genre de monstre sur nous à chaque décorporation, la suite ne sera pas de tout repos.

— On s'y attendait. Au moins, maintenant on sait qu'on n'est pas seuls. Des entités vont nous aider dès que nous franchirons les portes de l'Invisible.

— Le guerrier au rayon de la mort-qui-tue ?

— Par exemple. Mais il y en aura d'autres tout au long du chemin. Ho Hsien-Ku me l'a assuré.

— J'espère que ta Chinoise va nous brancher avec les Quatre Fantastisques[1]. Ce serait le pied.

David n'avait pas envie de plaisanter.

---

1. Héros d'une série de comics.

— Ce n'est pas son rôle, je te l'ai déjà dit. Elle veille sur nous, c'est tout.

— J'avais oublié... Pour la vision d'ensemble, il faut s'adresser à Celle-qui-contribue-à-l'Équilibre. Au fait, elle se cache où, cette brave dame ?

— Je n'en ai pas la moindre idée. Il faut d'abord retrouver mon grand-père. Ce sera le meilleur moyen d'arriver jusqu'à elle et de comprendre un peu mieux les enjeux.

Robert quitta sa chaise. Le soleil de fin d'après-midi inondait la chambre de paillettes d'or. Il se chauffa quelques instants dans leur lumière avant de lancer d'un ton plus grave.

— J'ai l'impression que cette expérience a renforcé tes convictions. Je me trompe ?

— Non, répondit David simplement. La créature qui m'a attaqué était une pure horreur. Je ne sais pas d'où elle sortait, ni comment elle a réussi à m'atteindre. Par contre, je suis certain qu'elle incarnait le Mal. Une énergie négative dont nul n'a jamais eu idée jusqu'à ce jour mais qui existe bien, là, à côté de nous, et contre laquelle il nous faut à tout prix lutter.

— Au risque de se faire tuer ?

Le jeune médium eut un sourire étrange.

Serein, posé.

— Si on m'a octroyé un don, c'est pour mener à bien cette mission. Alors oui, je vais me battre. Et j'irai jusqu'au bout, même si je dois y perdre la vie.

CHAPITRE 46

L'épreuve vécue au *Styx* avait changé David. Il avait gagné en maturité, en assurance, sans doute parce qu'il venait de voir la mort de près.

Pour lui, elle avait pris les traits immondes d'un ver à tête humaine. Une créature sortie des abysses de l'Invisible, au visage putréfié, qui avait tenté de vampiriser son énergie vitale.

Que se serait-il passé si le guerrier fantôme n'était pas intervenu ? La chose aurait saigné son corps astral à blanc, propageant l'onde de choc à son enveloppe physique.

Son cœur aurait très certainement lâché.

Il en avait parlé à Louise. Depuis qu'ils « voyageaient » ensemble, ils avaient tacitement convenu de mettre un mouchoir sur leurs frustrations respectives. Ils savaient tous les deux ce que l'autre éprouvait, comme ils savaient aussi que leurs désirs auraient du mal à se rencontrer. David n'envisageait pas une relation dans la réalité et l'idée de sauter le pas dans l'Astral lui semblait tout aussi hallucinante qu'à Louise. Ils n'imaginaient d'ailleurs même pas comment la mettre concrètement en pratique. Mieux valait donc rester amis, une configuration leur permettant de ne pas trop se faire de mal.

Après avoir écouté son histoire, Louise avait tenté de la minimiser. Une façon de se rassurer sans doute, de refuser l'horreur qui les attendait tous de l'autre côté.

Elle soutenait que cette chose était une représentation purement imaginaire, créée par l'inconscient du jeune médium. Le mécanisme était très courant dans l'Astral, tout au moins au début des projections. Les pulsions des expérienceurs s'incarnaient de façon anarchique, prenant parfois des formes inattendues et dangereuses.

Si on y ajoutait la drogue, on obtenait ce genre de résultat.

David n'avait pas cru à l'hypothèse. Il était convaincu que cette bête existait réellement, quelque part. Qu'elle n'était pas le produit de son imagination, mais bien un soldat envoyé en mission par le Voleur d'Âmes.

Un assassin, programmé pour lui régler son compte.

Néanmoins, cette expérience lui avait fourni plusieurs enseignements.

Numéro un : la nécessité absolue, une fois dans l'Astral, de contrôler ses pensées. C'est en songeant au Voleur d'Âmes que David avait attiré cette créature immonde.

Numéro deux : La possibilité de se défendre en transformant son apparence, ou en créant des armes. Il avait été en mesure de faire apparaître une dague et une armure.

Numéro trois : l'importance accordée à la gestion de l'énergie. Elle était le fluide vital du corps astral, à l'image du sang qui circulait dans les artères. Sans un niveau de tension suffisant, plus rien ne fonctionnait.

On devenait une coquille creuse, soumise aux forces environnantes.

Comme l'avait soutenu Louise, son esprit avait donc bien été au cœur du processus. Cependant, David avait la conviction qu'il n'avait pas tout fait.

Pour éviter de trop gamberger, le médium décida de remonter en selle immédiatement. Les quatre amis reprirent donc le chemin du laboratoire, en taisant toutefois cette aventure à leur mentor. Inutile de s'attirer les foudres de Wiseman, et de risquer ainsi un arrêt pur et simple de leur collaboration.

Les séances qui suivirent furent consacrées à l'entraînement. En bon *marine*, Sean estimait que les étudiants devaient faire leurs « classes ». L'apprentissage des bases, un peu comme à l'armée, avant d'être lâchés sur le théâtre d'opérations.

Ils commencèrent par survoler le campus en formation serrée. Pour ne pas multiplier les difficultés, chacun conserva la forme utilisée lors de sa première OBE. Des représentations capables de s'élever dans les airs, très pratiques pour ce type de déplacement.

Puis Sean corsa l'exercice. Tout en restant dans le Monde Physique, il leur proposa une balade dans un endroit inaccessible au commun des mortels. Une crypte indienne, cachée sous les fondations du département d'histoire naturelle, et dont seuls les expérienceurs connaissaient l'existence. Pour la rejoindre, il n'y avait pas d'autres moyens que de traverser le béton.

Les quatre amis durent s'adapter. Un aigle, une fée, un hélicoptère miniature ou de la vapeur d'eau ne pouvaient pas franchir un tel obstacle. Même par la pensée. Il leur fallut se dématérialiser entièrement, ne devenir qu'une pure conscience susceptible de transcender la matière.

Une fois l'essai transformé, ils purent appliquer leurs nouvelles connaissances à d'autres terrains de jeux.

Louise parvint à pénétrer *à l'intérieur* d'un manuscrit ancien. Elle put percevoir, au travers des lignes à la calligraphie tremblante, l'état d'esprit de l'auteur à l'instant même où il les avait tracées.

Alice, elle, se fondit dans les vagues déferlant sur la plage. Elle fusionna avec les montagnes d'eau sombre, pour capter la mémoire d'événements s'étant produit à des milliers de kilomètres, là où elles étaient nées.

Robert, comme d'habitude, fut plus pragmatique. Il s'intéressa à une petite brune prénommée Lou-Ann, une bombe repérée au *Serpent Rouge* mais qui le battait froid. Vexé, il avait décidé de prendre sa revanche en s'introduisant dans sa salle de bains pendant qu'elle prenait sa douche.

Quant aux préoccupations de David, elles étaient d'un autre ordre. Protégé par le Nid, il avait tenté d'utiliser les nouvelles capacités de son corps astral pour entrer en contact avec son grand-père.

Sans résultat.

Cette démarche, effectuée dans un état de conscience plus élaboré, lui avait cependant permis d'obtenir une confirmation essentielle. Il savait à présent pourquoi il n'avait jamais pu communiquer avec Daddy. Le blocage ne venait pas de ce dernier, comme l'avait suggéré Maude en évoquant une question de sécurité, mais bien du Voleur d'Âmes.

David avait perçu la présence d'une forteresse énergétique empêchant toute communication avec le physicien. Une bulle hermétique à l'intérieur de laquelle il était tenu au secret. Par un moyen mystérieux, Georges Creem était pourtant parvenu à créer une brèche dans le dispositif. Un trou de souris, par lequel il avait adressé son message à David.

Il y avait donc une solution. Pour l'appréhender, le jeune homme s'était tourné vers son ange gardien. En vain. Il avait alors cherché à a se brancher sur le guerrier fantôme. Pas plus que Ho Hsien-Ku le mystérieux sauveteur ne se manifesta.

David pressentit que ces échecs à répétition étaient liés à son propre degré d'évolution. En dépit de ses progrès, le jeune médium n'était pas encore prêt à quitter le Monde Physique pour se projeter dans les couches supérieures de l'Invisible. Les consciences avec lesquelles il tentait de se connecter étaient pour l'heure hors d'atteinte.

Cherchant toujours de l'aide, David décida de se rabattre sur des esprits à sa portée. Il avait remarqué la présence d'autres expérienceurs, qui évoluaient comme lui dans le périmètre du Nid. N'ayant pu les identifier dans l'entourage de Wiseman, il en avait déduit qu'il s'agissait d'étudiants plus expérimentés, capables de se décorporer sans l'aide du Hub.

Il tenta une approche, avant de réaliser très vite que les autres n'étaient pas demandeurs. Chacun évoluait dans sa bulle, son univers, sans chercher à savoir ce qui se passait ailleurs.

Déçu, David dû mettre cet objectif de côté. Il y reviendrait plus tard, quand ce serait le moment. En attendant, il décida de faire un peu de tourisme. Pour ce genre de voyage, le groupe des rêveurs était tout indiqué.

Comme le leur avait appris Wiseman, l'état de rêve constituait une OBE involontaire, dont au surplus le projeteur n'avait aucune conscience. Passifs dans leur démarche, ces expérienceurs un peu particuliers n'opposeraient aucune résistance.

Le médium entama sa tournée. Les corps astraux flottaient au-dessus des toits, à quelques encablures des enveloppes charnelles endormies. Ils s'amalgamaient en une brume vert pâle aux allures de cocon.

À l'intérieur se développaient des mondes. Autant de décors, de scénarios, de représentations, au centre desquels était placé celui ou celle qui les imaginait.

David se coula dans ces songes. Il assista en direct à des combats féroces, des aventures épiques ou des baisers torrides. Des films étaient projetés devant ses yeux, bourrés d'invraisemblances, d'ellipses, et néanmoins d'un réalisme époustouflant.

Mais ce qui le surprit le plus était encore ailleurs. Une donnée que le jeune homme avait pourtant éprouvée comme n'importe quel être humain, sans jamais y faire attention.

L'essence du rêve ne se logeait pas dans l'histoire qu'il racontait.

Elle se trouvait dans l'émotion qu'il véhiculait.

Un jour, il tomba par hasard sur la conscience de Daniel Storm. Depuis l'épisode de la villa hantée, David et le tondu s'ignoraient. Une paix armée imposée par Wiseman, qui ne signait pas pour autant la fin de la guerre. Tenant l'occasion d'aller espionner son ennemi, d'entrer au plus profond de son esprit, le médium n'allait pas s'en priver.

La construction onirique de Storm prit David de court. Il s'attendait à un univers glauque, rempli de monstres et dominé par la colère. Au lieu de cela, il pénétra dans une ambiance joyeuse, peuplée de sourires et placée sous le signe de l'amour.

Intrigué, le jeune homme laissa le spectacle défiler.

Le rêve tournait autour d'une réunion de famille. Un homme et une femme fêtaient l'anniversaire de leurs garçons, âgés d'une douzaine d'années. Leurs prénoms étaient tracés sur le gâteau : Daniel/Michaël. Comme l'événement était perçu au travers de Storm,

David sut qu'il s'agissait de ses parents et de son frère jumeau.

L'image sauta. La pièce était toujours la même, mais elle semblait avoir été dévastée par le feu. Les adultes avaient disparu et il ne restait plus qu'un enfant. Il se tenait dans la pénombre, seul, assis en tailleur sur le sol, tête baissée.

Des secondes s'écoulèrent. Le climat s'était transformé du tout au tout. Plombé, angoissant. Enfin, l'unique personnage de cette saynète se releva.

David frissonna en découvrant ses traits. C'était ceux du poltergeist aperçu dans l'esprit de Storm, pendant le cours du professeur Willmore. Celui dont la moitié du visage était brûlée. Il avançait au milieu des décombres, terrifié, en déclamant la même phrase.

— *Daniel... Ne me laisse pas...*

La tension dans le rêve atteignait son paroxysme. David perçut la culpabilité qui dévorait le tondu. Et la terreur qui allait avec. Il eut l'intuition que ce dernier allait se réveiller d'un coup.

Il s'arracha du cauchemar en catastrophe et rejoignit ses amis au point de rendez-vous, sur le toit du Nid.

— Qu'est-ce que tu foutais ? demanda Robert. Sean te cherche partout.

— Je me baladais.

— Prépare-toi à prendre un savon.

Le *marine* déboula dans la seconde, comme s'il avait senti le retour de David.

— Où étais-tu ?

— Dans un rêve.

— Je t'ai déjà dit de me prévenir quand tu t'introduis dans une bulle onirique. Je dois pouvoir la localiser afin de maintenir la liaison.

— Désolé, Sean. J'ai pas fait gaffe.

L'accompagnateur le fusilla du regard. À cet instant, il avait repris son apparence préférée, celle d'un frelon énorme au corps poilu et aux pattes couvertes de griffes.

— Ça ira pour cette fois. Mais ne me refait jamais le coup ou je me fâcherai pour de bon. Maintenant on se concentre pour le retour. L'expédition est terminée.

Les élèves se mirent en condition. Avant de quitter l'Invisible, Louise chuchota dans l'esprit de David.

— Ce rêve, il devait être sacrément bien pour que tu oublies de prévenir Sean.

— Pas vraiment. J'étais dans la tête de Storm. Et c'était plutôt un cauchemar.

CHAPITRE 47

David sortit l'amulette de sa poche.
— Avec ce support, j'ai une chance d'y arriver.
— Ça ne marchera pas, affirma Louise. Tu ne réussiras pas à contourner le barrage.
— Daddy y est bien parvenu. Il est entré dans mes rêves et il continue à le faire. Ce qui signifie qu'il y a une ouverture.
— Peut-être. Mais de là à ce que tu la trouves, il y a de la marge.
— Il faut tenter le coup. Si on n'a pas un minimum d'indications, je ne vois pas comment on pourra mettre la main sur lui.
Ils étaient dans la chambre de la jeune fille, au rez-de-chaussée de leur immeuble. Bientôt minuit, ils discutaient déjà depuis deux heures. Une fois encore, David cherchait une solution pour avancer.
Ce soir, elle passait par Louise.
— Il ne s'agit pas de me projeter. Ni même de communiquer avec Daddy. Je veux juste essayer de repérer l'endroit où il se trouve. Ça devrait être jouable, non ?
L'idée tenait la route. Se servir d'un pendule afin de localiser le physicien. Une méthode éprouvée,

utilisée par des générations de médiums dans la recherche de personnes disparues.

Afin de multiplier ses chances, David voulait unir son énergie à celle de la télépathe. Un peu comme pendant le match de foot. Il entendait de plus officier avec le talisman d'Akhenaton. Le cylindre de bois avait les dimensions requises. Suspendu à une chaînette, il pouvait se mouvoir sans difficulté. L'esprit du pharaon allait peut-être le guider.

Quant à la carte, il s'agissait de celle distribuée en cours par Wiseman. D'une précision toute relative, elle mélangeait des données collectées auprès de projeteurs, et d'autres fournies grâce à la technologie du Hub. L'Astral y était divisé en zones, ou niveaux, définies par des fréquences énergétiques au diapason desquelles se mettait la conscience.

Une ébauche de plan, sur lequel l'étalonnage allait de 1 à 49.

— On y va ? proposa David.

— Si tu y tiens.

Il prit la main de la jeune femme. Les deux amis attendirent quelques secondes, yeux fermés, le temps d'accorder leurs violons mentaux. Puis le médium fit circuler le pendule au-dessus des traits, des cercles et des symboles qui composaient sur le papier un schéma relativement complexe.

Les premières strates ne présentaient aucun intérêt. C'étaient celles des états de conscience modifiés – du type relaxation poussée – que l'on expérimentait sans pour autant se détacher de la réalité matérielle. Georges Creem étant décédé, il semblait peu probable de le trouver à cet endroit.

Au-delà, après la décorporation située aux alentours du niveau 20, tout devenait envisageable. Les morts, les rêveurs et les expérienceurs, enfourchaient leur véhicule astral à l'échelon 21, première marche du *relais* ou point de passage obligé entre le Monde Physique et les Mondes Non-Physiques.

De là, ils fonçaient au travers du Tunnel permettant d'éviter le Bas-Astral, également dénommé Entrevie, et atteignaient la Station de Redéploiement sur le barreau 28 de cette étrange échelle.

Une courte pause, afin d'être orienté, et chacun gagnait le plan qui lui était accessible. Il y en avait 21, échelonnés en trois strates de sept niveaux chacune.

De 29 à 35 : l'Astral proprement dit, aussi appelé « Le Pré ».

De 36 à 42 : une dimension spirituelle, baptisé « Le Temple ».

De 43 à 49 : le Monde Divin, ou « Foyer ».

Dans le langage plus scientifique de Wiseman, ces deux derniers concepts devenaient des « Mondes Non-Physiques Avancés ».

David reposa le pendule.

L'instrument n'avait même pas frémi.

— Je ressens que dalle.

Louise remonta ses cheveux. Elle les noua en chignon à l'aide d'un stylo.

— Je te l'avais dit. On ne peut pas forcer les choses.

— Il faut trouver un autre moyen.

— Lequel ? Tu as déjà tout tenté.

Le médium le savait. Mais il n'arrivait pas à se résigner. Il avait besoin d'un indice, d'un début de piste. Sans ça, il n'arriverait à rien.

Pendant un moment, les deux élèves restèrent silencieux. Une brise légère venait de l'océan, soulevant les fins rideaux de tulle qui occultaient la baie vitrée.

— Tu as essayé l'hypnose ? demanda Louise sans préavis.

— Pardon ?

— L'hypnose. Le truc qui permet d'arrêter de fumer.

— Merci. Je sais ce que c'est. Mais je ne vois pas où est le rapport.

Elle s'adossa au dossier de son fauteuil et parla d'une voix lente, comme un détective faisant état de ses déductions.

— Personne ne sait exactement en quoi consistaient les travaux de ton grand-père. Par contre, nous avons une certitude. Il est mort dans son labo, pendant une expérience de physique quantique appliquée portant sur l'existence d'univers parallèles. Une expérience qui, d'une façon ou d'une autre, l'a mis en contact avec celui du Voleur d'Âmes.

— Et ?

— Si ma mémoire est bonne, tu m'as dit qu'il te gardait parfois avec lui quand ta grand-mère n'était pas là. Il te faisait jouer au milieu de ses machines pendant qu'il travaillait.

David comprit où elle voulait en venir.

— Tu crois que j'ai pu entendre un truc ?

— Entendre ou voir. Un détail dont tu n'aurais pas gardé la trace, en relation avec ce qu'il faisait et qui nous fournirait une indication.

Le visage de David s'éclaira.

— T'es géniale.

— J'aime quand tu es lucide.

— Comment on procède ? Tu as déjà pratiqué ce type d'exercice ?

— Seulement en tant que sujet. Mais je connais quelqu'un qui peut t'hypnotiser.

— Ici ?

— Oui. Wiseman me l'a présenté le mois dernier.

David relia les points.

— Le mystérieux rendez-vous que tu avais avec lui le jour de la rentrée.

— Exact. Il voulait me faire travailler sur ma NDE.

— Et ça a donné quoi ?

— Malheureusement, rien.

— Ah...

Le jeune homme n'avait pas pu masquer sa déception. Il venait de prendre conscience du caractère aléatoire de ce type de démarche.

Louise resta positive.

— Mon échec ne préjuge pas de ce qui se passera pour toi. Le contexte est différent.

— Il s'agit toujours de faire émerger des souvenirs enfouis, non ?

— Certes. Mais les miens concernent des événements qui se sont passés *de l'autre côté*. Donc beaucoup plus difficiles à atteindre. Je suis persuadée que ton esprit n'opposera aucune résistance.

David prit acte de l'oracle. De toute façon, il n'avait pas mieux à proposer.

— Très bien. On essaie quand ?

— Dès que Wiseman aura donné son feu vert.

CHAPITRE 48

Pour ce genre d'expériences, Wiseman était toujours d'accord. Elles ne comportaient aucun risque et donnaient parfois des résultats surprenants. Surtout quand on les appliquait dans le contexte du Nid.

À l'Institut, il ne s'agissait pas de guérir des phobies par suggestion, pas plus que d'en trouver la cause dans quelque traumatisme enfoui.

Si le but du jeu restait l'exploration des arcanes invisibles du cerveau, il consistait surtout à pénétrer sa part la plus secrète. Celle située au-delà de l'inconscient, dont l'existence était reconnue par les mystiques du monde entier. Le concentré de mystère qu'on appelait « âme » dans toutes les traditions.

C'est ce que Wiseman avait tenté en essayant de faire revivre à Louise sa NDE. Et c'était aussi ce qu'il cherchait en faisant régresser certains sujets jusqu'à l'instant de leur conception, puis en deçà...

Dans les deux cas, la conscience s'affranchissait de la matière pour devenir autonome. Une multitude de scénarios s'ouvraient alors, allant de celui des réincarnations multiples à ceux d'une accession aux plans supérieurs de la Création. Fait étrange, ils recoupaient pour la plupart les témoignages recueillis par les expérienceurs au cours de leurs OBE.

N'étant pas lui-même hypnologue, Wiseman ne pouvait mener seul ce type d'expérience. Il s'était donc adjoint les services d'un vrai pro en la personne de Harry Fleet, un de ses confrères psychiatre également passionné de sciences paranormales.

Pour ce dernier, le cas de David ne présentait aucune difficulté. Il s'apparentait à ceux qu'il traitait au quotidien dans son cabinet de Bel Air. Une simple régression, axée sur une période du passé et un lieu défini.

Rien de fantastique, dans tous les sens du terme.

David entra dans le bureau. Boiseries, fauteuils en cuir, dessins au fusain exposés dans des cadres. Longeant le mur du fond, un divan confortable.

En dépit de l'exiguïté du lieu, ou peut-être à cause d'elle, le jeune homme se sentit tout de suite en confiance. L'endroit avait la tonalité chaleureuse d'un fumoir, l'odeur de cigare en moins. Ses teintes acajou se mélangeaient avec bonheur à celle plus sombre des ouvrages alignés sur les murs.

Fleet lui désigna un siège et s'assit face à lui. La pièce était baignée d'une lumière douce, filtrée par des rideaux de lin beige.

— Vous avez trouvé facilement ?

La voix était posée sans être hautaine. Celle d'un ami venu vous secourir.

— Sans problème, répondit David.

— D'un autre côté, avec vos capacités, ce n'est pas très étonnant.

L'hypnologue avait accompagné cette remarque d'un sourire espiègle. Ce trait d'humour démontrait son recul et détonnait avec son physique ascétique. Visage taillé à la serpe et cou de héron, Fleet avait tout de l'hypnotiseur de foire. Ses yeux surtout, d'un gris très pâle, captaient l'attention. Ils paraissaient vouloir traverser le regard pour lire à l'intérieur du crâne.

— Il paraît que vous êtes un sujet psi exceptionnel, reprit-il.

— C'est ce qu'on dit.

— Ne soyez pas modeste. Le professeur Wiseman m'a fait votre portrait. Dommage que vous ne veniez que pour une récupération de souvenirs. Nous aurions sûrement pu tenter ensemble des choses intéressantes.

David prit un air navré. Il n'avait pas du tout l'intention de se lancer dans un programme d'hypnose régressive. D'autres priorités motivaient sa présence.

— Peut-être une autre fois, conclut le psychiatre. En attendant, nous allons essayer de retrouver ce qui vous intéresse.

Il se cala dans son fauteuil et demanda :

— Vous savez comment ça fonctionne ?

— Pas du tout, répondit David.

— Le cerveau est une machine puissante dont la capacité de mémoire dépasse de loin celle des ordinateurs les plus performants. Il collecte toutes les données qui passent à sa portée, souvent à notre insu, et les stocke dans une zone dont nous ne soupçonnons pas l'existence. L'hypnose permet d'accéder à cette zone. On atteint un état de relaxation poussée, une sorte de transe éveillée, au cours de laquelle vous serez déconnecté de l'environnement.

— Ça, je sais faire.

— Si vous pensez à la décorporation, vous faites erreur. L'exercice est différent. L'hypnose ne permet pas une immersion dans l'inconscient aussi profonde que l'OBE. En revanche, cette technique offre la possibilité d'en opérer une approche plus ciblée. Ou je devrais plutôt dire, plus « téléguidée ».

— Comment ça ?

— Contrairement à l'OBE, c'est un travail qui se fait à deux. L'hypnologue et le patient. Cette coopération donne au sujet l'opportunité de se concentrer sur un événement, un lieu, une personne. Surtout, elle réduit les risques de fuites.

— Les risques de fuite ?

— Le cerveau a une tendance naturelle à refouler ce qui le dérange. Entre deux routes, un expérienceur choisira naturellement la plus facile. Et ce, sans même s'en rendre compte.

David prit conscience d'un fait auquel il n'avait jamais prêté attention. Tout ce qui se rapportait à Daddy baignait dans le flou. De lui, il n'avait conservé que des images fugaces, des scènes très brèves, sans signification. Une couleur plus qu'un dessin.

Il questionna :

— Vous pensez que les souvenirs liés à mon grand-père sont trop douloureux pour que je les assume ?

— Si j'en crois ce que m'a expliqué Martin Wiseman, vous aviez avec lui une relation très forte.

— C'est exact.

— Sa disparition, surtout dans ces conditions, vous a impacté. Si on ajoute à cela votre cauchemar récurrent et maintenant la menace de l'entité que vous appelez le « Voleur d'Âmes », il est logique de penser que votre esprit se protège.

— Et vous seriez donc là pour m'aider à affronter la chose ?

— En quelque sorte. La meilleure image serait celle d'un passeur. Quelqu'un qui vous tient la main quand vous franchissez le précipice.

David hocha la tête. Le schéma était clair, il n'y avait plus qu'à se jeter à l'eau.

— Concrètement, on fait comment ?

— Dites-moi d'abord ce que vous voulez revivre.

— Je voudrais me souvenir du laboratoire de mon grand-père. De la dernière fois où je m'y suis rendu, peu de temps avant sa mort. J'ai besoin de savoir sur quoi il travaillait.

— Vous avez une date précise ?

— C'était en 2006. Un peu après Noël.

Fleet acquiesça et désigna le divan.

— Allongez-vous.

CHAPITRE 49

Parmi toutes les méthodes d'hypnose connues, Harry Fleet avait choisi celle de la bougie. Il avait demandé à David de fixer la flamme et de se concentrer sur ses contours. Pour le reste, il lui avait laissé carte blanche. En matière de concentration, le jeune médium n'en était pas à son coup d'essai.

David appliqua sa technique habituelle. Respiration profonde. Maîtrise du rythme cardiaque. Évacuation des pensées parasites.

Et bien sûr, récitation du mantra.

AmramAmramAmramAmram...

Ses membres devinrent lourds. Dans le même temps, son esprit s'allégea. Une grande détente le submergea, accompagnée d'une sensation de flottement. Habituellement, ce stade était celui qui précédait la décorporation. Il n'avait réussi à le franchir qu'à l'aide de la machine.

Pourtant, des craquements se firent entendre. Puis le bruit d'une cloche sonnant à la volée. Un grondement enfla sous ses chairs, faisant vibrer l'intégralité de ses organes.

Je le crois pas, songea-t-il. *Je suis en train de me décorporer. Sans ecstasy et sans l'assistance du Hub.*

La cacophonie monta en puissance. Son corps était de plus en plus lourd. Des étoiles de feu commençaient à exploser sous ses paupières.

À la seconde où il allait basculer, la voix de Fleet le rattrapa.

— David !

— Quoi ?

— David, vous m'entendez ?

Le feu d'artifice cessa d'un coup. Ne restait plus qu'une sensation d'apesanteur, bien connue du jeune homme.

— Je vous entends.

— Tout va bien ?

— Je crois. Mais c'était moins une. Si vous ne m'aviez pas appelé, je pense que je me serais décorporé.

— Vous êtes là. Avec moi. Restez bien concentré sur cette réalité.

Allongé sur le dos, les bras le long du corps, David acquiesça.

— Nous allons remonter à la période de votre vie qui précède le décès de votre grand-père.

— OK.

— Vous êtes dans son laboratoire. Que voyez-vous ?

Les souvenirs affluent. La pièce aveugle, aménagée dans les sous-sols d'une vieille maison de Inglewood. Un espace clos, vaste, ressemblant à un centre de contrôle aérien. Partout, des batteries d'ordinateur, des câbles et des écrans. Un peu comme dans le labo secret de Wiseman. Les câbles courent vers une vitre immense, derrière laquelle se pressent encore des moniteurs. Tout paraît tellement grand. David voit la scène avec ses yeux d'enfant. À cette époque, il ne mesure pas plus d'un mètre quarante.

— C'est fou. J'ai l'impression d'y être.
— Que voyez-vous ?
Le jeune homme donna une description du lieu. Il le percevait depuis une petite table derrière laquelle il se tenait. Devant ses mains, des pièces de plastique, un tube de colle.
— Que faites-vous ?
— J'assemble une maquette.
— Qu'est-ce que c'est ?
— Un porte-avions. L'*USS Nimitz*. Je l'ai eu pour Noël.
— Nous sommes donc en décembre ?
— Oui.
— Vous êtes seul ?

Au fond de la pièce, une silhouette familière. La haute taille. Les épaules voûtées sous la chemise blanche. Les cheveux gris, courts, coiffant le crâne comme une cagoule. Les traits doux, et pourtant habités, semblables à ceux de David.

— Daddy est là.
La voix du jeune homme s'était brisée. Fleet demanda :
— David, que se passe-t-il ?
— C'est dur. Je n'ai pas eu d'image aussi précise de lui depuis sa mort.
— Laissez cette émotion vous traverser. Surtout, ne la refoulez pas. Votre inconscient se bloquerait.
David hocha la tête. Il resta silencieux quelques secondes puis affirma :
— Ça va. On peut continuer.
— Très bien. Que fait votre grand-père ?
— Je ne sais pas exactement. Il a un carnet dans la main. Il a l'air de le lire pendant qu'il règle une machine.

— Vous connaissez ce carnet ?

— Non. Je n'y ai jamais fait attention.

— Décrivez-moi ce sur quoi il travaille.

— On dirait une cage. Du verre fumé, ou du plexiglas argenté. Elle doit bien faire deux mètres cinquante de hauteur sur un de largeur. Sans plafond. Les panneaux ne sont pas joints. Il y a un petit espace entre chacun d'eux, à peine quelques centimètres, et ils reposent sur des socles en métal plein. Je n'arrive pas à voir ce qu'il y a l'intérieur. Les parois sont trop opaques.

— Cette machine vous évoque quelque chose ?

Une image dansa dans ses rétines. Celle de panneaux similaires se découpant sur un fond blanc. La représentation était trop vague pour qu'il l'identifie.

— Pas vraiment.

— D'accord. Concentrez-vous sur votre grand-père.

Des changements de densité dans l'air. Ils sont provoqués par Daddy qui évolue maintenant dans le laboratoire. David est concentré sur sa maquette. Sa vision périphérique enregistre seulement une succession de mouvements.

— Il marche de long en large. Il a l'air énervé. Il parle dans son dictaphone. Je n'arrive pas à entendre ce qu'il dit.

— Ce n'est pas grave. Laissez-vous aller. Continuez à être présent, dans cet endroit, à cet instant.

David suivit les recommandations. Des sensations prégnantes l'assaillirent.

L'odeur de colle qui sature ses narines. La lumière aveuglante des lampes halogènes. La voix de Daddy, comme un ronron rassurant qui emplit ses tympans.

— ... *Pourrait s'appuyer sur les théories d'Ackermann... un autre trou dans l'écume quantique de Wheeler... peut-être une possibilité d'aller plus loin...*

Les mots devinrent inaudibles. Georges Creem était à l'autre bout de la pièce.

— J'ai entendu mon grand-père. Il est en train d'enregistrer des notes dans un dictaphone.

— À propos de quoi ?

— Je n'ai rien compris. Il parlait de physique quantique et d'un certain Ackermann.

— Et maintenant ? Que se passe-t-il ?

— Il est trop loin. Je ne l'entends plus.

— Restez concentré. Tendez l'oreille. Focalisez-vous sur sa voix.

David redoubla d'effort. Des bribes de phrases résonnèrent à nouveau sous son front quand son grand-père se rapprocha.

— ... *Il me manque trop d'éléments... Je dois demander directement à Ackermann. C'est la seule option.*

— Il est toujours sur ce type, retranscrivit le jeune homme. Ackermann. Il veut le rencontrer.

L'hypnologue l'encouragea à poursuivre, sur le même ton enveloppant.

— Quoi d'autre ?

— Daddy décroche un téléphone mural. Il compose un numéro.

— Celui d'Ackermann ?

— Comment voulez-vous que je le sache ?

— Excusez-moi. Dites-moi ce que vous entendez.

David fronça les sourcils. L'effort de concentration commençait à l'épuiser.

— Il laisse un message. Il résume la situation. Il dit qu'il passera en début de soirée pour faire un point.

— C'est tout ?

Un silence. Le visage du médium venait de prendre une teinte crayeuse.

Fleet s'inquiéta.

— Qu'y a-t-il ?

Pas de réponse. Les lèvres de David étaient blanches. De la sueur perlait sur son front.

— DAVID ! RÉVEILLEZ-VOUS ! MAINTENANT !

Le jeune homme tressauta. Il cligna les paupières plusieurs fois avant d'ouvrir les yeux. Occupant son champ de vision, le visage émacié de Fleet.

— Tout va bien. Vous êtes réveillé. Détendez-vous et respirez lentement.

Le jeune homme gonfla ses poumons, comme au sortir d'un rêve angoissant.

— Que s'est-il passé ? interrogea l'hypnologue.

— Je ne sais pas. Je me suis senti mal.

— Vous savez pourquoi ?

— Non.

— Vous n'avez pas entendu le nom de la personne qu'appelait votre grand-père ?

— Il ne l'a pas mentionné.

David ne disait pas la vérité. Avant de raccrocher, Daddy avait salué son interlocuteur. Il n'avait prononcé que son prénom mais le médium l'avait tout de suite identifié.

Un seul Martin pouvait être impliqué.

Martin Wiseman.

CHAPITRE 50

— Vous m'avez menti !

— Calmez-vous.

David était entré comme une furie dans le bureau de Wiseman. Il se tenait devant lui, bras croisés, en proie à une rage froide.

— Que je me calme ? Vous saviez très bien sur quoi travaillait mon grand-père. Et vous m'avez quand même baladé.

— Si je vous avais fourni plus d'informations, vous auriez voulu griller les étapes. C'est dans votre nature. Vous auriez essayé de vous projeter là où Georges se trouve peut-être et il était beaucoup trop tôt. Vous n'étiez pas prêt à accomplir ce type de voyage.

Le cœur du jeune homme fit une embardée.

— Vous savez où il est ?

— Je n'ai aucune certitude. Seulement un début de piste.

— Je vous écoute.

— C'est une longue histoire. Vous feriez mieux de vous asseoir.

David prit place. Le professeur se cala dans son fauteuil et entama son récit.

— J'ai fait partie de cette aventure depuis son origine. Georges avait besoin d'un assistant, et compte tenu de nos centres d'intérêt communs, j'étais tout désigné.

Le médium ne put retenir une vacherie. Il avait besoin d'évacuer sa colère.

— Il aurait pu trouver mieux. Vos approches étaient diamétralement opposées.

— Seulement sur la forme. Le principe de la décorporation lui paraissait trop farfelu. Pas assez scientifique en tout cas. Mais sur le fond, nous avions les mêmes objectifs. Nous souhaitions tous les deux comprendre l'Invisible.

David avait toujours du mal à intégrer cette donnée. L'image qu'il conservait de son grand-père était celle d'un chercheur rationnel. Pourtant, les faits étaient là. Daddy avait mis ses connaissances scientifiques au service d'une cause qui l'était beaucoup moins.

Wiseman continuait :

— Nous avons fait de grandes choses ensemble, je dois le reconnaître. Malheureusement, ça a fini par mal tourner. La dernière expérience a eu les conséquences que vous savez.

— Vous étiez là ?

— Derrière le pupitre de contrôle, dans une pièce située à l'arrière. Tout a été soufflé. Une explosion monumentale. Je dois la vie à la vitre en verre renforcé qui me séparait du reste des installations. Je me suis précipité vers Georges. C'était...

Il s'interrompit, mal à l'aise. David l'invita à poursuivre :

— Continuez. Je vous en prie.

— Son corps était entièrement calciné, comme s'il avait pris feu de l'intérieur. J'ai paniqué. Les flics allaient tout me coller sur le dos, y compris sa mort.

Je me suis traîné dehors avant l'arrivée des secours et je me suis éclipsé.

La réaction de Wiseman pouvait se comprendre. David hocha la tête, impatient de connaître la suite.

— Maintenant que vous m'avez expliqué le contexte, dites-moi où il comptait se rendre.

— Je vais y venir. Vous devez néanmoins savoir comment votre grand-père en est arrivé là. Il vous sera utile de posséder l'ensemble des pièces du puzzle si vous voulez appréhender la suite.

— Très bien. Mais faites vite.

— Tout a commencé par la découverte d'un vieux carnet en moleskine, dans les archives de l'Institut d'Études Avancées de l'université de Princeton. Des notes, des formules, apparemment incohérentes, prises par un scientifique autrichien émigré aux États-Unis dans les années 1930. Elles avaient trait à la théorie des univers parallèles dont je vous ai déjà parlé. Fait curieux, elles avaient été consignées quinze ans avant que ces thèses ne soient officiellement émises. Et elles étaient beaucoup plus abouties.

Le carnet que Daddy lisait en réglant sa machine infernale. C'était sûrement celui-là.

Wiseman déroulait son récit.

— Heinrich Ackermann était un visionnaire. Il avait établi avant tout le monde les équations quantiques permettant de démontrer qu'une infinité d'univers évoluaient à côté du nôtre. Il avait appelé cela la « dynamique des mondes multiples » ou « théorie des multi-univers ».

Un court-circuit dans le cerveau de David. Il questionna :

— Ackermann ? Daddy a prononcé son nom quand je jouais dans le laboratoire. Il voulait aller lui demander des explications.

— Tout à fait. Mais laissez-moi vous raconter l'histoire dans l'ordre. Si les travaux d'Ackermann étaient révolutionnaires, ils restaient cependant très théoriques. Le physicien ne possédait pas les outils lui permettant de passer à la pratique. Plus tard, quand la technologie a pu le permettre, ses héritiers spirituels n'en ont rien fait. Ils n'ont même pas mentionné ses thèses.

— Ils souhaitaient sans doute récolter les lauriers.

— Ou bien ils ignoraient tout simplement l'existence de ce précédent. Ackermann est mort en 1943, pendant la Seconde Guerre mondiale. Ses travaux n'avaient jamais été pris au sérieux par ses contemporains, et son carnet s'est perdu dans la tourmente avant que Georges ne le retrouve par hasard, au fond d'un vieux carton. Il y a de fortes chances pour que tout ça soit passé à la trappe.

Nouveau déclic. Cette fois, David voulut comprendre.

— Ce type a disparu depuis plus d'un demi-siècle. Comment Daddy aurait-il pu lui parler ?

— Je vais vous le dire. Soyez un peu patient. Au-delà de sa théorie des mondes multiples, l'intérêt des hypothèses développées par Ackermann tenait en un point essentiel. La possibilité d'interférences et surtout d'interconnexions entre les différentes dimensions composant le multi-univers.

— Comment ça ?

— Rappelez-vous de la disparition du photon, cette particule subatomique projetée sur une plaque de métal. Elle n'était plus nulle part. Si on admet le principe qu'elle soit partie *ailleurs*, dans un autre univers, il faut aussi accepter qu'elle ait trouvé un moyen pour s'y rendre.

— Un passage vers un monde parallèle ?

— Un vortex, créé en reliant deux trous de l'écume quantique.

Un autre souvenir percuta la mémoire de David.

— Vous faites référence à l'écume de Wheeler ?

— Vous connaissez ce terme ?

— Je l'ai entendu dans la bouche de Daddy, pendant ma séance d'hypnose. J'ignore ce que c'est.

— Il s'agit du résidu de la formation de l'univers. Une sorte de mousse invisible recouvrant l'espace-temps, percée d'une multitude de trous d'un diamètre infinitésimale.

— Des trous qui permettraient de changer de dimension ?

— C'est l'idée. À l'époque où Ackermann a découvert les équations, il s'est heurté à des difficultés purement physiques rendant toute expérimentation impossible. Les ouvertures, appelées aussi « trous de ver », étaient trop minuscules pour être appréhendés par la technologie dont il disposait à l'époque. Quand votre grand-père s'est attelé à la tâche, la science avait évolué. Il a non seulement pu observer la réalité de ces « portes », mais a aussi trouvé comment les utiliser.

David ouvrit des yeux ronds.

— Vous êtes sérieux ?

— Georges avait mis au point une machine incroyable. Une sorte de scanner à résonance magnétique, qui permettait d'enregistrer toutes les données composant un objet ou un organisme vivant, puis de les compresser comme un fichier. Ensuite, il a trouvé le moyen de les faire voyager d'un univers à l'autre en les faisant passer par les trous de l'écume quantique.

— Vous êtes en train de me dire qu'il pouvait compresser une personne ?

— Seulement les informations la composant.

Un vrai Géo Trouvetout. C'était sans doute lui « l'ami » qui avait aidé Wiseman à mettre au point ses gadgets.

David lâcha dans un souffle :

— C'est dingue.

— Oui et non. Le principe de la compression est utilisé quotidiennement sur le Web, lors des envois de photos et vidéos. Il permet de transmettre une quantité importante de données par l'intermédiaire d'un signal. Il suffit ensuite de les décompresser pour qu'elles retrouvent leur taille normale et soient lisibles.

Wiseman semblait à l'aise. Il maîtrisait bien mieux son sujet qu'il ne l'avait laissé paraître au tout début. Sa collaboration avec Georges Creem avait dû être totale.

— Tout de même, s'étonna David. On ne parle pas de documents joints mais d'un être humain.

— Les caractéristiques sont plus nombreuses mais quantifiables de la même façon. Elles peuvent très bien être listées, répertoriées et encodées pour être transférées.

— Transférées comment ?

— Grâce à un démultiplicateur de champ énergétique accouplé au scanner. C'est une machine capable de repérer les portes ouvertes dans l'écume quantique et d'y propulser des ondes chargées avec les fichiers compressés. Une fois la scannérisation effectuée, la transmission prend à peu près une minute.

David songea à l'étrange cage de plexiglas installée dans le laboratoire de Daddy. Un concentré de technologies innovantes aux allures d'aquarium vertical. Il n'avait pas pu en distinguer l'intérieur.

Wiseman prit un trombone et s'amusa avec.

— Comme vous l'avez compris, il ne s'agit pas de téléporter des molécules d'un point A à un point B, mais plutôt de transmettre des informations *via* un flux ondulatoire réglé sur une fréquence prédéfinie. Après avoir été récupérées, elles s'ordonnent pour être reconstruites à l'identique. L'objet ou la personne reconstitués ne sont pas l'original mais un « double ».

— Un double ?

— Extrêmement réaliste, fait de matière ou de chair et éventuellement doté de conscience. Quant à l'original, il reste dans l'univers de départ.

— Qui récupère les données ? Par définition, il ne peut pas y avoir d'ordinateur de l'autre côté.

— Ce n'est pas nécessaire. Une procédure préenregistrée permet une décompression automatique de l'ensemble lorsque le fichier atteint sa destination.

— Ça n'a pas de sens. Il faut forcément un support.

— Le support existe. Un transpondeur, qui est compressé comme le reste et fait partie du voyage. C'est d'ailleurs grâce à cet instrument que le double peut se dématérialiser lors de la procédure de retour, et permettre ainsi à la conscience du sujet de réintégrer son enveloppe. Le délai de transmission est sensiblement le même qu'à l'aller, à peu près une minute.

— Hallucinant.

— Et ce n'est pas tout. Le transpondeur sert aussi de vecteur pour adresser des informations à la base de départ. On peut entendre ce qui se passe sur place et il donne la localisation exacte du voyageur, un peu comme une balise. Les données envoyées sont exploitables avec un décalage d'une dizaine de secondes, le temps de leur décompression.

David avait du mal à ordonner toutes ces informations. La science n'avait jamais été son fort. Il comprenait seulement que la méthode élaborée par son grand-père se rapprochait de celle employée pour opérer une OBE. Le corps restait sur place pendant que l'esprit voyageait.

Il demanda encore :

— Admettons. Mais comment ce « double » s'incarne-t-il ?

— Là est tout le mystère. D'après Georges, il se pourrait que les multi-univers, en interagissant les uns avec les autres, enregistrent les modifications survenant dans leur structure. Lorsqu'un élément existant dans un univers donné est transféré vers un autre, celui qui en est le destinataire produit spontanément les conditions permettant d'assimiler au mieux ce corps étranger. En l'occurrence, toutes les informations concernant le double sont expédiées et la décompression automatique fournie un hologramme qu'il ne reste plus qu'à « habiller ». Je vous l'ai déjà dit, la nature a horreur du vide. Elle termine donc le travail. Quand la conscience quitte l'univers d'accueil pour réintégrer sa base, le processus inverse s'opère. Le vide créé par cette disparition efface le fichier corporel et le double disparaît.

David était bluffé. Il n'aurait jamais pu imaginer, quand il construisait ses maquettes dans le laboratoire de son grand-père, que ce dernier manipulait de tels concepts.

Il creusa plus loin.

— Comment a-t-il pu construire une bécane pareille ?

— C'était un scientifique hors norme. Un esprit brillant et inventif, doublé d'un homme tenace et courageux. Il a réussi à trouver des financements, ainsi qu'à mettre au point les solutions techniques permettant d'appliquer les théories d'Ackermann. Ce fut un travail fastidieux qui a pris plusieurs années. Mais il ne s'est pas contenté de ça. Il s'est également servi de la machine pour voyager lui-même.

La conclusion n'étonna pas le médium. Elle confirmait ses hypothèses.

— Il avait dû se brancher sur la mauvaise fréquence. Celle qui donnait sur l'univers du Voleur d'Âmes.

Wiseman nia :

— Pas exactement.

Le jeune homme se redressa, surpris.

— Que voulez-vous dire ?

— Georges souhaitait bien accéder aux dimensions supérieures de la Création. Seulement il n'avait pas la clef. Les instructions laissées par Ackermann ne lui avaient permis d'effectuer qu'une certaine catégorie de voyages.

David se massa les yeux. Il n'était pas certain de comprendre.

— Lesquels ?

— Ceux qui se cantonnaient au Monde Physique. Ils l'ont conduit d'un point à un autre de notre galaxie. Et aussi à travers le temps.

— À travers le temps ?

— Tant dans le passé que dans le futur. Mais les niveaux suivants, ce que j'appelle les « Mondes Non Physiques Avancés », restaient inaccessibles. C'est pour savoir comment les atteindre qu'il voulait rencontrer Ackermann.

— Comment pouvait-il être certain d'obtenir les infos ?

— Grâce au carnet. Ackermann avait développé de nombreuses hypothèses. Notamment celle d'utiliser les trous de l'écume quantique pour voyager plus loin encore que dans le temps ou dans l'espace, vers les autres dimensions de l'Invisible. Malheureusement, ses notes à ce propos s'interrompaient brutalement. Georges a tenté de reconstituer la trame mais sans succès. Pour progresser, il n'avait d'autre choix que de se faire expliquer les données en direct.

— Et ?

— Il y est allé. Le laboratoire a explosé pendant qu'il se trouvait là-bas.

David se tassa dans son siège.

— Le Voleur d'Âmes.

— À l'époque, j'ai pensé que c'était dû à un mauvais réglage du démultiplicateur de champ. Il produit une quantité d'énergie phénoménale qui aurait été susceptible de provoquer cette catastrophe. Mais depuis que vous m'avez parlé de cette entité, j'ai tendance à penser qu'elle n'est pas étrangère à ce qu'il s'est passé.

— Pourquoi aurait-il fait ça ? Daddy n'avait même pas rejoint son univers.

— Probablement pour les mêmes raisons que celles qui l'ont poussé à vous attaquer ici, dans le Monde Physique. Le Voleur d'Âmes est conscient du danger que vous représentez tous les deux et il essaie de l'anticiper.

L'explication se tenait. David en avait fait l'expérience. Par contre, les motivations du monstre restaient toujours hors de portée.

Pourquoi s'en était-il pris à Daddy ?

Et maintenant à lui ?

Pour le savoir, il fallait continuer à chercher.

— Vous disiez avoir un début de piste. Vous pensez que mon grand-père est coincé dans le passé ?

— Ce qui est certain, c'est que sa conscience n'a pas eu la possibilité de revenir dans le présent. La machine a été détruite avant que la procédure de rapatriement ne soit activée. Il n'y avait plus de portes quantiques permettant son retour.

— Vous ne me répondez pas.

— Parce que je n'en sais rien. Je n'ai aucune donnée postérieure à l'explosion, hormis celles dont vous m'avez fait part.

Le médium ne lâcha pas l'affaire :

— Tout reste donc envisageable, y compris qu'il soit encore là-bas, prisonnier quelque part.

— C'est une éventualité.

David affirma avec force :

— Je veux y aller. C'est jouable ?

— Dans l'absolu, oui. Il suffit de cibler le lieu et la date à laquelle Georges a effectué ce voyage. Votre corps astral devrait pouvoir s'y rendre.

— J'imagine que vous vous souvenez des coordonnées puisque vous étiez dans le labo.

— Bien sûr. Mais je ne vous les fournirai pas.

David crut qu'il avait mal entendu.

— Vous plaisantez ?

— Pas du tout. Vous ne bénéficieriez pas des mêmes facilités que Georges. Sans la machine, pas d'incarnation dans le réel, pas de double capable d'interagir avec l'environnement. Vous seriez dans les conditions d'une décorporation de premier niveau, comme celles que vous avez déjà expérimentées dans le Monde Physique. Une pure conscience, invisible pour les acteurs de l'univers dans lequel vous vous projetteriez, y compris pour votre grand-père si d'aventure vous retrouviez sa trace.

— Pas grave. Je pourrai au moins observer et peut-être obtenir des infos.

— Il y a autre chose.

— Quoi ?

— Il s'agit d'une OBE. Vous seriez donc au niveau vibratoire des âmes et des consciences. Il n'y aurait pas d'interférences avec les êtres incarnés, mais vous seriez par contre au diapason des désincarnés.

Pas besoin de préciser. David avait compris.

— Je ferai attention.

— Ce ne serait pas suffisant. Pour ce voyage, vous devriez sortir du périmètre sécurisé du Nid. Vous seriez vulnérable et vous n'êtes pas encore prêt à assumer un affrontement direct avec le Voleur d'Âmes ou l'une de ses créatures.

Wiseman avait sans doute raison. L'aventure de la discothèque le démontrait. Mais David était trop désireux de creuser l'unique piste dont il disposait.

— Mes amis peuvent m'accompagner. Et aussi Sean. Il veillera sur nous.

— Vos amis sont encore moins opérationnels que vous. Et en l'état, même Sean ne suffirait pas à protéger vos arrières.

Le jeune homme s'insurgea.

— Vous ne pouvez pas m'en empêcher. Il s'agit de mon histoire. J'ai besoin de la régler.

— Je comprends. Et mon rôle est de vous aider à le faire au mieux tout en évaluant les risques. J'estime qu'ils sont encore trop importants. Progressez et nous en reparlerons.

— Mais...

— N'insistez pas, Creem. Ou je me verrais contraint d'interrompre votre programme de formation.

David quitta le bureau dans un état de frustration intense. Un début de solution venait de se profiler. Et Wiseman ne lui permettait pas de l'explorer.

Il devrait attendre jusqu'à quand ?

Une pulsion de révolte embrasa son esprit. Il n'avait pas besoin de Wiseman. Il pouvait se passer de son aval, comme de l'assistance du Hub. Lors de sa séance d'hypnose, il avait failli se décorporer de façon spontanée. Il pourrait recommencer.

Il s'éloigna du Nid au pas de course.
Une idée fixe battait ses tempes.
Trouver la date, le lieu.
Les coordonnées spatio-temporelles de l'ultime voyage accompli par son grand-père.

CHAPITRE 51

« Heinrich Ackermann. »

David avait tapé le nom et le prénom du scientifique dans un moteur de recherche. La nuit était tombée depuis longtemps, il était assis en tailleur sur son lit, torse nu, prêt à plonger dans les entrailles du Net.

Après la dérobade de Wiseman, le médium avait essayé d'utiliser ses pouvoirs de clairvoyance pour découvrir à quel endroit, et dans quel repli du temps, son grand-père avait projeté son double.

En vain.

Comme pour tout ce qui touchait à Daddy, un écran noir recouvrait ces données. David s'était rabattu sur Internet, avec l'espoir d'y trouver un détail, une aspérité susceptible de lui fournir une indication.

Le moteur afficha quatorze occurrences, réparties sur deux misérables pages. Autant dire rien, au regard de l'immensité d'un génie comme celui d'Ackermann.

David ne se laissa pas démonter. Il attaqua par la plus synthétique, un article Wikipédia, l'encyclopédie libre du Web que tous les étudiants consultaient régulièrement.

Comme indiqué par Wiseman, le professeur Ackermann était un physicien autrichien de haute volée. D'origine juive, il avait été contraint de s'exiler aux États-Unis dans le courant des années 1930 afin de fuir la montée du nazisme.

Récupéré par l'Institut d'Études Avancées de l'université de Princeton, il avait participé au projet Manhattan et apporté sa pierre à l'élaboration de la première bombe atomique. Parmi ses petits camarades de jeu figurait un certain Albert Einstein.

À l'instar de ses collègues, Ackermann avait approché la sphère quantique avec curiosité. Poussant beaucoup plus loin l'élaboration des modèles mathématiques initiés par ses prédécesseurs, il avait émis des théories audacieuses, comme celle des multiunivers, auxquelles personne à l'époque n'avait prêté attention.

David savait déjà tout ça. Ces données biographiques ne lui fournissaient par ailleurs aucune indication quant à la date et au lieu choisi par son grand-père pour rencontrer Ackermann.

Il continua son exploration lorsqu'il tomba sur une information intéressante. La date et les conditions dans lesquelles le physicien était décédé.

Ackermann avait péri avec trois autres personnes à son domicile de Princeton, dans la soirée du 31 octobre 1943, suite à une explosion occasionnée par une importante fuite de gaz.

David releva la tête.

Une explosion.

Comme dans le laboratoire de Daddy.

Il chercha des détails. Une autre page en fournissait, réalisée par une amicale d'internautes appelée « Scient-X ». D'après ces fidèles, dont l'absence de recul laissait penser à une secte, le physicien avait été victime d'un guet-apens. Sa mort était une mise en scène, organisée par des agents nazis infiltrés sur le territoire américain. En réalité, il avait été enlevé et rapatrié en Allemagne afin d'y poursuivre ses recherches pour le compte des SS.

Du point de vue de ces derniers, les thèses émises par Ackermann n'avaient rien de loufoque. Ils exploraient depuis longtemps des pistes surnaturelles et recherchaient la porte qui leur donnerait accès à la puissance illimitée du Mal. Si le physicien autrichien avait trouvé un moyen de passer d'un univers à un autre, il se pouvait très bien qu'il leur fournisse les clefs pour accéder à celui des forces obscures.

N'importe quoi, songea David. *Ces types ont vu trop de films. La théorie du complot, couplée avec les penchants des SS pour l'ésotérisme. Ils feraient mieux d'arrêter la fumette.*

Il poursuivit quand même sa lecture.

Pour soutenir sa thèse, Scient-X tentait de s'appuyer sur du concret. D'abord, un détail surprenant. On n'avait retrouvé aucune trace des travaux d'Ackermann dans les décombres. Même pas un bout de papier calciné. Étrange pour un chercheur qui avait la réputation de passer ses nuits à décortiquer des équations mathématiques dans sa cuisine.

Ensuite, plus troublant, une des conduites de gaz avait lâché alors que l'installation de sa maison était quasiment neuve. On n'avait par ailleurs identifié aucun départ de feu ou court-circuit électrique permettant de savoir ce qui avait mis le feu aux poudres.

Enfin, l'état des cadavres. Ils avaient subi une combustion quasi totale, rendant impossible toute identification ou autopsie, à commencer par celle d'Ackermann. Comme si, bien que les experts de l'époque n'aient pas été en mesure de le démontrer, la combustion avait été attisée de façon artificielle.

Ou s'était produite de l'intérieur, pensa David. *Comme l'a pensé Wiseman à propos de Daddy quand il a découvert son corps.*

Le médium s'adossa au mur et tenta de réfléchir.

Une explosion.

Une cause *a priori* accidentelle, qui pouvait aisément dissimuler un meurtre.

Sur ce point, Scient-X n'avait sans doute pas tort.

Par contre, ils se trompaient sur son auteur. Il ne s'agissait pas de nazis sortis d'un film d'aventures mais d'un tueur mille fois plus délirant. Un tueur, qui dans les deux cas avait laissé un paraphe identique.

La signature de feu du Voleur d'Âmes.

David éteignit son ordinateur, songeur. Deux meurtres similaires, distants d'une soixantaine d'années, perpétrés par le même monstre. Et comme par hasard, celui de Daddy survient au moment précis où il part dans le passé pour y rencontrer Ackermann.

La coïncidence était trop grosse.

Il y avait forcément un pont entre les deux événements.

Le jeune homme creusa ses méninges. D'abord, la mort d'Ackermann, en 1943. Le Voleur d'Âmes avait dû repérer les avancées du physicien, sa théorie des multi-univers, et y voir un danger.

Il avait décidé de l'éliminer.

Ensuite, un demi-siècle plus tard, le problème s'était de nouveau posé. En cause, un carnet de notes qui avait échappé aux flammes par miracle et que personne ne semblait avoir remarqué dans les décombres. L'entité avait donc poursuivi son œuvre destructrice en assassinant Daddy.

David songea au piège dont son grand-père avait parlé. Celui tendu par le Voleur d'Âmes afin de l'emprisonner dans cette grotte terrifiante.

Se pouvait-il que ce soit ça, le lien réunissant les deux assassinats ?

Un traquenard savamment orchestré, dont l'appât serait Ackermann, et l'arme la déflagration qui avait tué Georges Creem ?

L'hypothèse pouvait se tenir. Daddy, tout comme Wiseman, devait être au courant de la façon dont l'Autrichien avait péri. La seule chose qu'ils ignoraient était que la faute en incombait au Voleur d'Âmes. Ils ne connaissaient pas son existence.

Quoi qu'il en soit, ils avaient dû programmer le voyage bien en amont du drame, de façon à ce que Daddy ne prenne aucun risque physique.

C'est là que le monstre était entré en scène.

Compte tenu de sa puissance, il n'avait pas dû avoir beaucoup de difficultés à modifier le plan de vol de Daddy. Il avait pu téléguider son double, pour l'amener chez Ackermann le jour où il avait tué ce dernier.

Tout semblait cohérent.

Hormis un point.

Pourquoi avoir attendu ce moment précis pour s'en prendre à Daddy ? Georges Creem avait déjà effectué plusieurs voyages dans le temps. Il avait donc ouvert une brèche vers l'Invisible, dans laquelle le Voleur d'Âmes aurait pu s'engouffrer pour accomplir sa besogne.

Et quand bien même. L'entité avait attaqué Ackermann chez lui, et David sur une plage. Pourquoi ne pas avoir supprimé Georges directement dans le monde réel ?

David laissa tomber le jeu des devinettes. Pour l'heure, il devait se concentrer sur sa seule intuition. Celle d'un piège mortel, tendu à son grand-père le 31 octobre 1943 par une force sombre venue de l'au-delà.

Il se leva, en proie à une excitation soudaine. Il avait trouvé ce qu'il cherchait. Un lieu, une date, les coordonnées d'un voyage temporel susceptible de le mettre sur la route de Daddy.

En même temps, il avait peur de ce qu'il allait découvrir. Car si sa théorie se révélait juste, elle signifiait probablement que le double de Daddy n'avait pas survécu. Et que, par voie de conséquence, sa conscience devait se trouver ailleurs que dans le passé.

Dans un lieu dont il n'avait pas la moindre idée.

Il remisa ses craintes. Le meilleur moyen de savoir était encore d'y aller. Il aviserait sur place, et avec un peu de chance trouverait au minimum des éléments qui lui permettraient de rebondir.

Par contre, hors de question de faire le voyage seul. Les risques étaient trop grands. Il avait besoin d'un partenaire et savait déjà qui l'accompagnerait.

Le seul dingue sur le campus qu'une telle folie allait faire délirer.

CHAPITRE 52

— C'est une tuerie, ton truc. On part quand ?

Robert avait du mal à contenir sa joie. Le plan proposé par David comblait toutes ses attentes. De l'aventure. Du danger. Et la dose d'interdit rendant l'ensemble plus savoureux.

— Pourquoi pas tout de suite, répondit le médium.

— Tu veux dire, là, maintenant ? Juste tous les deux ?

— On est dans ta piaule. Il est bientôt 1 heure du mat'. Personne ne viendra nous déranger. Quant aux filles, je n'ai pas l'intention de les brancher sur ce coup. C'est trop risqué.

— Elles vont flipper.

— Il suffira de rester discret et elles n'en sauront rien.

Robert fit une moue.

— T'es optimiste. Mais il y a quand même un petit problème. On fait comment sans le Hub ?

Concentré sur l'objectif, David avait oublié ce détail. S'il avait sans doute l'a possibilité de se décorporer spontanément, il n'était pas certain que Robert puisse faire de même.

Il essaya de le motiver.

— Tes canapés sont hyper confortables. Y a zéro bruit. Je devrais y arriver. Et toi aussi si tu fais un effort.

— Ça veut dire quoi ?

— Qu'il va falloir te bouger un peu pour une fois. Personne ne sera là pour t'assister.

— Sympa... Pour ta gouverne, gros enfoiré, j'essaie de me décorporer un soir sur deux.

— Et ?

— Tout le monde n'a pas ton génie, maestro. En ce qui me concerne, je capote à chaque fois.

Il paraissait sincère. Et légèrement blessé. David regretta de l'avoir provoqué et relança d'un ton conciliant.

— Très bien. On se servira du labo.

— Une mission commando ?

— Je ne vois pas d'autre solution.

— Moi, ça me va. Seulement va falloir faire gaffe. Au cas où tu ne l'aurais pas remarqué, Frankenstein est sur les dents depuis votre dernière conversation. Il a annulé toutes nos séances de décorpo.

— Je suis au courant. On fera ça en douce.

Robert opina. La stratégie avait l'air de lui convenir. Il demanda quand même :

— GI Joe, on en fait quoi ? Il paraît qu'il campe là-bas depuis une semaine.

Le grand brun avait trouvé ce surnom à Sean. Ce soir, il ne faisait plus sourire David.

— Il doit avoir une maison. Peut-être même une famille. Il finira bien par se casser.

— Et l'assistance technique ? On demande à qui ?

— À personne. Il y a un pupitre de commande sur le fauteuil de Sean. Il permet de lancer le bazar depuis l'intérieur du Hub. J'ai vu comment ça fonctionnait. Je me mettrai à sa place et je gérerai.

Le New-Yorkais allongea ses jambes sur la table basse, au milieu des restes de tapas et des canettes de Coca vides.

— Tu penses à tout, mon salaud. Un vrai GO[1].

David ne commenta pas. Il anticipait la suite. Une expédition dans le temps, qui les conduirait jusqu'à la source d'un double meurtre.

Ce serait certainement passionnant.

Mais l'aventure n'aurait rien d'un séjour au Club Med.

La méfiance de Wiseman ne baissa pas d'un seul cran.

Il ne possédait aucun sixième sens, mais avait en revanche une connaissance pointue de l'âme humaine. La réaction de David, lors de leur entretien, l'avait alerté quant à ses intentions. À la première occasion, le médium tenterait quelque chose.

Le professeur prétexta donc une absence de disponibilité du Hub – de nouveaux candidats à l'OBE devaient l'utiliser – pour reporter toutes les séances de décorporation du groupe des quatre. Il laissa par ailleurs Sean en faction, afin de prévenir une intrusion dans le laboratoire.

Face à cette levée de boucliers, les deux amis durent mettre au point une stratégie. Pour endormir Wiseman, ils firent d'abord mine d'avaler ses mensonges. Puis David s'ingénia à lui faire croire qu'il avait compris la leçon. Il attendrait, comme un garçon bien sage, que le grand manitou lui donne son feu vert.

Le plus difficile, dans ce jeu de dupes, fut de dissimuler la vérité aux filles. Alice et Louise sentaient bien qu'il y avait anguille sous roche. Elles cherchaient

1. Gentil Organisateur du Club Méditerranée.

à savoir, une traque incessante que les garçons avaient du mal à déjouer.

Fort heureusement, les vacances de Pâques arrivèrent. Et avec elles, la possibilité d'en terminer avec cette situation inconfortable.

Les jeunes femmes quittèrent le campus pour aller retrouver leurs parents, pendant que de leur côté les garçons faisaient semblant de boucler leurs valises en vue d'une semaine de farniente au Mexique. Voyant la bande s'éclipser, Wiseman releva Sean de sa surveillance. Le professeur chargea son sac dans son van et s'éclipsa à son tour.

Pour David et Robert la fenêtre de tir s'ouvrait enfin.

Ils attendirent quand même trois jours dans un motel de Venice Beach, le temps d'être bien certain que personne n'allait ressurgir. Voyant que le Nid restait désert, ils programmèrent le braquage du labo pour le soir même.

En arrivant devant le clocher, ils constatèrent que Wiseman avait renforcé la sécurité sur l'entrée principale. Contrairement à la première fois, pas moyen de forcer les codes d'accès par psychokinèse.

Ils durent changer leurs plans et s'orienter vers la sortie de secours planquée au fond des bois. Après avoir cherché l'entrée pendant une heure, ils finirent par repérer la petite trappe en fer dissimulée sous un tapis de feuilles mortes.

Corridor plongé dans le noir. Porte en métal. Robert tenta encore d'utiliser son don. Voyant qu'il n'arrivait à rien, il dut se résigner à forcer la serrure avec un passe.

À une heure du matin, ils pénétrèrent enfin dans l'antre de Wiseman. Déserte, comme prévu. David alluma les lumières, se dirigea vers les écrans de contrôle et mit le Hub en marche. Puis sans attendre, les deux garçons entrèrent dans le caisson.

— Bien, fit David une fois installé. On y est.

— C'est bon ? demanda Robert. Tu maîtrises ?

Il y avait un soupçon d'inquiétude dans sa voix. Au pied du mur, le New-Yorkais prenait conscience des risques de l'entreprise.

— Tout roule. Je vais nous mettre en ligne.

David pianota sur le clavier logé dans l'accoudoir. Les fauteuils pivotèrent sur leur axe jusqu'à la position adéquate.

— Maintenant, on se concentre. J'ai programmé le concert pour un lancement dans dix minutes.

Ils fermèrent les yeux. Fidèle à sa technique, David se laissa aller en récitant son mantra. Très vite, les sensations habituelles l'enveloppèrent. Il évoluait à l'intérieur d'une bulle cotonneuse, comme en apesanteur dans un bain tiède.

Puis, alors que le procédé sonore n'était même pas enclenché, les signes avant-coureurs de la décorporation apparurent. Craquements, vibrations, bourdonnements. Un carillon sonna dans le lointain pendant que des éclairs fusaient sous ses paupières.

Un silence soudain.

Et la libération.

David se stabilisa sans peine. Il flottait au-dessus de son enveloppe charnelle, un ectoplasme translucide encore prisonnier de sa forme éthérique. Cette mutation, pour surprenante qu'elle soit, lui était à présent familière. Il ne s'attarda pas sur elle et tourna son regard vers Robert.

Le grand brun n'avait pas encore franchi le cap. Une lumière vive entourait son corps physique, signe que son énergie l'habitait toujours.

Le médium patienta, confiant. Le hub avait toujours permis à son pote de se décorporer. Il n'y avait pas de raison pour que ça foire cette nuit.

Après plusieurs minutes, le processus s'enclencha. Des arcs électriques. Un geyser blanc jaillissant à l'endroit du cœur.

Une forme humaine massive, opaque, se matérialisa.

Robert venait de le rejoindre.

— Putain de machine ! J'ai cru que je n'y arriverais jamais.

— Les conditions sont différentes. T'as dû un peu stresser.

— Peut-être, ouais. Et toi ? Ça s'est bien passé ?

— Nickel. Je n'ai même pas eu besoin de la bécane.

— Trop cool. Alors c'est officiel. T'es un cador. On va t'appeler Décorporator.

David ne put retenir un sourire. Ils communiquaient par la pensée, les échanges étaient quasi instantanés. Le médium énonça le plan de bataille sans attendre.

— On fait comme d'habitude. On prend notre représentation favorite et on s'allège.

— Ça va nous expédier au-dessus du clocher. Tu ne veux pas qu'on ajoute le plan de vol ?

— Non. Il vaut mieux procéder par étapes. Ce sera moins risqué.

Le New-Yorkais s'inclina. Ils se concentrèrent et se retrouvèrent très vite à l'air libre, à l'intérieur de leur corps astral. Un aigle et un modèle réduit d'hélicoptère, évoluant autour du Nid par une nuit sans lune.

Ils se posèrent sur la corniche, à l'endroit où ils se regroupaient avec les autres.

— Phase d'approche réussie, lança David. Les choses sérieuses peuvent commencer.

— Tu le vois comment ?

— Comme me l'a expliqué Wiseman. Il suffit de cibler le lieu et la date. La projection devrait être automatique.

— Maison d'Ackermann, soirée du 31 octobre 1943, précisa Robert pour être certain. Au fait, t'avais noté que c'était la nuit d'Halloween ?

— Je m'en tape. On va établir un contact entre nous. Il faut qu'on reste groupés.

Du bout de son aile, David toucha celle de l'hélicoptère. Un frisson parcouru l'engin.

— Pas plus, plaisanta Robert. Ça m'excite.

— Concentre-toi un peu. On n'est pas là pour rigoler.

Un ricanement étouffé, puis le New-Yorkais se mit au diapason de son ami.

— Roule, ma poule. Je suis prêt.

— On y va.

Ils n'eurent pas à patienter longtemps. À peine les coordonnées spatio-temporelles visualisées dans leur esprit, ils sentirent leurs formes astrales se dissoudre. Les représentations qu'ils avaient choisies laissaient la place à une poussière lumineuse, comme une poudre de fée dérivant dans la nuit.

Les contours du clocher s'obscurcirent.

Le campus disparut.

À la place, comme dans un fondu enchaîné, d'autres structures se mettaient en place.

Des poutres. Un plafond mansardé. Un vasistas laissant filtrer la pâle lueur d'un réverbère. Autour d'eux, jonchant le sol, des cartons et des objets divers. Autant de reliques dignes de l'étal d'un brocanteur et qui pourtant paraissaient neuves.

Ils comprirent tous les deux en même temps.

Ou plutôt, ils surent.

La projection s'était déroulée comme prévu.

Ils avaient traversé le temps et se trouvaient dans la maison d'Ackermann.

CHAPITRE 53

— Ça a marché !

— On dirait, confirma David. Il faut juste espérer que ce soit la bonne date.

Le médium n'en revenait pas lui-même. Il scanna le périmètre en une fraction de seconde.

— Je crois qu'on a atterri dans le grenier.

— C'est mieux que dans la cheminée.

— Ouais. En tout cas, il y a un truc zarbi.

— Quoi ?

— Ton hélico. C'est plus le même.

— Comment ça ?

— Il est plus ancien. Un peu comme ceux qui ont servi pendant le débarquement.

— Pourtant, j'ai rien changé au film.

David scruta sa propre représentation. Bec, plumes, serres. Il avait toujours l'apparence d'un aigle.

— Je crois que j'ai compris, finit-il par affirmer. Il doit y avoir une contrainte spatio-temporelle interdisant la formation d'images anachroniques. La mienne est identique puisqu'il s'agit d'un oiseau. Par contre, l'hélico que tu avais choisi au départ n'existe pas encore. Tu as intégré automatiquement un modèle raccord avec l'époque.

Robert opina. Ces considérations le laissaient froid.

— En tout cas, c'est pas le plus pratique pour se déplacer dans un grenier. On aurait mieux fait de se transformer en souris.

— On devrait pouvoir, répliqua David. Nous sommes dans l'Astral et nos pensées créent la réalité. Si on respecte les règles du lieu, tout est possible.

— Si tu le dis.

À peine ce constat opéré, les deux amis sentirent leurs formes se modifier. Au terme d'une sorte de *morphing*[1], deux rongeurs à poil blanc apparurent.

— D'enfer ! s'enthousiasma Robert. Tu ressembles à Mickey !

— Et toi, à Minnie. Maintenant, il faut trouver la sortie.

Ils s'élancèrent à l'instinct, portés par leurs pattes minuscules. Ils n'avaient pas parcouru deux mètres qu'une voix énervée les clouait sur place.

— C'est pas un peu fini, ce raffut ! Il y en a qui se reposent ici !

Oreilles tendues, les projeteurs se tournèrent vers la source sonore. Une lueur jaune filtrait depuis les interstices d'une vieille cantine en fer.

Ils s'approchèrent, intrigués. La lumière diffusait faiblement au travers de la serrure, comme une ampoule en train de s'éteindre.

Robert demanda :

— Il y a quelqu'un ?

L'éclat lumineux reprit de plus belle.

— Évidemment ! Et cette personne aimerait dormir.

---

1. Transformation naturelle et fluide d'une forme initiale en une forme finale.

Le New-Yorkais allait répliquer. David le devança :

— Excusez-nous de vous avoir dérangé. Nous venons d'arriver. Nous ne savions pas.

Un silence. Le couvercle du coffre se souleva lentement, éclairant le grenier de reflets mordorés. Puis une main boudinée apparut, arborant une grosse chevalière. Elle prit appui sur le rebord de la malle pendant qu'une autre main faisait de même sur le côté opposé.

Une tête émergea peu à peu, coiffée d'un haut-de-forme. Le visage, barré par de fines lunettes rondes, était mangé par deux énormes favoris.

Robert se tourna vers David.

— C'est quoi, ce plan ?

— Aucune idée.

Le personnage se déplia. C'était un homme d'une cinquantaine d'années, portant redingote et col monté. Son allure était celle d'une époque révolue, qui évoquait les photographies jaunies de la guerre de Sécession. Même s'il s'agissait de toute évidence d'un fantôme, il avait l'air bien réel.

En le voyant debout, David se demanda comment ce bibendum avait pu tenir dans un espace aussi étroit. Il devait peser plus de soixante livres.

L'apparition les toisa d'un air sévère.

— Alors comme ça, vous venez d'arriver ?

— Oui, répondit le médium.

— Et vous comptez vous installer ici ?

— Nous ne faisons que passer.

— J'aime mieux ça. Il y a déjà beaucoup trop de monde chez moi.

Le ton s'était radouci. Il les observait à présent d'un œil intrigué.

— Pourquoi des souris ?

Ce fut Robert qui donna la réponse.

— On a atterri dans un grenier. On s'est dit que c'était cohérent.

— Ça se tient. Pour ma part, je ne me résous pas à abandonner ma forme initiale. Question d'habitude.

Le fantôme n'avait visiblement pas tourné la page. Il refusait de quitter le Monde Physique, ainsi que son apparence humaine, pour rejoindre les niveaux supérieurs de l'Invisible.

— J'habite ici depuis bientôt deux siècles et je ne vous ai jamais vus, s'étonna-t-il. Vous êtes des voisins ?

David ne souhaitait pas entrer dans les détails.

— Nous venons de bien plus loin. C'est un peu compliqué.

L'autre hocha la tête.

— Je comprends. Chacun son histoire. Maintenant, messieurs, si vous le permettez, je vais me retirer. Il se trouve que j'ai encore beaucoup de sommeil à rattraper.

Il se rassit dans sa boîte, commença à rabattre le couvercle. Mais David avait d'autres questions en tête.

— Monsieur ?

— Quoi encore ?

— Nous sommes bien le 31 octobre 1943, dans la maison du professeur Heinrich Ackermann ?

Soupir fatigué.

— Le temps est une donnée qui a cessé de m'intéresser. Mais si j'en crois le vacarme qui a gâché ma soirée, je peux en déduire que c'était le jour d'Halloween. Quant à l'endroit, ce scientifique pour le moins excentrique réside ici, dans la maison qu'il s'est appropriée puisqu'en réalité elle m'appartient. Sur ce, jeunes gens, je vous souhaite le bonsoir.

Date et lieu correspondaient. Il fallait à présent espérer que Georges Creem soit là.

Pendant que le fantôme se calfeutrait dans son bocal, David demanda encore :

— Pour se rendre dans le salon, on passe par où ?

La voix lui répondit à travers la malle.

— Il y a une ouverture sous la poutre maîtresse. Mais entre nous, vous ne devriez pas en avoir besoin.

Un petit rire fusa dans la pénombre. Comme si le fantôme venait de leur faire une bonne farce.

Puis, à nouveau, le silence.

Les deux voyageurs du temps se dirigèrent vers l'endroit indiqué. Un trou était creusé dans le plâtre, juste assez large pour laisser passer un rongeur. Un espace sombre se profilait derrière, qui évoquait des combles.

— Pourquoi on s'emmerde ? questionna Robert. Nos pensées créent la réalité, non ? Il suffit de se dire qu'on veut aller dans la pièce d'à côté et on s'y retrouvera en un clin d'œil.

— C'est sûr. Mais on ne sait pas où l'on va atterrir ni ce que l'on va y trouver.

— Et alors ? De toute façon, on est des petites souris. Personne ne pourra nous repérer.

— Tu oublies les entités qui sont au même niveau de vibration que nous. Si on est bien le 31 octobre et que le Voleur d'Âmes a causé l'explosion, lui ou l'un de ses sbires ne doivent pas être loin. Il vaut mieux ne pas attirer leur attention en déboulant sans précaution.

L'argument porta. Robert s'engagea en premier, suivi de David. Ils parcoururent une dizaine de mètres sur un sol mou, laissant penser à de la laine de verre. Partout, des toiles d'araignées et des chiures de rat. La poutre les guidait, comme un fil d'Ariane tendu au milieu des ténèbres.

Enfin, ils parvinrent de l'autre côté. La charpente continuait sa route derrière le mur. Seul hic, il n'y avait cette fois aucune ouverture permettant de le franchir.

David affirma :

— Plus le choix. Il va falloir le traverser.

— On se projette ?

— Oui. Mais pas à l'aveugle. Il vaut mieux se mettre sur la poutre et la suivre en visualisant qu'on passe au travers de la cloison. Ce sera plus discret que de se projeter directement n'importe où.

Les projeteurs grimpèrent sur le bois. Ils se concentrèrent et, chacun leur tour, franchirent l'obstacle de la matière.

Une seconde plus tard, ils étaient à plus de quatre mètres du sol, en équilibre sur la structure. Autour d'eux, une grande pièce ornée de frises, meublée dans le style d'avant-guerre. Un poêle à bois placé dans un angle diffusait une chaleur douce.

David eut un coup au cœur lorsqu'il baissa les yeux.

Assis sur des fauteuils en cuir, deux hommes âgés discutaient. Le premier avait le crâne dégarni, cerclé d'une couronne de cheveux blancs. Il portait une chemise blanche à manches longues, une cravate large et des lunettes à monture renforcée.

L'autre, pas besoin de le détailler. Même si l'angle de vue était mauvais, David savait qu'il s'agissait de son grand-père.

CHAPITRE 54

— Je vous assure, cher collègue. Je vous ai dit la vérité.

— Reconnaissez que c'est difficile à croire. Vous sonnez à ma porte à 11 heures du soir, vous insistez pour entrer et vous me racontez cette histoire abracadabrante.

Le phrasé d'Ackermann était lent, sa voix teintée d'un fort accent yiddish.

— Je n'ai fait que mettre en pratique vos hypothèses, répondit Georges Creem.

— Sans doute. Mais de là à pouvoir les appliquer...

— Ce n'est qu'une question de moyens. Un jour, croyez-moi, ils existeront.

Le grand-père de David paraissait détendu, mais le jeune médium percevait chez lui une forte excitation. Comme dans ses projections précédentes, il pouvait aussi lire dans les pensées.

Il faut que je me dépêche, songeait le physicien. *Le transpondeur est déjà orangé.*

Son interlocuteur prit l'objet posé sur la table. Il ressemblait à un galet de belle taille, en verre dépoli, dont le cœur luisait faiblement.

— C'est donc avec cette gemme que vous avez traversé le temps ?

— Il ne s'agit là que d'une partie de la technologie. La plus compacte. Le reste se trouve dans mon laboratoire.

— En 2006, c'est ça ?

— Exact.

— Et donc, vous avez atterri dans mon jardin.

— Encore exact. J'ai d'abord fait un repérage afin de m'assurer que la réception se ferait dans un endroit dégagé.

Ackermann semblait dubitatif. Il détailla les parois au grain rugueux.

— Pourquoi luit-elle ?

— La lumière est une jauge. Elle me permet d'apprécier la quantité d'énergie dont je dispose. Quand elle devient rouge vif, je dois enclencher la procédure de retour.

Le savant autrichien lui restitua le transpondeur.

— Très bien. Que voulez-vous ?

— Des précisions.

— Il me semble que vous les avez toutes puisque vous êtes là.

— Pas tout à fait. Vos théories semblent aller plus loin que les seuls déplacements effectués d'un univers physique à un autre.

Ackermann parut surpris.

— Vous pouvez préciser ?

— Je parle de la possibilité de se transporter dans des mondes non physiques. Ceux que l'on peut atteindre par le rêve, la décorporation, ou plus basiquement la mort.

On y est, songea David. *Les choses sérieuses vont commencer.*

Le savant autrichien fixa son collègue. Il paraissait de plus en plus méfiant.

— Qu'est-ce qui vous fait dire que j'aurai pu envisager une pareille chose ?

— Votre carnet.

— Mon carnet ?

— Celui en moleskine dans lequel vous consignez l'ensemble de vos travaux. Le même qui m'a permis de venir jusqu'à vous. Vous avez commencé à mettre ces hypothèses en équation. Seulement vous n'avez pas terminé. Il manque la fin du raisonnement et je n'ai pas réussi à la trouver tout seul.

En prononçant cette tirade, Georges Creem luttait contre une pulsion dérangeante. Une pulsion exprimée par des pensées parasites que David captait depuis son poste d'observation.

Il manque la fin du raisonnement parce que tu n'as pas eu le temps de le terminer. Dans trois jours, tu vas mourir dans l'explosion de ta maison. Et je n'ai pas le droit de t'avertir parce que je ne peux pas intervenir sur le passé.

Robert avait également intercepté le flot mental.

— Il pense qu'on est le 28.

— Il se plante. Tout va péter et il ne s'en doute même pas.

— On pourrait peut-être le mettre au courant ?

— Il ne nous entendrait pas. Wiseman a été très clair. Nous ne pouvons pas interférer avec les êtres incarnés.

— Qu'est-ce qu'on fait ?

— On écoute et on se tait.

Quatre mètres plus bas, la conversation se poursuivait.

— Comment vous êtes vous procuré mon carnet ? demanda Ackermann sur ses gardes.

— Je suis tombé dessus par hasard. Dans les archives de l'Institut d'Études Avancées de Princeton.

— Comment a-t-il atterri là ?

— Je n'en ai pas la moindre idée, répondit le grand-père de David. Il était dans un carton, noyé au milieu d'autres documents.

— C'est impossible. J'ai pris mes dispositions pour qu'il ne puisse pas tomber entre des mains inconnues.

Georges Creem s'adossa à son fauteuil. David captait encore les pensées qui l'agitaient.

Tu ignores juste que ta baraque va voler en éclats. Et que c'est la seule trace de tes travaux qui échappera aux flammes.

Ackermann secoua la tête.

— Écoutez, monsieur... Creem. Vous connaissez beaucoup de choses à mon propos mais j'avoue que pour l'instant, j'ai du mal à vous suivre.

Il se méfie et je n'ai plus beaucoup de temps. Tant pis, je prends le risque.

— Vous voulez une preuve de ce que j'avance ?

— Elle serait la bienvenue.

Le grand-père de David mit la main dans la poche intérieure de sa veste. Il en sortit un carnet à couverture de cuir fermé par une courroie élastique et le posa devant lui.

Ackermann s'en saisit aussitôt. Il le parcourut, traits fermés. Puis il se leva sans prononcer un mot et se dirigea vers la cuisine. Il en revint quelques instants plus tard, avec en main un calepin similaire.

— Comment avez-vous fait ?

— C'est « votre » carnet ?

— Oui. J'ai un coffre, dissimulé dans le plancher de la cave. Le contenu de mes recherches est trop sensible pour que je le laisse traîner n'importe où.

Voilà pourquoi le calepin n'a pas brûlé, pensa Georges. *Ackermann avait dû laisser des consignes à quelqu'un pour le récupérer en cas de problème et le donner à l'université.*

L'Autrichien semblait douter encore.

— Tout ça est très troublant. Mais je reste persuadé que vous me mentez. Même si mes théories se révélaient justes, il faudra plusieurs siècles avant de pouvoir les exploiter.

Le grand-père de David n'écoutait plus. Il regardait les deux objets jumeaux, posés côte à côte sur la table. Perché au-dessus de lui, son petit-fils enregistrait la moindre de ses pensées.

C'est impossible, songeait le chercheur. *Une telle configuration ne peut pas exister. Il va forcément y avoir une conséquence.*

Confirmant ses craintes, la couverture de droite se mit à luire. Une lumière vive s'en échappa, comme si un rayon laser la perforait de part en part.

Un éclair blanc.

Le calepin disparu.

Le grand-père de David lâcha d'un ton dépité :

— S'il vous fallait une preuve supplémentaire, vous l'avez.

Ackermann était sidéré. Il affirma d'un ton lointain :

— Incompatibilité spatio-temporelle...

— C'était ce que je redoutais en vous montrant « mon » carnet. Que vous ayez le vôtre sur vous.

— Je... Je suis vraiment désolé. J'ai pensé que vous étiez un concurrent, pour ne pas dire un ennemi. J'ai cru que vous aviez réussi à me subtiliser mes travaux et que vous tentiez de me manipuler.

— Vous me croyez, à présent. C'est tout ce qui compte. J'espère maintenant que nous allons pouvoir tirer parti de notre rencontre.

Dans l'esprit de David, une question essentielle trouva brutalement sa réponse. Le Voleur d'Âmes n'avait découvert l'existence du calepin que très tardivement, quand Daddy s'en était servi pour construire sa machine. Un calepin qui continuait d'exister dans d'autres dimensions du temps, puisqu'il avait été conçu en 1943. Détruire l'exemplaire de 2006 n'aurait réglé qu'une partie du problème.

Il fallait traiter le mal à la racine.

Le Voleur d'Âmes avait donc téléguidé Daddy chez Ackermann en cette soirée du 31 octobre, afin que les deux carnets soient réunis quelques minutes avant l'explosion. Soumis aux lois du continuum espace-temps, celui de Georges Creem s'était autodétruit. Quand à l'autre, celui qui se trouvait dans le coffre, il avait échappé à la première attaque mais brûlerait cette fois-ci dans les flammes.

Voilà pourquoi le Voleur d'Âmes avait attendu l'instant précis ou les deux scientifiques se retrouveraient. Il avait minuté son coup afin que tous les éléments soient réunis. Ainsi, il se débarrasserait en une seule fois des chercheurs et de leurs recherches.

Tant pour le passé que pour le futur.

David se tendit. Cette déduction en appelait une autre. Aussi évidente que terrifiante.

— Ça ne va pas tarder.

— L'explosion ? questionna Robert.

— Tous les voyants sont au vert. C'est le moment ou jamais.

Comme en écho à ses paroles, un bruit de verre brisé tinta dans la cuisine. Avant que les physiciens n'aient le temps de réaliser, trois hommes faisaient irruption dans le salon, armes au poing.

CHAPITRE 55

— Professeur Ackermann. Heureux de vous revoir.

Cheveux blond paille et veste croisée, l'intrus s'avança pendant que ses comparses, plus massifs, prenaient position devant les accès. L'accent allemand, à couper au couteau, ne laissait aucun doute sur leur nationalité.

— Merde, souffla Robert. C'est quoi encore, ça ?

David pensa aux théories du site Scient-X. Ce qu'il avait pris pour des élucubrations d'allumés prenait soudain du poids.

— Des agents nazis.

— Attends... Je croyais que c'était un coup du Voleur d'Âmes.

— Il a dû les utiliser. C'est sa méthode. Souviens-toi que pour l'instant, il n'est jamais intervenu directement.

En prononçant ces paroles, le médium eut une intuition. Les SS n'avaient pas mis en scène la mort d'Ackermann dans le but de l'exfiltrer en douce. Les trois inconnus carbonisés, c'était forcément eux. Ils faisaient partie du piège et n'y survivraient pas.

Aussitôt, une autre évidence lui apparut. Il y avait cinq personnes dans cette pièce et on avait sorti quatre cadavres des décombres. Il y avait donc toutes les chances pour que Daddy ait eu le temps d'en réchapper.

Au-dessous, le scénario se déroulait.

— Docteur Von Braun, lança Ackermann d'un ton méprisant. Les cafards trouvent toujours un passage pour se faufiler.

L'autre ricana.

— Herr Professeur... Vous ne changez pas. Impertinent, et je dois le reconnaître, courageux. Il est vraiment regrettable que vous ayez fait les mauvais choix.

— Il n'y a qu'un choix possible avec les gens de votre espèce. Celui de vous anéantir.

— Et nous savons que vous y travaillez. Au fait, comment se porte le projet Manhattan ?

La bombe atomique, songea David. *Se pourrait-il qu'ils soient seulement venus pour ça ?*

Ackermann gardait le silence. Von Braun sourit.

— Comme vous le savez, Herr Professeur, nous travaillons sur un programme similaire. Votre départ précipité a retardé nos propres avancées et donné à vos nouveaux amis une bonne longueur d'avance. Nous pensons qu'il est temps aujourd'hui de rétablir l'équilibre.

Georges Creem fit un pas en avant. Son visage exprimait une rage froide.

— Qui êtes-vous ? Que voulez-vous ?

De toute évidence, le grand-père de David n'avait pas eu vent des théories de Scient-X. Pas plus du fait qu'on avait retrouvé d'autres corps carbonisés près de celui d'Ackermann.

Le scientifique SS parut s'apercevoir de sa présence. Il lui lança un regard glacial et s'adressa au savant juif.

— Un de vos collègues, Herr Professeur ?

— Nous... Nous travaillons ensemble.

— Dites-lui de se tenir tranquille. Vous savez que je n'aime pas l'agitation. Elle me rend nerveux.

Pendant qu'Ackermann expliquait la situation au grand-père de David, Von Braun sortit de sa poche un inhalateur. Il enfonça l'embout dans sa narine et inspira. Un voile d'extase passa dans ses pupilles.

Il s'ébroua et reprit le fil.

— Où en étions-nous ? Ah oui. Soit vous nous donnez sur-le-champ un état récent de vos recherches, soit...

Il laissa sa phrase en suspens. Son air faussement désolé exprimait ses sinistres intentions.

— C'est impossible, tenta Ackermann. Je ne peux pas vous résumer en quelques mots un travail aussi complexe.

— Allons, contra le nazi. Je suis un expert, comme vous. Et je vous connais bien. Je suis certain que vous conservez une grande partie de vos notes chez vous.

— Je ne garde rien ici.

— Vraiment ?

Les yeux de Von Braun se posèrent sur le carnet en moleskine qui traînait toujours sur la table.

— Et ça ?

— Ce n'est pas important.

Le SS s'en saisit, le feuilleta tranquillement. Soudain, son expression changea.

— Pas important ? Une théorie quantique mettant en équation l'hypothèse d'univers parallèles ?

— Ce n'est qu'une hypothèse.

— Mais elle est de taille. Surtout quand elle est susceptible d'ouvrir une porte sur l'au-delà.

Un silence lourd ponctua ses paroles. De son côté, David venait de saisir une autre vérité. Les nazis n'étaient pas venus pour le carnet. Ils ignoraient tout de la théorie des multi-univers et n'auraient en principe jamais dû la découvrir. C'était sans doute ce qui s'était passé la première fois, dans une autre dimension du temps, à l'intérieur d'une scène presque semblable où Georges Creem n'existait pas.

Les SS avaient-ils torturé Ackermann, tenté d'obtenir des infos sur la bombe avant que la maison n'explose ? David n'en saurait rien. La seule réalité valant à cette seconde était celle qui se jouait sous ses yeux.

— Si vous m'en disiez un peu plus, Herr Professeur ?

Von Braun avait un regard de dingue. Il avait oublié les raisons de sa présence ici. À présent, seul comptait ce qu'il venait de découvrir.

Contre toute attente, Ackermann obtempéra.

— Très bien. De toute façon, vous ne pourrez rien en faire.

Il ajusta ses lunettes sur son nez et s'approcha du scientifique nazi.

— Vous permettez ?

Von Braun lui donna le carnet avec un sourire narquois. Le grand-père de David s'insurgea.

— Professeur, non !

Tout alla très vite. Prenant les SS de vitesse, Ackermann se rua vers le poêle à bois. Il ouvrit la trappe et jeta le calepin dans le brasier.

Von Braun hurla des ordres.

Les deux brutes se précipitèrent.

En vain.

Les flammes avaient déjà consumé le papier.

Pendant quelques secondes, le temps marqua une pause. La tension atteignait son paroxysme, signe que la conclusion était proche. De plus, David ne percevait plus les pensées agitant les acteurs de la pièce. Comme si un rideau noir venait de les recouvrir. Par contre, il sentait la présence d'une énergie nouvelle. Une force sombre, maléfique, qui prenait possession de l'espace et aspirait la sienne.

Robert confirma.

— Je sens un truc trop zarbi.

— C'est Lui.

— Pourquoi on ne Le voit pas ?

— Il se sert encore d'une entité. Une saloperie qui évolue à ce niveau de vibration.

— Merde... Où est-ce qu'elle se planque ? Je capte que dalle.

Un courant d'air passa à côté d'eux. Ils eurent à peine le temps de distinguer une forme replète, coiffée d'un haut-de-forme, qui disparaissait derrière la porte de la cuisine.

— Le fantôme du grenier, glapit Robert. Je le crois pas.

— Pas vraiment surprenant. Le Voleur d'Âmes utilise toujours ce qu'il a sous la main.

— Cet enfoiré de bibendum ne nous a même pas calculés.

— Parce qu'on n'entre pas dans son programme. N'oublie pas que cette scène a déjà eu lieu. Son déroulement a été modifié à cause de mon grand-père, mais la conclusion reste forcément la même. On ne change pas le passé. C'est une des règles de l'espace-temps.

Robert accepta l'explication sans discuter.

— Qu'est-ce que ce gros naze va foutre dans la cuisine ?

— Va jeter un coup d'œil. Et sois discret.

Le New-Yorkais galopa aussi vite que ses pattes de souris le lui permettaient. Arrivé à l'autre extrémité de la poutre, il traversa le mur et disparut.

De son côté, David n'en menait pas large. Si le fantôme en redingote ne s'en prenait pas directement à lui, l'ombre du Voleur d'Âmes l'affaiblissait.

En bas, les événements se précipitaient.

— Vous me décevez beaucoup, Herr Ackermann. Vous allez m'obliger à employer des méthodes que je réprouve.

Von Braun pointait son Luger sur l'Autrichien. Ce dernier fixait l'arme avec défi.

— Allez au diable !

— Après vous.

Un coup de feu claqua. Ackermann s'écroula, la rotule en lambeaux. Déjà, le SS visait le second genou.

— Attendez !

C'était le grand-père de David. En dépit de ce qu'il savait, de son incapacité à changer le cours des choses, il s'interposait.

— Vous avez quelque chose à me dire ? questionna le nazi.

— J'ai aussi mis au point ces équations. Je peux tout vous expliquer.

Von Braun le jaugea. Il abaissa son arme et lança d'un ton désinvolte :

— Pourquoi pas ?

À cette seconde, David reçut un message mental de Robert.

— Le gros a ouvert le gaz. Il y en a partout. La cuisine est déjà saturée.

— Reçu. Ramène-toi, ça ne va plus tarder.

Une à une, les pièces se mettaient en place. Le gaz allait remplir chaque pièce. Personne ne sentirait son odeur, puisque à l'époque on n'y avait pas encore ajouté les molécules odorantes qui permettaient de le détecter. Il ne manquait plus que l'étincelle. Ensuite, ce serait le feu d'artifice.

Ackermann s'était redressé. Son visage avait la teinte crayeuse de la souffrance.

— Georges, je vous en prie... Ne faites pas ça.

Von Braun lui lança un regard méprisant. Puis il dirigea de nouveau son pistolet vers l'Autrichien.

— Il suffit, Heinrich. Vous m'ennuyez.

David perçut la suite des événements au ralenti.

La gâchette qui s'enfonce. Le percuteur qui vient frapper la douille. La balle qui part, propulsée par une gerbe de flammes.

Puis l'explosion.

Totale, dévastatrice, comme le souffle d'un dragon balayant tout sur son passage.

Des secondes s'écoulèrent. David se trouvait maintenant au niveau du sol. Il avait dû tomber sans s'en apercevoir, quand la charpente s'était effondrée. Autour de lui, des gravats, de la poussière et des flammes.

Il lança un appel mental :

— *Robert, ça va ?*

— *Impeccable. Et toi ?*

David se retourna. Une souris blanche émergea d'un nuage de fumée. Il rassura son ami aussitôt.

— Pareil.

— C'est de la balle, ce truc. On est carrément indestructibles.

— Faut pas traîner. Maintenant que c'est terminé, le Voleur d'Âmes pourrait très bien s'intéresser à nous.

— On y va quand tu veux.

— Je dois vérifier un dernier truc avant de bouger.

— Ton grand-père ?

— Ouais.

Les deux rongeurs partirent en chasse. L'un après l'autre, ils retrouvèrent les corps.

Quatre formes noircies, déjà méconnaissables, qui continuaient à se consumer comme si elles brûlaient de l'intérieur.

David se connecta avec ces restes immondes.
Leur écran mental était plat.
Il avait pourtant la confirmation qu'aucun d'entre eux n'était Daddy.

CHAPITRE 56

Une unique certitude.

Le corps de Daddy n'était pas dans les décombres. N'ayant pas eu le temps matériel de quitter la pièce, il avait donc réussi à actionner le transpondeur juste avant l'explosion.

Où était-il à présent ? Dans quelle pliure de l'Invisible avait-il atterri ? Et comment le Voleur d'Âmes avait-il fait pour capter sa conscience ?

Toujours les mêmes interrogations, qui donnaient à David la sensation désagréable d'être revenu au point de départ.

Las, le jeune homme avait décidé de faire un break. Il était rentré chez lui, à Van Nuys, pendant que Robert allait rejoindre son père à La Joya pour une nouvelle mission secrète.

Comme d'habitude, la maison familiale était déserte. Maude s'offrait un séminaire de méditation au Vietnam, sa mère travaillait d'arrache-pied, et ses anciens potes du lycée avaient quitté le quartier pour d'autres universités.

Résultat : David se retrouvait en tête à tête avec son chien.

Allongé sur son lit, Deefool à ses pieds, le jeune homme lisait une BD en écoutant son iPod. Malgré la simplicité de l'histoire, il n'arrivait pas à se concentrer. Un point l'obsédait, derrière lequel se cachait peut-être un début de solution.

Wiseman ne s'était pas rendu compte du fait que la procédure de retour avait été enclenchée. Sans doute à cause des dix secondes requises pour la décompression de cette information. Le labo avait été détruit trop tôt, avant que le professeur ne puisse la lire.

C'est dans ce laps de temps que tout s'était joué. Dix petites secondes pendant lesquelles le Voleur d'Âmes avait trouvé un moyen pour mettre un point final aux expériences de son grand-père et kidnapper sa conscience.

Le jeune médium posa son livre et retira ses écouteurs.

Une idée folle venait de le traverser.

La machine avait besoin d'un délai pour décoder les données communiquées par le transpondeur. Elle devait donc les stocker dans une mémoire-tampon, au fur et à mesure de leur arrivée. Celles collectées pendant la parenthèse critique devaient certainement s'y trouver. Les ultimes paroles de Daddy pendant qu'il revenait au point de départ. Peut-être sa position à l'instant où il avait disparu de l'écran radar.

Pour avancer, il n'y avait qu'une option.

Entrer dans ce fichier.

David alla tirer les rideaux. Ce qu'il s'apprêtait à faire n'était pas très prudent. Mais il ne retournerait au Nid que dans dix jours. Il n'envisageait pas d'attendre aussi longtemps avant de vérifier son hypothèse.

Il retourna s'allonger, ferma les yeux.

L'idée consistait à se projeter une nouvelle fois dans le temps, afin de se retrouver dans le laboratoire de son grand-père quelques minutes avant son explosion. Ensuite, il faudrait découvrir à quel endroit atterrissaient les données fournies par le transpondeur. Le corps astral de David tenterait alors de se glisser dans les circuits informatiques pour en prendre connaissance.

Un plan incertain, qu'il allait poursuivre seul et sans filet. Cette fois, il n'aurait pas le confort du Hub et aucun de ses amis ne serait là pour l'aider. De plus, il était loin du Nid et de son périmètre de protection. Il s'exposerait à une attaque du Voleur d'Âmes.

Les premières sensations arrivèrent vite. Les membres du jeune homme devinrent lourds, comme s'il allait s'enfoncer au travers du matelas. Des détonations retentirent dans ses tympans, sèches, brèves.

Il s'allégea d'un coup.

David eut un sourire de victoire. Il venait de confirmer l'essai. Il avait rejoint son corps éthérique sans aucune aide et flottait au-dessus de son enveloppe charnelle.

Parfait, songea-t-il. *Maintenant la suite.*

Il visualisa le laboratoire de son grand-père. Il y accola la date de sa mort, le 29 décembre 2006, à l'instant précédant l'explosion. Enfin, anticipant qu'il allait atterrir dans un espace réduit, il choisit la forme astrale la plus appropriée.

Celle d'une mouche, capable d'évoluer avec aisance et rapidité.

Le transport fut presque instantané. Agrippé à une lampe, David regardait à présent la salle jonchée de câbles et couverte d'écrans plats. Wiseman se tenait au fond, dans une guérite isolée par une vitre épaisse.

De l'autre côté de la pièce, l'étrange machine ressemblant à un aquarium vertical. Ses parois de plexiglas argenté brillaient d'une lumière phosphorescente. Daddy devait se trouver à l'intérieur mais pas moyen de le voir.

Une voix résonna dans un haut-parleur :

« Vous me décevez beaucoup, Herr Ackermann. Vous allez m'obliger à employer des méthodes que je réprouve. »

Von Braun. David se souvenait de la phrase prononcée par le SS, juste avant le premier coup de feu.

Pour l'instant, tout se déroulait comme prévu. Et aucun signe de présence du Voleur d'Âmes.

La détonation retentit. Il n'avait qu'une poignée de secondes pour savoir dans quelle partie du système Daddy avait inséré la mémoire-tampon.

David s'envola vers la guérite, le meilleur endroit pour obtenir une réponse. Il se posa sur l'épaule du professeur et l'observa pendant que ce dernier contrôlait les différents moniteurs.

Pas d'images.

Seulement des sons, des graphiques et des séries de chiffres.

Parmi la masse d'informations, un témoin lumineux attira son attention. Une barre de téléchargement, sous laquelle était inscrit un sigle.

TMT.

Peut-être pour « Transpondeur-Mémoire-Tampon » ?

Ce n'était pas garanti, mais pour l'instant il s'agissait de la meilleure piste.

Les ultimes paroles de Von Braun résonnèrent dans les haut-parleurs.

Le second nuxième tir claqua.

Presque instantanément, la cage de plexiglas vola en éclats, répandant dans la salle un déluge de feu.

David resta figé. Devant ses yeux, un spectacle de guerre. Écrans éventrés, murs et plafonds criblés d'impacts, câbles sectionnés. La totalité du laboratoire avait été détruit. La vitre qui protégeait le PC avait aussi subi le souffle. Elle s'était brisée en plusieurs morceaux, projetant des éclats de verre un peu partout.

Wiseman sortit de son repère en titubant. Il traversa les décombres jusqu'à l'endroit où se trouvait la cage.

— Georges ? Georges, ça va ?

David ne s'attarda pas. Il savait ce que son professeur allait trouver et ne souhaitait pas être confronté à cette horreur. Seul son plan l'intéressait. En priant pour qu'il fonctionne.

Il changea d'abord de forme astrale. C'était difficile à concevoir, mais il parvint à s'imaginer en impulsion électrique. Une étincelle qui avait son apparence humaine, capable de suivre les autoroutes informatiques à la vitesse de la lumière.

Puis il remonta le temps une seconde fois. Un voyage éclair le ramenant dans la guérite, une quinzaine de secondes avant que le second coup de feu ne claque dans les haut-parleurs.

Juste avant qu'il soit tiré réellement en 1943, et que le double de son grand-père déclenche son retour.

La scène se rejoua.

Machines en parfait état de marche. Wiseman au pupitre. Voix du SS.

Plus de temps à perdre.

David avait pris un peu de marge mais ce qu'il entendait n'existait déjà plus.

La suite, par contre, était en train de s'écrire.

Il s'imagina à l'intérieur même de l'écran, à l'endroit où était incrustée la barre de téléchargement. Aussitôt, une nuit épaisse l'enveloppa. Crevant l'obscurité, une masse lumineuse bourdonnait devant lui. Elle avait l'allure d'un bloc rectangulaire qui grandissait de façon constante.

David se rua dessus. Il avait trouvé sa porte d'entrée, il fallait maintenant dégotter le fichier. Il s'amalgama aux milliards d'impulsions électriques qui la composaient et remonta le flot jusqu'à sa source. Là se dressait un portique, duquel semblait pulser cette énergie.

Il le franchit, se retrouva sur ce qui ressemblait à une voie rapide. Sur cette route, rien. Un désert sombre et silencieux. De temps à autre, un flash orangé surgissait des ténèbres pour venir percuter le portique comme un missile.

Il suivit le chemin en sens inverse, comptant mentalement les secondes qui s'écoulaient. Il en avait déjà perdu beaucoup. Sa crainte, à présent, était d'arriver trop tard.

Par chance, ce déplacement fut d'une rapidité inouïe. Il conduisit David jusqu'à un cube luminescent, de la taille d'un immeuble. Des passerelles, semblables à celle sur laquelle il s'était déplacé, le reliaient à d'autres structures aux formes géométriques les plus variées.

David repéra une inscription, inscrite en lettres majuscules sur une des bases du cube.

Transp. Mé-Ta.

La dénomination interne du fichier créé par Daddy. Elle signifiait certainement « Transpondeur. Mémoire-Tampon » et confirmait qu'il se trouvait au bon endroit.

David pénétra à l'intérieur.

Parois crépitantes. Arcs électriques. Luminosité insoutenable. Une activité intense se déployait dans cette partie du système.

Le médium constata qu'il avait atterri sur une plateforme suspendue au-dessus du vide. Des terrasses similaires l'entouraient, partout, réparties sur les autres faces du cube et reliées par des tubes de lumière. Des particules multicolores filaient à l'intérieur, parfois isolées, souvent réunies en convois. Le centre de cette ruche était creux, seulement parcouru d'éclairs.

Une simple pression de sa paume sur le mur, David fut connecté. Immédiatement, une phrase résonna dans sa conscience.

« Il suffit, Heinrich. Vous m'ennuyez. »

Les derniers mots de Von Braun, avant qu'il presse la détente et que tout explose.

David respira. Ici, le temps n'avait plus la même valeur. Son périple dans les entrailles de la machine n'avait pas pris plus de trois secondes.

Daddy n'avait pas encore actionné le transpondeur.

Il allait pouvoir assister à la suite.

CHAPITRE 57

Les sons et les coordonnées spatio-temporelles. C'étaient les seuls vecteurs d'information envoyés par le transpondeur.

L'appareil était en train de les collecter, au fur et à mesure que les événements du 31 octobre 1943 se déroulaient.

David dut forcer sa concentration pour conserver le contact. Noyé dans l'océan électrique de la mémoire-tampon, il avait la sensation d'être au cœur d'une tempête.

Le second coup de feu tiré par Von Braun retentit. Dans l'espace clos du fichier, la détonation avait l'allure d'un coup de canon.

Le bruit de l'explosion de gaz suivit aussitôt. Une déflagration qui fit trembler les parois du cube et projeta David dans le vide. Il s'accrocha de justesse à une corniche, se rétablit, et prit pied sur une autre plateforme.

Il n'eut pas le temps de récupérer. Déjà, une activité intense se déployait sur la face opposée de la structure. Des milliards de connexions, qui se matérialisaient dans une débauche d'énergie pure. Elles projetaient des gerbes de lumière, comme si un champ de volcans entrait soudain en éruption.

David se connecta de nouveau. La voix de Daddy résonna immédiatement dans son esprit, claire, forte, donnant la sensation qu'il lui criait dans les oreilles.

— Martin ! Il y a eu une explosion ! J'ai... j'ai pu activer le transpondeur. Je suis dans le vortex.

Le jeune homme avait tout juste. Son grand-père avait eu le temps d'enclencher son voyage de retour. Wiseman ne le saurait jamais. Comme il ne saurait jamais que la maison d'Ackermann avait été soufflée. Pour lui, l'histoire s'était arrêtée au moment où le nazi avait tué le physicien.

Le médium se concentra sur la voix. Plus rien. La paroi qui avait connu des soubresauts était retournée à la normale. Daddy devait être en train de filer dans les couloirs du temps.

David ne laissa pas tomber pour autant. Il lui restait une cartouche. Les coordonnées spatio-temporelles indiquant la position de son grand-père dans le vortex. L'agitation régnant sur un côté du cube tendait à démontrer qu'elles arrivaient.

La main toujours plaquée contre le mur, David se replongea dans les entrailles du fichier.

Des nombres défilèrent dans son esprit.

1943.

1944.

1946.

1950.

1953.

Une progression régulière, qui ramenait la conscience de Georges Creem vers le présent. D'autres chiffres percutèrent également les capteurs du médium. Ils étaient accolés à des symboles pour constituer des formules incompréhensibles. Probablement les relevés de position localisant Daddy dans l'espace-temps.

Soudain, des paroles angoissées se superposèrent à ces informations.

— Martin, j'ai un problème. Quelque chose me suit. C'est énorme. Au moins aussi grand qu'un immeuble.

Silence, parcouru de crépitements. Des interférences parasitaient la liaison.

— Il se rapproche. C'est fou... on dirait un visage. Une sorte de masque ignoble, sans lèvres, sans nez, avec des plaques de métal incrustées dans le front et les joues. Des flammes s'en échappent. Comme si ce truc n'était qu'un immense brasier.

David tressaillit. La description du Voleur d'Âmes, tel qu'il lui apparaissait dans son cauchemar.

Georges Creem avait de plus en plus peur. Son ton serré le démontrait.

— Il est sur moi. Sa bouche est grande ouverte. Il... Il va... Nooooon...

David retira sa main de la paroi par réflexe, comme s'il avait peur d'être lui aussi avalé. Dévoré. Pourtant, rien. Sur ce coup, le Voleur d'Âmes semblait s'être désintéressé de lui.

La voix familière revint vibrer dans le cube.

— C'est incroyable ! Je n'ai rien ! La chose m'a traversé et elle a disparu. Bordel, qu'est-ce que c'était ?

Le compte à rebours continuait de s'égrener.

1976.

1980.

1982.

David savait qu'il n'arriverait jamais au bout mais il se prit à espérer. Puis brutalement, tout s'éteignit. Plus de son, plus de chiffres, rien. Le cube était plongé dans une obscurité totale, parcourue çà et là par des décharges électriques.

Le médium n'eut aucun mal à comprendre. Après l'explosion de gaz, le Voleur d'Âmes avait suivi son grand-père à l'intérieur même du vortex. Il l'avait rattrapé, dépassé, pour remonter jusqu'en 2006 afin d'anéantir son corps physique et son laboratoire.

À l'extérieur, la machine de Daddy venait d'imploser.

Ici, dans le fichier, la mémoire-tampon s'était déconnectée.

Le jeune homme enragea. Une fois encore, la piste s'interrompait. Pire, de nouvelles questions venaient encore de compliquer la donne.

Pourquoi le Voleur d'Âmes n'avait-il fait que « traverser » la conscience de Daddy ? Pourquoi n'avait-il pas profité de l'occasion pour la kidnapper ?

Qu'attendait-il ?

À cet instant, David n'avait qu'une certitude.

Le corps de son grand-père avait péri, carbonisé dans l'explosion, mais le piège tendu par l'entité ne s'était pas refermé entièrement sur sa proie.

L'âme de Daddy dérivait quelque part, à sa merci.

Le médium allait vider les lieux quand une des faces du cube se ralluma. Il plaqua aussitôt sa main contre la paroi, réalisa qu'elle vibrait. Le flux électrique n'était pas totalement interrompu. Certains éléments de la machine avaient dû résister à la déflagration.

Presque aussitôt, la voix de son grand-père emplit sa tête. Moins claire, moins forte, comme passée au travers d'un tamis.

— Martin ? Quand tu m'entendras, essaie de vérifier ma trajectoire. J'ai ressenti une secousse très violente et j'ai l'impression que je dérive. Le transpondeur ne me donne plus ma position.

Wiseman ne l'entendrait jamais. Il avait déjà pris la fuite pour éviter les questions de la police. Quant à Georges Creem, il n'avait pas encore réalisé qu'il était mort.

David tendit l'oreille. Pour lui, la course reprenait.

— Je crois qu'il y a un problème, reprit son grand-père. Ce qui est en train de se passer n'a aucun sens.

Son ton était devenu grave. Il trahissait son inquiétude.

— Je... Je suis dans une sorte de métro. Il y a des gens autour de moi. Je n'arrive pas à distinguer leurs traits. Ils sont... flous. Je perçois juste leurs formes. Et je ressens leurs émotions. Comme si elles étaient... palpables.

Un silence. La voix reprit.

— Je me suis rapproché de la vitre. Pas moyen de voir ce qui nous entoure. C'est trop sombre. Il y a juste une sorte de soleil qui brille beaucoup plus haut. Mais il n'éclaire rien. La brume est trop compacte. J'ai l'impression qu'on se dirige vers lui.

Nouvelle interruption. Puis cette fois, des paroles de colère.

— Martin ! Qu'est-ce que tu fous ? Tu as pu vérifier ma trajectoire, oui ou merde ? Je ne sais pas où je suis mais il y a un truc qui déconne.

David, lui, comprenait. Son grand-père avait quitté le vortex qui le ramenait en 2006. Libérée de ses attaches terrestres, son âme s'était transportée ailleurs, dans une autre dimension, afin de rejoindre le flot des décédés montant vers la Lumière.

— Ça devient de plus en... plus... dingue, reprit Georges Creem. Tous... passagers... disparu d'un coup. Je... seul dans la rame.

Le son était devenu mauvais. Des interférences le parasitaient.

— Ça... accélère... Moi aussi... devient flou...

Des détonations retentirent. Un double bang, semblable à celui produit par un avion qui franchit le mur du son.

— ... Un autre soleil. Il... approche... m'éblouit. ... Non ! C'est... cette... chose...

La communication s'interrompit sur ce dernier mot. Le Voleur d'Âmes était revenu finir le boulot. Une exécution en deux temps dont David comprenait maintenant la logique.

Pour une raison que le médium ignorait, la machine avait dû faire écran. Tant que la conscience de Daddy était à l'intérieur, le monstre n'avait sans doute pas les moyens de la capturer. Il était donc allé tuer l'homme, pour libérer son âme et la rendre vulnérable.

Dans le cube, la lumière commença à faiblir. Quelques soubresauts, elle s'éteignit pour de bon.

Pour la seconde fois, David se retrouvait dans le noir. Une cécité à la fois physique et mentale qui lui laissait au fond du cœur une sensation d'inachevé.

Le dernier rouage du piège venait de se dévoiler.

Il avait vu comment le Voleur d'Âmes s'y était pris pour mener son plan à terme.

Pourtant, les deux questions fondamentales restaient toujours en suspens.

Pourquoi ce rapt ?

Et où était le cachot ?

CHAPITRE 58

Une brise salée agitait les palmiers.

L'air avait la douceur sans égal de ces débuts de printemps, quand sa température parfaite fait oublier jusqu'à son existence. Sur le parvis du Nid, des étudiants flânaient encore après le dernier cours. Ils profitaient de l'ambiance, regards tournés vers le coucher de soleil qui embrasait le ciel.

Dans le bureau de Wiseman, on était loin de cette atmosphère paisible. Le directeur du département marchait de long en large, contrôlant avec peine sa colère.

— C'est inadmissible. Je devrais vous renvoyer sur le champ.

David regardait ses chaussures. À peine revenu au Nid, il avait pris le risque d'aller trouver son professeur et de tout lui raconter. Il avait besoin de son avis, de son soutien. Revers de la médaille, il ne s'attendait pas à ce que Wiseman le félicite.

— Non content de me prendre pour un imbécile, vous entrez par effraction dans un lieu interdit et vous utilisez du matériel de pointe sans suivre les procédures de sécurité. Imaginez qu'il y ait eu un problème. J'aurais fait quoi, moi ?

— Il n'y en a pas eu, lança timidement le jeune homme.

— C'est un miracle.

— Ou un signe.

Wiseman lui lança un regard furieux.

— Ne jouez pas à ça, Creem. Être le petit-fils de Georges ne vous donne pas tous les droits. Surtout pas celui d'entraîner d'autres étudiants dans des aventures inconsidérées.

— Robert était partant. Et je me suis dit que ce serait moins dangereux à deux.

— Vraiment ? C'est sans doute pour ça que vous y êtes retourné seul ?

David baissa la tête. Une fois de plus, Wiseman le mettait face à ses contradictions.

— Je vais vous dire la vérité. Dans cette histoire, vous ne pensez qu'à vous. À votre quête. Vous utilisez les autres dans le seul but de parvenir à vos fins. Peu importe si vous laissez des cadavres sur le chemin.

L'argument porta. Le médium réalisa brutalement qu'il avait fait prendre tous les risques à Robert, mais qu'il avait également mis Wiseman dans une situation intenable.

Il tenta de s'excuser.

— Je... Je suis désolé... Je ne pensais pas...

— C'est bien ce que je vous reproche. De ne pas penser.

Un long silence suivit. Le directeur de l'Institut alla s'asseoir, sans proposer un siège à son élève. Le jeune homme se tenait debout devant lui, prêt à entendre le verdict.

— Vous ne me laissez pas le choix, finit par asséner Wiseman.

— Je suis viré, c'est ça ?

— Ce serait trop simple. Et je suis certain que ça ne changerait pas le problème. Avec ou sans moi, vous irez jusqu'au bout.

— Quoi, alors ?

— Je vous accorde un sursis.

— Un sursis ?

— Il n'est pas dans mes habitudes d'abandonner quelqu'un en plein milieu du gué. Surtout avec ce que vous envisagez de faire. Mais à partir de maintenant, vous allez suivre mes consignes. De cette façon, on évitera peut-être le pire.

David remercia le ciel. La clémence du directeur était inespérée.

— Je ferai ce que vous me direz. Je vous le jure.

— Ne jurez pas. Pour l'instant, votre parole ne vaut plus rien. Asseyez-vous et contentez-vous déjà d'écouter, ce ne sera pas si mal.

Le médium s'exécuta, penaud.

— Bien, amorça Wiseman. Reprenons depuis le début. Vous êtes convaincu que le Voleur d'Âmes retient Georges prisonnier dans l'Entrevie, c'est bien ça ?

— Je l'ai déduit en regardant la carte que vous nous avez donnée en cours.

— Parce qu'il s'est fait enlever avant d'atteindre la Lumière ?

— Oui. Ce métro, c'était une représentation du Tunnel qui traverse l'Entrevie. J'en suis certain. Et c'est pour cette raison que je veux y aller.

— Vous avez conscience de ce que cela signifie ?

— Je crois...

— Pas moi. L'Entrevie est une des pires zones de l'Invisible. Elle est peuplée de consciences qui n'ont pas renoncé à l'incarnation. Toutes sortes de monstres, de poltergeist, de formes-pensées négatives ou d'entités. Peu importe le nom qu'on leur donne.

Elles hantent ces territoires, croyant qu'elles sont toujours vivantes, et refusent de s'élever vers les dimensions supérieures de la Création.

David songea au fantôme croisé dans le grenier du physicien autrichien, ainsi qu'au ver immonde qui l'avait attaqué au *Styx*. Deux créatures de l'Entrevie, manipulées par le Voleur d'Âmes.

— J'en ai déjà rencontré. Et je m'en suis sorti.

— Vous faites sans doute référence au spectre qui a ouvert le gaz et provoqué l'explosion de la maison d'Ackermann ?

— Pas seulement.

Le médium détailla l'épisode de la discothèque et attendit. D'une façon surprenante, Wiseman resta très calme.

— Vous auriez dû me parler de cet incident.

— Je n'ai pas osé. J'avais peur de votre réaction.

— Quoi qu'il en soit, vous avez eu beaucoup de chance. Cette entité était certainement redoutable, mais ses pouvoirs étaient limités du fait même de la configuration.

— Comment ça ?

— D'après ce que vous m'avez raconté, j'en déduis que vous n'étiez pas dans l'Entrevie mais toujours dans le Monde Physique. Ces choses ont parfois le pouvoir de s'y introduire, comme les fantômes ou les poltergeist. Mais à présent, vous envisagez de vous rendre à la source. Dans l'univers où elles évoluent habituellement, duquel elles tirent leur force. L'issue pourrait être très différente.

La pénombre envahissait la pièce, comme un présage funeste. Wiseman alluma une lampe posée sur son bureau.

— Et il y a pire.

— Que voulez-vous dire ?

— Là où vous envisagez d'aller, il faudra aussi affronter vos propres peurs. Les plus conscientes. Mais également celles dont vous ignorez tout. Le tissu invisible et profond de vos angoisses.

— Je n'ai pas d'angoisses.

— Tout le monde en a. Vous ne faites pas exception à la règle.

L'affirmation avait comme un air de vécu. David se composa un air bravache et affirma :

— Je n'ai pas peur. Surtout pas de moi-même.

Sourire désabusé de Wiseman.

— Toujours cette prétention. Faites attention, Creem, j'ai l'impression que votre copain Vitti déteint sur vous.

La remarque piqua David au vif.

— Laissez Robert tranquille. J'existe très bien sans lui.

— Bien sûr... Vous êtes un grand garçon, maintenant. Assez adulte pour assumer vos conneries tout seul.

David baissa les yeux. La façon dont Wiseman le traitait l'insupportait. Mais à cette seconde, il n'avait d'autre choix que de faire profil bas.

— Voilà comment je vois la suite, enchaîna le professeur. Vous allez d'abord suivre un entraînement intensif pendant quelque temps. Un programme sur mesure que Sean se fera un plaisir de vous concocter.

— Du genre ?

— Ce sera la surprise. Ensuite, si vous y résistez, vous pourrez essayer de vous lancer.

— Essayer ?

— Rien ne garantit que vous parviendrez à évoluer à l'intérieur de cette dimension.

— Pour quelles raisons ?

Wiseman laissa filer un silence. Son air fermé laissait penser au pire.

— Pour l'heure, concentrez-vous sur la préparation. Le sérieux que vous y mettrez conditionnera la faisabilité de l'étape suivante.

Les conditions étaient posées. Un carcan, digne d'une mission *Challenger*[1].

— Il va de soi, ajouta le directeur de l'Institut, qu'à partir de cette seconde toute décorporation sauvage sera immédiatement sanctionnée par une interruption définitive du processus.

— Ça va de soi.

Le professeur précisa, comme s'il n'était pas convaincu par la docilité de David :

— Et ne pensez pas pouvoir me mener en bateau. Vous êtes doué, vous avez progressé et vous êtes en mesure de vous passer du Hub. Parfait. Mais vous n'êtes pas encore tout-puissant. J'ai des espions de *l'autre-côté*, qui sauront m'alerter dans l'hypothèse où vous outrepasseriez mes directives.

Le médium se tassa sur sa chaise. Est-ce que Wiseman bluffait ? La possibilité qu'il puisse organiser des contacts de ce type dans l'Invisible semblait difficile à croire. Mais l'homme avait de la ressource et l'avait démontré. Mieux valait se méfier.

David opina.

— Très bien. J'accepte.

— Je l'espère. C'est votre dernière chance. Si vous me trahissez, il ne faudra plus compter sur moi.

Nouveau silence. Dehors, la nuit était là. Une nuit profonde, claire, donnant l'impression que le ciel était constellé de diamants.

Wiseman laissa tomber, en forme de conclusion :

— Ces instructions valent également pour vos amis. Si l'un d'entre vous fait un pas de travers, c'est tout le groupe qui sera sanctionné.

---

1. Navette spatiale.

— Vous comptez les associer à la suite ?

Pour la première fois depuis le début de l'entretien, une ébauche de sourire s'accrocha aux lèvres de Wiseman.

— On ne change pas une équipe qui gagne. Même si c'est un ramassis de tête de mules.

CHAPITRE 59

Une demi-heure plus tard, le groupe se retrouva au *Serpent Rouge*. David avait battu le rappel de toute urgence, une réunion de crise qu'il était hors de question de différer. Après leur avoir fait part des derniers développements, il attendait de savoir si ses amis le soutiendraient pour ce qui allait suivre.

— Tu me déçois, lança Robert. Tu t'imaginais qu'on allait laisser tomber au moment où ça devient vraiment intéressant ?

David n'en attendait pas moins de son pote. Il se tourna vers les filles.

— Et vous ? Qu'est-ce que vous en pensez ?

Louise répondit la première.

— La même chose, imbécile. Non seulement c'est excitant, mais au cas où t'aurais oublié, on a conclu un pacte.

— La Confrérie de l'Invisible, renchérit Alice. Tu te souviens ?

— Bien sûr. Mais...

Robert l'interrompit.

— Arrête de nous les casser. On marche ensemble. Point barre.

Cette solidarité n'était pas une surprise mais touchait quand même le médium en profondeur. Sentant l'émotion le gagner, David préféra enchaîner.

— Ce sera chaud. À tous points de vue. Wiseman va nous scruter le cerveau à la loupe, on aura Sean sur le dos, et je parle même pas de ce qu'on risque de rencontrer *là-bas*.

Le New-Yorkais désigna les étudiants attablés autour d'eux. Des sujets psi pour la plupart, qui sirotaient des cocktails à la lueur de photophores.

— Vu ce qu'on se tape déjà ici, ça ne peut pas être pire.

Alice leva les yeux au ciel, plus amusée qu'agacée. Louise ne releva pas.

— On va aborder ça comme à l'armée. Une mission commando derrière les lignes ennemies. D'abord on s'entraîne, ensuite on part à l'attaque.

— Parce que t'as fait l'armée ? ironisa Robert.

— L'idée m'a tentée, à une époque. J'ai même fait une préparation militaire. C'était un peu avant mon accident.

La réponse sidéra les trois autres. La douce Louise, plus cérébrale que physique. Difficile de l'imaginer en train de crapahuter sur un parcours du combattant.

— Respect, concéda le grand brun en plaçant sa main droite sur son cœur.

— Laisse tomber. Si tu sortais un peu de ta tanière de gros macho, tu verrais qu'aujourd'hui il y a plein de femmes qui s'engagent.

David sourit. Décidément, Louise était surprenante. Après lui avoir montré comment elle se voyait mentalement – ce physique augmenté auquel il n'avait pas été insensible –, voilà qu'elle révélait à présent une personnalité de guerrière. Un cocktail explosif qui n'était pas pour lui déplaire.

Il recadra la discussion.

— D'après Wiseman, le plus compliqué sera d'affronter ce que nous avons en nous. Les peurs que nous ignorons. Dont nous n'avons peut-être même pas conscience.

Une fois de plus, Robert la ramena.

— En ce qui me concerne, je ne vois pas où pourrait être le problème.

— C'est ce que je lui ai dit aussi. Mais il avait l'air sûr de son fait.

Alice intervint.

— Je pense qu'il a raison. À côté de nos démons, les entités de l'Entrevie sont des insectes insignifiants.

Les trois regards se tournèrent vers elle. L'Hawaïenne manipulait ses bracelets brésiliens avec nervosité.

— Vous ne vous êtes jamais demandé pourquoi vous aviez un don ? Pourquoi vous et pas les autres ?

— Parce qu'on est des élus, claironna le New-Yorkais.

— Arrête un peu. Je ne plaisante pas.

Le ton était grave. Les traits tirés d'Alice reflétaient sa tension.

— Nous avons tous une part d'ombre. Certains la connaissent, d'autres pas, et au fond peu importe. L'important est qu'elle existe. Qu'elle a un sens. Les capacités qui nous ont été octroyées constituent une réponse. Comme un anticorps à cette souffrance. Que vous le vouliez ou non, c'est ainsi.

Un silence lourd s'abattit sur le groupe. La flamme de la bougie dansait sur leurs visages, creusant les ombres qui dévoraient leurs joues.

Dans cette lumière irréelle, Alice avait des airs de prêtresse. Une possédée aux allures d'ange, dont David avait déjà pressenti les gouffres.

Après un temps, Robert brisa la glace :

— Cool... En tout cas, il y en a au moins deux qui assument leur côté obscur.

Il s'était tourné vers une table située à quelques mètres. Daniel Storm venait de s'y installer avec son pote Whitous. Le tondu et l'Indien parlaient à voix basse en observant le groupe des quatre. Une discussion entrecoupée de ricanements et ponctuée de regards mauvais.

David eut une mimique de mépris.

— Oublie ces nazes. Ils n'auront jamais accès au Hub.

— Il faudra quand même les garder à l'œil, corrigea Louise. Au cas où ils réussiraient à se décorporer tout seuls.

— Et après ? On a dix longueurs d'avance. Qu'est-ce que tu veux qu'ils fassent ?

— Pour l'instant, je n'en sais rien. Mais avec ces tordus, je me méfie.

David haussa les épaules. Storm et Whitous ne le préoccupaient plus. Depuis l'attaque des poltergeist, dans la villa de Chrystelle Bank, il avait vécu des expériences bien plus dangereuses. Et il s'en était sorti indemne.

Le seul ennemi auquel il accordait son attention était le Voleur d'Âmes. Il allait forcer les portes de son territoire. Plonger dans les zones sombres de l'Entrevie, comme on s'immerge dans les abysses à la poursuite d'un prédateur des profondeurs.

Il s'adossa à son siège et étira un sourire.

À présent, les rôles s'inversaient.

La proie devenait le chasseur.

Une traque dont l'objet serait la libération de son grand-père.

Et peut-être aussi l'accomplissement de son propre destin.

FIN DE L'ÉPISODE I

À SUIVRE LIVRE II

L'ENTREVIE

Composition
NORD COMPO

Achevé d'imprimer en Espagne
par BLACK PRINT CPI
le 21 avril 2014.

Dépôt légal avril 2014.
EAN 9782290074954
L21EDDN000495N001

ÉDITIONS J'AI LU
87, quai Panhard-et-Levassor, 75013 Paris

Diffusion France et étranger : Flammarion